# 겨울 꿈

Winter Dreams

**F. 스콧 피츠제럴드**
**김욱동 옮김**

# 겨울 꿈

Winter Dreams

F. 스콧 피츠제럴드와 젤다 피츠제럴드의 결혼사진

# 차례

# 작가를 꿈꾸는 딸에게 보내는 편지

사랑하는 딸 스코티에게[1]

네가 쓴 이야기가 높이 평가받지 못했다고 해서 조금도 실망하지 말렴. 물론 네 글에 대해 단지 격려하려는 건 아니야. 만약 네가 성공하고 싶다면 결국 너는 자신의 벽을 뛰어넘어야 하고 경험에서 스스로 배워야 하기 때문이란다. 그저 되고 싶다고 해서 작가가 된 사람은 이 세상에 단 한 명도 없단다. 그리고 네게 써야 할 이야깃거리가 있다면, 가령 어느 누구도 이제껏 얘기하지 못한 뭔가가 있다면, 너는 아마 너무 절박한 나머지 지금까지 아무도 해내지 못한 방식으로 그것

---

1  1936년 10월, 피츠제럴드가 열다섯 살로 갓 고등학교에 입학한 외동딸 스코티에게 보낸 편지다. 스코티는 피츠제럴드에게 습작을 보여 주며 아버지처럼 작가가 되고 싶다고 이야기한다. 그러나 아버지는 딸에게 작가가 된다는 것이 얼마나 험난한 일인지 들려주면서 다시 한 번 신중하게 생각해 보라고 충고한다. 문학 작품이란 내용과 형식, 주제와 문체가 유기적으로 함께 녹아들 때 비로소 독자에게 감명을 줄 수 있다는 피츠제럴드의 문학관이 눈길을 끈다.

을 표현해 낼 방법을 찾게 될 거야. 그러면 네가 말해야 할 내용과 그것을 표현하는 방식이 비로소 결합할 거란다. ── 마치 처음부터 하나로 착상한 듯 서로 분리시킬 수 없을 만큼 말이야.

너에게 다시 한 번 설교를 늘어놓자면, 네가 느끼고 생각해 온 것이 그 자체로 새로운 문체(style)가 되도록 해야 해. 그래서 사람들이 문체에 대해 말할 때, 언제나 그 새로움에 조금 경탄하도록 말이야. 왜냐하면 사람들은 오직 문체만을 논한다고 생각하지만, 실상 그들이 얘기하는 건 독창적이라 할 만큼 대담하게 참신한 착상을 표현하려는 시도이기 때문이란다. 글을 쓴다는 것은 아주 고독한 작업이다. 너도 알겠지만 나는 한 번도 네가 이 길에 뛰어들기를 바란 적이 없단다. 하지만 네가 정말 하고 싶다면, 내가 지금 하는 일을 익히는 데 오랜 세월이 걸렸다는 사실을 깨닫기 바란다. (……) 이 세상에 훌륭한 일치고 어렵지 않은 것은 단 하나도 없단다. 너도 알다시피 우리는 너를 연약하게 키우지 않았어. 아니면 갑자기 나를 실망시키려는 건 아니지? 내가 너를 사랑한다는 걸, 그리고 내가 널 위해 계획한 대로 올바르게 살아가 주기를 기대한다는 걸 너도 잘 알 거야.

아버지가

# 컷글라스 그릇

1

구석기 시대가 있었고 신석기 시대가 있었으며 청동기 시대가 있었다. 그리고 오랜 세월이 흘러 마침내 컷글라스 시대가 도래했다. 이 컷글라스 시대에는 젊은 여성들이 길고 곱슬곱슬한 콧수염을 기른 젊은 남자들에게 결혼을 설득하면, 그로부터 몇 달 뒤 두 사람은 나란히 앉아서 온갖 종류의 컷글라스 그릇(펀치볼, 핑거볼, 디너글라스, 와인글라스, 아이스크림 그릇, 봉봉 접시, 유리병, 꽃병 말이다.)을 결혼 선물로 보내 준 데 대해 감사의 편지를 쓴다. 1890년대에 컷글라스 그릇은 그리 진기한 물건이 아니었지만 이 무렵에는 백베이[2]에서 중서부 지방의 요새에 이르기까지 유달리 유행이라는 찬란한 빛을 내뿜는 데 여념이 없었다.

결혼식을 마치고 나면 펀치볼들은 커다란 그릇을 중심으

---

2    미국 매사추세츠주 보스턴에 위치한 고급 주택가.

로 찬장에 나란히 놓아두었고, 갖가지 잔들은 도자기 찬장에 넣어 두었으며, 촛대는 그 양쪽 끝에 세워 놓았다. 그리고 바로 이때부터 살아남기 위한 치열한 경쟁이 시작되었다. 봉봉 접시는 작은 손잡이를 잃은 뒤 핀을 담는 그릇으로 전락하여 2층 방에 놓였다. 고양이 한 마리가 어슬렁거리다가 찬장에 놓인 작은 그릇을 바닥에 떨어뜨리거나, 가정부가 설탕 접시를 정리하다가 부주의로 중간 크기 그릇의 이를 빠지게 했다. 그리고는 와인글라스들의 다리 부분에 금이 갔고, 심지어 디너글라스들마저 마치 「열 꼬마 인디언」[3]처럼 하나씩 사라져 버렸다. 그 마지막 한 개는 상처투성이에 불구가 되어, 다른 영락한 상류 계급 출신들과 함께 화장실 선반 위의 칫솔 그릇으로 몰락하고 말았다. 그러나 이러한 일이 모두 끝날 무렵에는 어찌 되었든 컷글라스 시대 역시 종말을 고하였다.

첫날의 화려함도 한참 지나가 버린 어느 날, 호기심 많은 로저 페어볼트 부인이 아름다운 해럴드 파이퍼 부인을 찾아왔다.

"부인," 호기심 많은 로저 페어볼트 부인이 말했다. "전 당신 집이 참 마음에 들어요. 정말로 예술적이라고 생각되거든요."

"듣던 중 반가운 말씀이군요." 예쁜 해럴드 파이퍼 부인은 그 앳되고 검은 눈동자를 반짝이며 대꾸했다. "앞으로 종종 놀러 오세요. 오후에는 거의 언제나 혼자 있거든요."

페어볼트 부인은 이 말을 전혀 믿지 않는다고, 막상 찾아

---

3  인디언을 소재로 하는 미국의 동요. 머릿수를 헤아릴 때마다 한 명씩 사라져 가는 내용이다.

오면 달갑게 여기지 않으리라고 말해 주고 싶었다. 지난 여섯 달 동안 프레디 게드니 씨가 일주일에 닷새는 오후마다 파이퍼 부인의 집에 들른다는 소문이 온 동네에 파다했기 때문이다. 페어볼트 부인은 아름다운 여자의 말을 곧이 믿지 않는 원숙한 나이에 접어들었던 것이다.

"식당이 제일 마음에 들어요." 그녀가 말했다. "저 멋진 도자기 그릇이며, 또 저 커다란 컷글라스 그릇도요."

파이퍼 부인이 너무나 예쁘게 미소 지었으므로 페어볼트 부인의 머리에 남아 있던 프레디 게드니에 관한 소문은 깨끗이 사라지고 말았다.

"아, 저 커다란 그릇 말이군요!" 이렇게 말하는 파이퍼 부인의 입술은 마치 싱그러운 장미 꽃잎 같았다. "저 그릇에는 사연이 있지요……."

"어머……."

"칼튼 캔비라는 청년을 기억하시나요? 글쎄, 그 사람이 얼마 동안 저에게 아주 큰 관심을 보였지요. 칠 년 전인 1892년 어느 날 저녁, 내가 해럴드와 결혼하게 되었다고 말하니 그가 꼿꼿이 자세를 고쳐 앉으면서 이렇게 말하는 겁니다. '이블린, 난 당신에게 당신과 마찬가지로 딱딱하고 아름답고 속이 텅 비고 속이 훤히 들여다보이는 물건을 선물로 보내겠어.' 그 말을 듣고 조금 겁이 났어요……. 그의 눈동자는 그야말로 칠흑같이 새까맸거든요. 그가 도깨비 집이나 뚜껑을 열면 펑 터지는 물건 따위를 보내 주려는 게 아닌가 생각했어요. 그런데 그가 막상 보내온 것은 저 그릇이었어요. 물론 아름다운 그릇이지요. 지름인지 원둘레인지 뭔지 잘 모르지만 이 피트 반……. 아니, 어쩌면 삼 피트 반이었는지도 몰라요. 아무튼 그 그릇은 너무 커서 찬장에 들여놓을 수 없었어요. 밖으로 툭 튀어나오거든요."

"어머, 참으로 뜻밖의 얘기로군요! 그러고 보니 마침 그 무렵에 그분이 이 동네에서 이사를 간 것 같군요. 그렇지 않은 가요?" 페어볼트 부인은 자신의 기억 속에 이탤릭체로 메모해 두었다. '딱딱하고 아름답고 속이 텅 비고 속이 훤히 들여다보이는'이라고 말이다.

"네, 맞아요. 그는 서부로 갔어요……. 아니, 남부로 갔던가요……. 아무튼 어디론가 가 버렸지요." 파이퍼 부인은 아름다운 추억이 시간의 풍화 작용을 비켜 가게 하는 그 멋지고 모호한 태도를 취하면서 대답했다.

페어볼트 부인은 넓은 음악실에서 서재를 통해 건너편 식당의 일부까지 내다보이는 널찍한 공간에 감탄하며 장갑을 꼈다. 사실 그 집은 시내에서 비교적 작은 편이었지만 가장 멋진 저택이기는 했다. 그럼에도 파이퍼 부인은 데버루 거리에 있는 더 큰 집으로 이사할 계획이라고 말해 왔었다. 해럴드 파이퍼가 돈이라도 찍어 낸다는 말인가.

가을 석양이 짙어 가는 인도로 접어들자 그녀는 성공한 사십 대 여성들이 흔히 그러하듯이 뭔가 마음에 들지 않는, 예의 불쾌한 표정을 지었다.

만약 내가 해럴드 파이퍼라면 사업하는 시간을 좀 줄이고 그 대신 집에서 좀 더 시간을 보낼 텐데, 하고 그녀는 생각했다. 친구 중 누군가가 해럴드에게 이 얘기를 귀띔해 줘야 하는데.

그런데 만약 페어볼트 부인이 이날 오후의 방문을 그럭저럭 성공적이라 여기며 이 분만 더 기다렸다면, 그녀는 아마 대성공을 맛볼 수 있었으리라. 왜냐하면 그녀가 이 집에서 100야드쯤 멀어졌을 때, 아주 잘생긴 청년 한 사람이 얼빠진 모습으로 산책로를 돌아 파이퍼의 집으로 다가왔기 때문이다. 초인종을 누르자 파이퍼 부인이 문을 열어 주었고, 좀 난처한 표정으로 그를 재빨리 서재로 안내했다.

"당신을 만나지 않을 수 없었어요." 그가 미친 듯이 말했다. "당신 편지를 읽고 나는 기분이 엉망이었으니까. 해럴드가 당신을 위협해서 그런 편지를 쓰게 했나요?"

그녀는 고개를 내저었다.

"이제 끝장이야, 프레디." 그녀가 조용히 말했다. 그에게는 그녀의 입술이 이토록 장미 꽃잎처럼 보인 적은 일찍이 없었다. "어젯밤에 그이는 상심해서 집에 돌아왔어. 제시 파이퍼가 의무감을 가지고 그의 사무실로 찾아가서 우리 일을 다일러바친 거야. 그이는 마음에 상처를 입고……. 프레디, 그로서는 충분히 그럴 만하지. 그이 말에 따르면, 우리가 여름내내 클럽에서 구설수에 올라 있었는데, 자기는 전혀 눈치채지 못했다는 거야. 하지만 이제야 생각해 보니 언뜻 들은 이야기나 사람들이 넌지시 일러 준 말의 속뜻을 깨닫게 되었다는 거지. 그이는 아주 화가 나 있어, 프레디. 그리고 남편은 나를 사랑하고, 나도 그이를 사랑해……. 그것도 꽤 말이야."

프레디 게드니는 천천히 고개를 끄덕이고 눈을 반쯤 감았다.

"그래요." 그가 말했다. "그래야지요. 내 문제도 당신의 문제와 같아요. 그러니 서로의 입장을 너무 잘 이해할 수 있지요." 그의 회색 눈동자가 그녀의 검은 눈동자와 정면으로 마주쳤다. "행복했던 나날은 이제 끝장이 났군요. 아, 이블린, 난 오늘 온종일 회사에 앉아서 당신의 편지 봉투를 바라보고 있었어요. 그것을 읽고 또 읽으면서 말이에요……."

"이제 그만 돌아가, 프레디." 그녀가 단호하게 말했다. 약간 힘주어 재촉하는 그녀의 목소리는 그에게 새로운 아픔이었다. "이제 당신을 만나지 않겠다고 그이에게 맹세했어. 해럴드가 어디까지 참고 견딜 수 있는지 그 한계를 잘 안다고. 오늘 밤 이렇게 당신과 같이 있으면 곤란해."

그들은 여전히 서 있었고, 그녀는 말하면서 문 쪽을 향해 살짝 몸을 움직였다. 게드니는 비참한 표정으로 그녀를 바라보면서 이제 마지막으로 그녀의 모습을 마음속에 간직하고자 애썼다. 바로 그때 현관 앞에서 발자국 소리가 들려왔다. 그 순간 두 사람은 갑자기 대리석 조상(彫像)처럼 굳어졌다. 즉시 그녀는 팔을 뻗쳐서 그의 멱살을 잡았다. 반은 재촉하고 반은 끌고 가다시피 해서 커다란 문 건너편의 캄캄한 식당으로 밀어 넣었다.

"그이를 2층으로 데려갈 거야." 그녀가 그의 귀에 대고 속삭였다. "계단을 올라가는 소리가 들릴 때까지 여기서 꼼짝 말고 있어. 그런 뒤에 앞문으로 나가라고."

그는 홀로 남아, 이블린이 홀에서 남편을 맞아들이는 목소리를 듣고 있었다.

해럴드 파이퍼는 서른여섯 살로, 아내보다 아홉 살 연상이었다. 잘생기기는 했지만 거기에는 몇 가지 단서가 붙었다. 이를테면 두 눈은 너무 가까이 붙어 있었고, 가만히 있을 때면 어딘지 모르게 우둔한 티가 나는 얼굴이었다. 게드니와 아내의 문제에 대한 그의 태도는 지금껏 그가 취해 온 태도를 잘 보여 주었다. 그는 이 문제가 일단락되었다고 여겼으며, 두 번 다시 나무라거나 또 어떤 식으로든 암시하지 않겠다고 말했던 것이다. 그리고 내심 자신이 이 문제를 제법 관대하게 처리했다고 생각했다. 그러면 아내도 적잖이 감동하리라고 말이다. 그러나 스스로 도량이 넓은 사람이라고 믿는 모든 남자들과 마찬가지로 그 역시 유별나게 소견이 좁은 남자였다.

이날 저녁, 그는 과장된 부드러운 태도로 이블린을 맞이했다.

"당신 어서 서둘러 옷을 갈아입어야 해요, 해럴드." 그녀가 간절하게 말했다. "브론슨 씨 댁을 방문해야 하니까요."

그는 고개를 끄덕였다.

"여보, 옷을 갈아입는 데는 그다지 시간이 걸리지 않아." 이렇게 말끝을 흐리며 그는 서재로 걸어 들어갔다. 이블린의 심장이 큰 소리를 내며 두근거렸다.

"해럴드……." 그녀는 말하려고 했으나 약간 목이 메었다. 그녀는 남편의 뒤를 따라서 서재로 들어갔다. 그는 담배에 불을 붙이고 있었다. "해럴드, 어서 서둘러야 한다니까요." 그녀가 문간에 서서 말을 끝맺었다.

"왜 그리 서둘러?" 그는 약간 귀찮다는 듯이 물었다. "당신도 아직 옷을 갈아입지 않았잖아, 이비."[4]

그는 안락의자 위에 몸을 길게 뻗고 앉아서 신문을 펼쳤다. 이블린은 몸이 오그라드는 것 같았고, 이러면 적어도 십분은 걸리리라고 예상했다. 그런데 바로 옆방에 게드니가 숨을 죽이고 서 있지 않은가. 만약 해럴드가 2층으로 올라가기 전에 찬장에서 포도주 병을 꺼내 한잔하려고 하면 어떻게 될까. 그러자 그런 일이 일어나지 않도록 자기가 먼저 포도주 병

4  '이비'는 이블린의 애칭.

과 와인글라스를 가져와서 이 위기를 모면해야겠다는 생각이 문득 떠올랐다. 남편의 시선을 조금이라도 식당 쪽으로 이끌까 봐 두려웠지만, 그녀에게는 별다른 수가 없었다.

그때 마침 해럴드가 자리에서 일어나더니 신문을 내던지면서 그녀에게 다가왔다.

"여보, 이비." 남편은 몸을 구부리고 두 팔로 그녀를 껴안으며 말했다. "어젯밤에 있었던 일은 마음에 담아 두지 않았으면 좋겠어……." 그녀는 몸을 떨면서 그에게 바싹 달라붙었다. "나는 알아." 그가 말을 이어 갔다. "당신으로서는 경솔한 우정에 지나지 않는다는 걸 말이야. 누구나 실수를 범하는 법이거든."

이블린은 그의 말을 거의 듣고 있지 않았다. 이렇게 달라붙어 있으면 그대로 2층까지 끌고 올라갈 수 있을지도 모른다는 생각만이 맴돌 뿐이었다. 몸이 좋지 않은 체하며 2층까지 안아다 달라고 부탁할까, 하고 생각했다. 혹시 불행하게도 자신을 소파에 눕히고 위스키를 가져다줄지도 모른다.

돌연 그녀의 긴장된 신경은 이제 견딜 수 없는 최후의 단계에 이르렀다. 아주 희미하지만 분명히 식당 마룻바닥에서 삐걱거리는 소리가 들려왔기 때문이다. 프레디가 뒷문으로 달아나려고 하고 있음에 틀림없었다.

징이 울리는 듯한 공허한 소리가 온 집 안에 울려 퍼지자 그녀의 심장은 마치 용수철처럼 튀어 올랐다. 게드니의 팔이 커다란 컷글라스 그릇에 부딪친 것이다.

"도대체 이게 무슨 소리야!" 해럴드가 소리를 질렀다. "거기에 누가 있는 거야?"

그녀가 남편에게 필사적으로 매달렸지만 해럴드는 단칼

에 뿌리쳤다. 방이 그대로 무너져 내리는 소리가 귓가에 울렸다. 식료품 창고의 문이 홱 열리는 소리, 마주 붙잡고 싸우는 소리, 냄비가 부딪치는 소리가 들려왔다. 절망 속에 그녀는 정신없이 부엌으로 뛰어가서 싸움을 말렸다. 남편은 게드니의 목에 감았던 팔을 천천히 풀었다. 처음에는 놀란 표정으로, 그 다음에는 고통스러운 낯빛을 띤 채 장승처럼 꼼짝 않고 우두커니 서 있었다.

"제기랄!" 그는 당황해서 이렇게 말하고는 다시 한 번 되풀이했다. "제기랄!"

그는 또다시 게드니에게 달려들 듯 그쪽을 향해 몸을 돌렸지만 이내 그만두었다. 그의 근육은 눈에 띄게 이완되어 있었고, 희미하게 쓴웃음을 짓고 있었다.

"당신들은…… 당신들은 말이야……." 이블린은 두 팔로 남편을 껴안았고, 그녀의 두 눈은 미친 듯이 남편에게 애원하고 있었다. 그러나 그는 아내를 밀어내고는 도자기같이 창백한 얼굴로 멍하니 부엌 의자에 주저앉았다. "당신은 지금까지 나에게 이런 짓을 해 왔어, 이블린. 그래, 당신은 악마야! 악마라고!"

그녀는 이처럼 남편에게 미안한 적이 없었다. 지금까지 이토록 깊이 남편을 사랑한 적도 없었다.

"그녀 잘못이 아니에요." 게드니가 황송한 마음으로 말했다. "제가 찾아왔을 뿐입니다." 그러나 해럴드는 고개를 내저었다. 고개를 쳐든 그의 표정은 정녕 어떤 사고를 당해서 넋을 잃은 듯했다. 갑자기 슬픔의 빛을 띤 남편의 두 눈이 이블린의 심금을 그윽하게 울렸다. 그리고 동시에 세찬 분노가 그녀의 마음속에서 끓어올랐다. 눈꺼풀이 타오르는 것 같았다. 그녀는 거세게 발을 동동 굴렀다. 마치 무기라도 찾듯이 두 손을 휘두르며 신경질적으로 식탁 위를 쓸어 내더니 게드니에게 난폭하게 덤벼들었다.

"나가요!" 그녀는 검은 눈동자를 반짝이며, 작은 두 주먹으로 그의 팔을 두들기면서 소리를 질렀다. "당신이 이렇게 만든 거야! 어서 여기서 나가……. 나가…… 나가! 나가라는 말이야!"


2


서른다섯 살인 해럴드 파이퍼 부인의 평판은 둘로 나뉘었다. 여자들은 그녀가 여전히 예쁘다고 말했고, 남자들은 이제 미인이라고는 할 수 없다고 말했다. 아마도 여성들은 두려워하고 남자들은 매료되었던 그녀의 미모가 이미 사라져 버렸기 때문일 것이다. 눈동자는 예전과 마찬가지로 아직 크고 검고 어딘가 슬퍼 보였지만 신비로움은 벌써 사라지고 없었다. 이제 눈동자의 슬픈 표정은 영원성을 잃고 오직 인간적인 무언가로 바뀌었다. 그리고 또 놀라거나 화가 날 때 양미간을 찌푸리고 눈을 깜박거리는 버릇이 생겼다. 입의 윤곽 역시 매력을 잃었다. 즉 붉은빛이 바랜 데다가, 미소 지을 때면 양쪽 입가로 희미하게 기울던 표정이 완전히 사라져 버린 것이다. 그 특유의 표정은 슬픈 빛을 띤 눈동자를 돋보이게 해 주고, 아련하게 조소를 보내는 듯한 아름다움을 간직했더랬다. 그런데 지금은 미소를 지을 때마다 입술 언저리가 위쪽으로 치켜 올라갔다. 자신의 미모를 자랑하던 한창때의 이블린은 그런 스스로의 미소를 좋아했다. 마음에 들어서 일부러 강조하기도 했다. 이제 더 이상 그 미소를 강조하지 않자 그 표정은 사라졌고, 그것이 사라지자 그녀의 마지막 신비도 사라져 버렸다.

이블린은 프레디 게드니 사건이 있은 지 한 달도 되지 않아서 미소를 강조하는 일을 아예 그만두었다. 표면적으로 그들 부부는 이전과 조금도 다름없이 생활하고 있었다. 그러나 자신이 남편을 얼마나 깊이 사랑하고 있는지를 알아챈 그 몇 분 동안, 이블린은 스스로 돌이킬 수 없을 만큼 그에게 마음의 상처를 입혔음을 깨달았다. 한 달 동안 그녀는 고통스러운 침묵, 세찬 비난이며 질책과 싸우지 않으면 안 되었다. 그녀는 남편에게 빌고 조용히 동정적인 사랑을 보여 주었지만 그는 불쾌하게 웃어넘길 뿐이었다. 마침내 그녀도 점차 침묵 속으로 가라앉았고, 두 사람 사이에는 허물어 버릴 수 없는 음산한 장벽이 생겨났다. 결국 이블린은 가슴속에 끓어오르는 애정을 어린 아들인 도널드에게 아낌없이 쏟으며, 이 아이가 자기 인생의 일부이자 거의 경이임을 느꼈다.

이듬해 서로의 이해관계나 책임이 늘어나기도 하고, 또 예전의 타다 남은 애정이 불꽃처럼 희미하게 되살아나서 부부는 다시 가까워졌다. 그러나 애처로운 정열의 홍수가 밀려 나간 뒤 이블린은 자신에게 주어진 소중한 기회를 이미 상실했음을 깨달았다. 이제 그녀에게는 아무것도 남아 있지 않았다. 이전에 그녀는 그들 모두에게 젊음과 사랑으로 충만한 존재였다. 그러나 그 침묵의 나날은 애정의 샘물을 천천히 말라붙게 했고, 그 샘물을 다시 한 번 맛보고자 하는 욕망마저 없애 버렸다.

그녀는 난생처음 여자 친구를 찾게 되었고, 예전에 읽었던 책을 더 좋아하게 됐으며, 헌신적으로 사랑하는 두 아이들을 지켜볼 수 있는 자리에서 바느질을 하기 시작했다. 사소한 일에도 신경을 쓰게 되었다. 저녁 식사 식탁 위에 빵 부스러기가 조금이라도 떨어져 있으면 이야기를 하다가도 마음이 온통 그곳에 쏠렸다. 한마디로 그녀는 점차 중년의 나이로 접어들었던 것이다.

이블린의 서른다섯 번째 생일은 여느 때와 달리 분주했다. 왜냐하면 그날 저녁에 갑자기 손님들을 초대하기로 했기 때문이다. 그날 오후 늦게 침실 창가에 서서 그녀는 자신이 몹시 지쳐 있음을 깨달았다. 십 년 전 같으면 침대에 누워 한숨 잤을 테지만, 지금은 온갖 일에 마음을 써야 할 것 같았다. 하녀들이 아래층에서 청소를 했고, 장식용 골동품들은 마룻바닥에 이리저리 놓여 있었다. 이제 곧 식료품점의 직원이 주문받으러 올 텐데, 만나거든 딱 잘라 말해야겠다고 다짐했다. 그리고 열네 살이 되어서 올해부터 집을 떠나 학교에 머무는 도널드에게 편지를 써야 했다.

그녀가 아무래도 역시 드러누워야겠다고 마음먹었을 때 아래층에서 돌연 귀에 익은 어린 딸 줄리의 목소리가 들려왔다. 그녀는 입술을 꽉 다물고 눈살을 찌푸리며 눈을 깜박거렸다.

"줄리!" 그녀가 불렀다.

"아야, 야, 아야!" 줄리가 슬픈 듯이 길게 소리를 질렀다. 그러고는 둘째 하녀 힐더의 목소리가 2층까지 들려왔다.

"줄리가 손을 조금 다쳤어유, 마님."

이블린은 반짇고리가 있는 데로 달려가서 찢어진 손수건을 하나 챙겨 들고 서둘러 계단을 내려갔다. 잠시 뒤 그녀가 상처 입은 곳을 찾는 동안, 줄리는 그녀의 팔에 안겨 울고 있었다. 상처의 희미한 흔적이 경멸이라도 하듯 줄리의 드레스 위에 드러나 있지 않은가!

"엄지손가락이야!" 줄리가 설명했다. "아야, 야, 야, 아야, 아파."

"여기 있는 이 유리그릇 때문이에유." 힐더가 변명하듯 말했다. "제가 찬장을 닦는 동안 잠시 바닥에 내려놓았지유. 그때 줄리가 와서 그걸 가지고 놀다가 손가락을 조금 다쳤어유."

이블린은 힐더를 향해 무섭게 눈살을 찌푸렸다. 그리고 줄리를 무릎 위로 더 세게 끌어당기며 손수건을 찢기 시작했다.

"자…… 아가, 어디 좀 보자."

줄리가 엄지손가락을 내밀자 이블린은 곧 그것을 잡았다.

"이제 됐다!"

줄리는 천 조각이 감긴 엄지손가락을 의심스러운 듯이 바라보았다. 그녀가 엄지손가락을 구부리니 흔들거렸다. 아직 눈물 자국이 남아 있는 얼굴에 기쁘고 흥미로운 표정이 감돌았다. 그녀는 엄지손가락의 냄새를 맡아 보더니 다시 한 번 움직였다.

"내 귀여운 아가!" 이블린은 이렇게 큰 소리로 말하고는 딸아이에게 입맞춤을 했다. 그리고 방을 나가기 전에 그녀는 힐더를 향해 다시 한 번 눈살을 찌푸렸다. 왜 그렇게 조심성이 없을까! 요즘 하녀들은 하나같이 이 모양이라는 말이야. 수완이 좋은 아일랜드 하녀를 구하면 좋으련만……. 그러나 요즘은 그런 하녀를 구할 도리가 없어……. 스웨덴 하녀들이란…….

5시에 해럴드가 귀가했다. 그는 그녀의 방으로 들어와서는 오늘이 서른다섯 번째 생일이니까 서른다섯 번 키스를 해 주겠노라고 묘하게 신바람이 나서 떠들어 댔다. 이블린은 그러고 싶지 않았다.

"술을 마시고 왔군요." 그녀는 짤막하게 대꾸하고는 조심스럽게 덧붙였다. "한두 잔 말이에요. 하지만 내가 술 냄새를 싫어한다는 걸 당신도 잘 알잖아요."

"이비," 그는 창가의 의자에 걸터앉아 있다가 이윽고 입을 열었다. "이제 당신에게 얘기해도 되겠군. 요즘 들어 시내 사업이 별로 신통하지 않다는 건 당신도 알 테지."

그녀는 창가에 서서 머리를 빗다가 이 말을 듣고 그를 돌아다보았다.

"그게 무슨 말이에요? 당신이 늘 말했잖아요. 이 시내에서는 철물 도매상이 하나 더 있어도 장사가 된다고요." 그녀의 목소리에는 놀란 기색이 역력했다.

"지금까진 그랬지." 해럴드가 의미심장하게 말했다. "그런데 이 클래런스 에이헌이라는 작자는 머리가 참 비상하단 말씀이야."

"에이헌 씨를 저녁 식사에 초대했다는 말을 듣고 난 놀랐어요."

"이비," 그는 한 번 더 자신의 무릎을 탁 치며 말을 이었다. "1월 1일 이후로 '클래런스 에이헌 회사'는 '에이헌·파이퍼 회사'로 이름을 바꾸게 됐어……. 그러면 이제 '파이퍼 형제'라는 회사는 더 이상 존재하지 않는 거지."

이블린은 깜짝 놀랐다. 남편의 이름이 뒤에 자리해 있다는 점이 어쩐지 마음에 걸렸다. 그러나 남편은 여전히 기분이 좋은 듯했다.

"이해가 잘 안 가는데요, 해럴드."

"사실은 말이야, 이비. 에이헌은 막스와도 잘 어울려 다녔다고. 만약 그들이 합병하면 우리는 고전하면서 자질구레한 주문이나 받고, 위험을 감수해야 하는 어려운 처지에 놓이게 되었을 거야. 이비, 이건 자본의 문제야. '에이헌·막스 회사'는 '에이헌·파이퍼 회사'와 다름없이 영업했을 거라고." 그가 한숨을 돌리며 기침을 하자 위스키 냄새가 어렴풋이 그녀의 코에 풍겨 왔다. "이비, 사실은 말이야. 난 에이헌의 아내가 이번 일과 어떤 관계가 있지 않을까, 의심하고 있어. 야심 많고 몸집이 작은 여자라고 하더군. 이 도시에서 사업하기에 막스 집안은 별로 도움이 안 되리라고 생각하는 모양이야."

"그 부인은…… 품위 없는 사람인가요?" 이블린이 물었다.

"아직 한 번도 만나 보지 못했어……. 하지만 틀림없이 그럴 거라고 생각해. 클래런스 에이헌의 이름은 다섯 달 전부터 컨트리클럽 입회 심사에 올라와 있었지……. 그런데 여태 아무런 결정도 내리지 않은 상태였다니까." 그는 얕보듯 손을 내저었다. "오늘 에이헌과 함께 점심 식사를 하면서 이 일을 그럭저럭 마무리했어. 그래서 오늘 저녁 식사에 그들 부부를 초대하면 좋을 것 같다고 생각했지……. 모두 아홉 명으로, 대부분 가족들이 올 거야. 이비, 결국 내겐 아주 중요한 일이야. 그러니 우리가 그들 부부를 가끔 만나야 하지 않겠어?"

"네, 맞아요," 이블린이 사려 깊게 말했다. "물론 그래야지요."

이블린은 사교에 대해서는 별로 걱정하지 않았다. 그러나 '파이퍼 형제 회사'가 '에이헌·파이퍼 회사'로 바뀐다는 사실에 깜짝 놀랐다. 어쩐지 이 세상에서 자신의 존재가 영락해 버린 기분이었다.

삼십 분쯤 지난 뒤, 저녁 식사를 위해 옷을 갈아입기 시작하는데 아래층에서 남편의 목소리가 들려왔다.

"아, 이비, 잠깐 내려와 봐!"

그녀는 복도로 나가서 계단의 난간 너머로 소리를 질렀다.

"무슨 일이에요?"

"저녁 식사를 하기 전에 내놓을 펀치를 만드는 데, 좀 도와주었으면 해서."

이블린은 입고 있던 옷의 단추를 서둘러 채우고 계단을 내려갔다. 남편이 필요한 재료를 식당 테이블 위에 늘어놓고 있었으므로, 그녀는 찬장에서 유리그릇 하나를 꺼내 그쪽으로 가져왔다.

"아니, 그건 안 돼." 그가 항의하듯 말했다. "큰 그릇을 사용합시다. 에이헌 부부랑, 당신과 나랑, 그리고 밀턴, 그러면 벌써 다섯 명이지. 톰과 제시를 더하면 일곱 명이고. 당신 여동생과 조 앰블러까지 하면 아홉 명이야. 당신은 사람들이 얼마나 빨리 펀치를 마셔 버리는지 몰라서 그래."

"이 그릇을 사용하세요." 이블린이 고집을 부렸다. "여기에도 제법 많이 들어가요. 게다가 톰이 어떤지 당신도 잘 알잖아요."

톰 로리는 해럴드의 사촌 누이동생인 제시의 남편인데, 일단 술을 마시면 끝장을 보고야 마는 인물이 있었다.

해럴드는 고개를 내저었다.

"바보같이 굴지 말라고. 그 그릇에는 삼 쿼트밖에 들어가지 않고, 사람은 무려 아홉 명이야. 게다가 하녀들도 약간은 마시고 싶어 하겠지……. 그다지 도수가 높은 술도 아니잖아.

이비, 이런 건 많이 마셔야 그만큼 즐거워지는 법이거든. 굳이 다 마셔야 하는 것도 아니고 말이야."

"제 말대로 이 그릇을 쓰세요."

그는 다시 한 번 완강히 고개를 내저었다.

"안 된다니까 그러네. 사리에 맞게 생각해 보라고."

"사리에 맞게 생각하니까 그러지요." 그녀가 짤막하게 대꾸했다. "집 안에 술 취한 사람들이 우글대는 건 싫다고요."

"누가 잔뜩 취하게 한다고 했나?"

"그러니까 작은 그릇으로 해요."

"이거 원, 이비……."

그는 도로 찬장에 가져다 두려고 작은 유리그릇을 집어 들었다. 그 순간 이블린이 손을 뻗쳐서 그것을 잡아챘다. 그렇게 실랑이가 벌어졌고, 마침내 해럴드는 조금 화가 난 듯 불평을 하며 아내가 쥔 그릇을 덥석 빼앗아서 찬장에 가져다 놓았다.

그녀는 경멸하는 얼굴로 남편을 바라보려고 했지만, 그는 그저 웃고 있을 뿐이었다. 그녀는 패배를 인정한 뒤, 앞으로 펀치 만드는 일에는 완전히 손을 떼겠다고 말하면서 식당을 나가 버렸다.


3


7시 30분이 되자 이블린은 두 뺨에 홍조를 띠고 위로 땋아 올린 머리에 브릴리언틴[5]을 뿌린 듯 화사한 모습으로 계단

---

5   에두아르 피노가 개발한 머리카락 및 수염에 윤을 내는 제품.

을 내려갔다. 작은 몸집의 에이헌 부인은 붉은 머리에, 극단적인 프랑스 제정 시대풍의 가운을 차려입고 약간 불안한 마음을 숨긴 채 수다스럽게 이블린에게 인사를 건넸다. 이블린은 첫눈에 이 여자가 싫었지만, 그녀의 남편에겐 그런대로 호감이 갔다. 그는 날카로운 푸른 눈동자와 주위 사람들을 즐겁게 해 주는 타고난 재능을 갖고 있었다. 너무 일찍 결혼하는 실수를 저지르지 않았더라면 아마 사회적으로 더 큰 성공을 거두었을 터였다.

"파이퍼 부인을 뵈어서 기쁩니다." 그가 짤막하게 말했다. "부인의 남편과 저는 앞으로 자주 만나게 될 것 같군요."

그녀는 고개를 숙이고 우아하게 생긋 미소를 지은 뒤, 다른 손님들에게 인사하러 갔다. 해럴드의 조용하고 점잖은 동생 밀턴 파이퍼, 로리 집안의 제시와 톰이며, 이블린의 미혼인 여동생 아이린, 마지막으로 아이린의 영원한 애인이자 확고한 독신주의자인 조 앰블러에게 말이다.

해럴드가 그들을 저녁 식사 자리로 안내했다.

"오늘 저녁에는 펀치를 마시려고 합니다." 그가 유쾌하게 소리쳤다. 이블린은 그가 맛을 본다면서 벌써 상당히 마셨음을 알아챘다. "그래서 오늘 저녁에는 펀치 말고 다른 칵테일은 없습니다. 에이헌 부인, 이것은 집사람이 실력을 발휘해서 만든 거랍니다. 원하신다면 집사람이 만드는 법을 알려 드릴 겁니다. 하지만 오늘은 조금……." 그는 아내의 눈치를 보며 잠시 말을 멈췄다가 다시 말을 이었다. "조금 몸이 좋지 않아서 이번 것은 제가 만들었어요. 방법은 이렇습니다!"

저녁 식사를 하는 동안 내내 펀치가 나왔고, 에이헌과 밀턴과 모든 여자들이 하녀를 향해 고개를 저으며 거절하는 모습을 보고 이블린은 작은 그릇을 골랐던 자신의 선택이 역시 옳았다고 확신했다. 펀치는 아직 절반이나 남아 있었다. 나중에 해럴드에게 과음하지 말라고 한마디 주의를 줘야겠다고, 이블린은 생각했다. 그러나 여자들은 곧 식탁에서 물러났고, 심지어 에이헌 부인에게 붙들려 버렸다. 결국 이블린은 정중하게 흥미 있는 체하며 여러 도시, 드레스 메이커의 이야기를 들어야 했다.

"우린 정말 여러 곳을 옮겨 다녔어요." 에이헌 부인이 붉은 머리를 세차게 흔들어 대며 잡담을 늘어놓았다. "네, 그래요. 지금까지 단 한 번도 한 도시에서 이렇게 오래 머물러 본 적이 없어요……. 하지만 정말이지 이곳에서는 언제까지나 살고 싶어요. 이곳이 좋거든요. 부인께서는 안 그러신가요?"

"글쎄요. 저는 지금까지 줄곧 이곳에서만 살아왔으니 당연히……."

"아, 그렇군요." 에이헌 부인이 웃으며 말했다. "클래런스는 언제나 입버릇처럼 나에게 이렇게 말하곤 했어요. 집에 돌아오면 '자, 내일 시카고로 이사 갈 거야. 짐을 꾸려.' 하고 말해 줄 아내가 필요하다고 말이에요. 그래서 어느 한곳에 머물러 살게 되리라고는 꿈에도 생각 못 했지 뭐예요." 그녀는 또다시 살짝 웃었다. 이것이 그녀의 사교적인 웃음이구나, 하고 이블린은 생각했다.

"남편께서 아주 유능한 분 같아요."

"네, 그래요." 에이헌 부인이 그 말에 적극 찬성했다. "클래런스는 머리가 잘 돌아가는 사람이에요. 아이디어와 열정으로 가득 차 있지요. 자신이 무엇을 원하는지 깨달으면 곧바로 그것을 손에 넣는답니다."

이블린은 고개를 끄덕였다. 남자 손님들은 아직도 식당에서 펀치를 마시고 있는지 궁금했다. 에이헌 부인의 지난 시절 이야기가 두서없이 펼쳐졌지만 이블린은 더 이상 듣고 있지 않았다. 마침 자욱한 시가 연기가 처음 흘러 들어왔다. 그다지 큰 집이 아니니까, 하고 그녀는 생각했다. 이런 저녁 모임이 있을 때면 종종 서재 안은 푸른 연기로 가득 찼다. 그러면 이튿날에는 몇 시간이나 창문을 열어 두고 커튼에 스며든 지독한 냄새를 제거해야 했다. 어쩌면 이번 동업이 잘만 풀린다면……. 그녀는 머릿속으로 새집을 상상해 보기 시작했다.

에이헌 부인의 목소리가 문득 귀에 들어왔다.

"어디에 적어 두셨다면, 정말로 펀치 만드는 방법을 알고 싶어요……."

그때 식당에서 모두들 의자를 뒤로 물리는 소리가 들리더니 남자들이 이쪽으로 걸어 들어왔다. 이블린은 걱정하던 최악의 사태가 일어났음을 금방 알아차렸다. 해럴드의 얼굴은 새빨갰고 말끝마다 혀 꼬부라진 소리를 달고 있었다. 톰 로리는 비틀거리며 걸어 나와서는 아이린의 옆자리에 앉으려다가 하마터면 그녀 무릎 위에 앉을 뻔했다. 그는 소파에 앉아서 눈이 부신 듯 눈을 가늘게 뜨고 주위 사람들을 둘러보았다. 이블린도 눈을 가늘게 뜨고 그를 바라보았지만 그것이 재미있다고는 전혀 생각하지 않았다. 조 앰블러는 아주 만족스러운 듯 미소를 지어 보이며 담배를 피우고 있었다. 오직 에이헌과 밀턴 파이퍼만이 맨정신을 유지하고 있는 것 같았다.

"이곳은 상당히 훌륭한 도시예요." 앰블러가 말했다. "당신도 그렇게 생각하게 될 겁니다."

"지금도 그 점을 잘 알고 있는걸요." 에이헌이 기분 좋게 대답했다.

"에이헌, 더욱더 그렇게 생각하게 될 겁니다." 해럴드가 유난히 고개를 끄덕이며 말했다. "내가 어떻게 손을 쓴다면 말이지요."

그는 의기양양하게 이 도시에 대한 찬사를 늘어놓았고, 이블린은 자기와 마찬가지로 다른 사람들 역시 이 이야기를 지겨워하고 있지는 않나, 하고 불안해졌다. 그러나 겉보기에 는 그런 것 같지 않았다. 모두들 열심히 귀 기울이고 있었기 때문이다. 잠깐 이야기가 중단되자 이블린이 곧 끼어들었다.

"지금까지 어디에서 사셨어요, 에이헌 씨?" 그녀가 흥미 로운 듯이 물었다. 그러고 보니 아까 에이헌 부인이 얘기해 주 었음을 기억해 냈지만 딱히 상관없었다. 해럴드가 저렇게 지 껄여 대도록 두어서는 안 되었기 때문이다. 술만 마시면 저렇 게 바보가 되어 버렸다. 그러나 남편은 자기 이야기를 다시 이 어 갔다.

"내 말 잘 듣게나, 에이헌. 당신은 우선 이 근처 고지대에 있는 집을 하나 손에 넣어야 해요. 스턴의 저택이나 리지웨이 의 저택을 사는 겁니다. 그걸 사면 모두들 이렇게 말할 거예 요. '저기 에이헌의 저택이 있네.' 하고 말이지요. 확실히 효과 가 있을 겁니다."

이블린은 얼굴을 붉혔다. 전혀 이치에 맞는 말이 아니라 고 여겨진 탓이다. 그런데도 에이헌은 뭔가 이상함을 눈치채 지 못한 듯 진지하게 고개를 끄덕일 뿐이었다.

"집은 좀 찾아보셨나요……." 그녀의 말은 해럴드가 계속 떠들어 대는 바람에 다 들리지도 않았다.

"집을 사요……. 그게 우선 첫 단계예요. 그러면 당신은 이곳의 모든 사람들과 이웃이 됩니다. 이곳은 타향 사람에게 일단 속물근성을 드러내지만 얼마 안 가서…… 한번 이웃이 되면 확 달라지거든요. 당신들 같은 사람이라면…….” 그는 손을 획 흔들며 에이헌과 그의 아내를 가리켰다. “아무 문제 없어요. 사실 인정이 많은 곳이지요. 일단 첫 자앙, 장…….” 그는 숨을 들이쉬고 나서야 “장벽을 극복하면 말이지요.” 하고 말했다. 그리고 다시 한 번 ‘장벽’이라는 말을 멋들어지게 되풀이했다.

이블린은 호소하듯이 사촌 시동생을 바라보았다. 그러나 그가 끼어들기 전에 우물우물하는 애매한 소리가 톰 로리의 입에서 잇따라 새어 나왔다. 불 꺼진 담배를 이[齒] 사이에 꽉 물고 있어서 제대로 말할 수 없었던 것이다.

“후마 우마 호 후마 아디 움…….”

“뭐라고?” 해럴드가 정색하고 물었다.

마지못해 그리고 가까스로 톰은 입에서 담배를 떼어 냈다. 아니, 그 일부만을 떼어 낸 뒤 나머지 부분은 ‘푸’ 소리를 내며 방 건너편으로 날려 버렸다. 그런데 축축한 덩어리가 맥없이 에이헌 부인의 무릎 위에 뚝 떨어지고 말았다.

“미안합니다.” 그는 우물우물 말하며, 그것을 뒤쫓아 가려는 듯 자리에서 일어났지만 밀턴이 그의 웃옷을 잡아서 재빨리 도로 앉혔다. 에이헌 부인은 스커트 위의 그 덩어리를 바닥으로 우아하게 털어 버리고는 그것을 단 한 번도 쳐다보지 않았다.

“내 말은요.” 톰이 분명하지 않은 목소리로 말을 이어 나갔다. “그 일이 일어나기 전에 말이에요.” 그는 사과하듯이 에이헌 부인을 향해 가볍게 손을 흔들어 보였다. “내가 말하려던 건, 그 컨트리클럽 문제에 관한 진상을 모두 들었다는 겁니다."

밀턴이 상체를 앞으로 구부리며 그에게 뭐라고 귀엣말을 했다.

"날 그냥 내버려 두라니까." 그가 언짢은 듯이 말했다. "내가 무슨 말을 하고 있는지 잘 알고 있으니까. 그 때문에 이 사람들도 지금 여기에 온 거고."

이블린은 당황해서 거기에 앉은 채 무슨 말이든 해야겠다고 생각했다. 여동생이 냉소적인 표정을 지었고, 에이헌 부인의 얼굴은 붉게 상기되어 갔다. 에이헌은 시곗줄을 만지작거리며 고개를 숙이고 있었다.

"누가 당신을 따돌리려 하는지 난 알고 있어요. 그자도 당신보다 더 나을 바 없는 사람이지요. 그 빌어먹을 일은 내가 어떻게 손을 써 보겠습니다. 벌써 그래야 했지만, 그땐 당신이 어떤 분인지 잘 몰랐어요. 해럴드에게서 들었는데, 당신은 그일 때문에 아주 언짢아했다고……."

밀턴 파이퍼가 갑자기 어색하게 자리에서 벌떡 일어났다. 그 순간 모든 사람들이 긴장된 표정으로 자리에서 일어섰고, 밀턴은 일찍 돌아가야 할 것 같다고 허둥지둥 말했다. 그리고 에이헌 부부는 진지하게 그 말에 열심히 귀를 기울이고 있었다. 그러고 나서 에이헌 부인은 꾹 참으며 억지웃음을 지은 채 제시를 돌아다보았다. 이블린은 톰이 비틀비틀 앞으로 걸어가서 에이헌의 어깨에 한쪽 손을 걸치는 모습을 바라보았다. 그때 느닷없이 그녀의 바로 뒤에서 겁을 먹은 듯한 새로운 목소리가 들려왔고, 뒤돌아보니 거기에는 둘째 하녀인 힐더가 서 있었다.

"마님, 아무래도 줄리의 손에 독이 오른 것 같아유. 퉁퉁 부어오르고 얼굴도 불덩어리처럼 뜨겁구먼유. 괴로운지 신음 소리를 지르고 있어유……."

"줄리가?" 이블린이 날카롭게 물었다. 파티는 돌연 뒷전으로 밀려나 버렸다. 그녀는 재빨리 주위를 획 둘러보며 두 눈으로 에이헌 부인을 찾아서 그녀 쪽으로 다가갔다.

"미안합니다만, 부인……." 그녀는 순간 상대의 이름을 잊어버렸지만 계속 말을 이어 나갔다. "제 어린 딸애가 병이 났어요. 살펴보고 곧 돌아오겠습니다." 그녀는 이렇게 말하고는 재빨리 계단 위로 올라가면서 자욱한 담배 연기에 싸인 방 한가운데에서 큰 소리로 어떤 문제를 토론하는 혼란스러운 장면을 바라보았다. 토론은 아무래도 말다툼으로 발전하고 있는 듯했다.

아이 방의 전등불을 밝히자 줄리는 열에 시달리는 듯 몸부림을 치며 나지막하게 이상야릇한 소리를 내뱉고 있었다. 이블린은 어린애의 볼에 손을 가져다 댔다. 정말 불덩어리처럼 뜨거웠다. 그녀는 놀라서 소리를 지르며 이불 속의 팔을 더듬어 겨우 손을 찾아냈다. 힐더가 말한 그대로였다. 엄지손가락 전체가 손목까지 퉁퉁 부어올라 있었고, 그 한가운데에 염증을 일으킨 작은 상처가 자리해 있었다. 패혈증이야! 하고 그녀는 겁에 질려 비명을 질렀다. 상처 입은 자리에 감아 둔 붕대는 벗겨져 있었다. 바로 거기에 뭔가가 들어간 것이다. 손가락을 다친 때는 오후 3시였다. 그런데 지금은 오후 11시에 가까웠으니, 벌써 여덟 시간이나 지난 것이다. 하지만 패혈증이 그토록 빨리 진행될 리 없었다. 그녀는 곧 전화기 앞으로 달려갔다.

길 건너편에 사는 마틴 의사는 집에 없었다. 그들의 주치의인 푸크 의사는 전화를 받지 않았다. 이블린은 머리를 짜내다가 지푸라기라도 잡는 심정으로 자신의 인후과 전문의에게 전화를 걸었고, 그가 외과 의사 두 사람의 전화번호를 찾아내는 동안 화가 치밀어서 입술을 꼭 깨물었다. 시간이 하염없이 흘러가는 듯 느껴지던 바로 그 순간에, 아래층에서 큰 소리가 들려온 것 같았다. 그러나 그녀는 지금 다른 세계에 외떨어져 있는 듯했다. 십오 분 뒤에야 그녀는 잠을 방해받아서 화가 난 듯 시무룩한 목소리의 외과 의사 한 사람을 찾아냈다. 아이 방으로 다시 뛰어가서 손의 상태를 살펴보았더니 아까보다 조금 더 부어올라 있었다.

"오, 맙소사!" 그녀는 소리쳤고, 침대 옆에서 무릎을 꿇고 줄리의 머리를 연거푸 쓰다듬기 시작했다. 더운물을 가져오면 좋으리라고 막연히 생각하며 자리에서 일어났다. 방문 쪽으로 가려는데, 드레스의 레이스가 침대 가로대에 걸려서 앞으로 고꾸라지고 말았다. 가까스로 일어나서 미친 듯이 레이스를 홱 하고 잡아당겼다. 침대가 움직이자 줄리가 신음했다. 그래서 더 조용히, 하지만 어설픈 동작으로 스커트 앞 주름의 패니어[6]를 몽땅 잡아떼어 버린 뒤, 서둘러 방 밖으로 달려 나왔다.

복도로 나가자 누군가의 집요한 목소리가 우렁차게 들려왔다. 그런데 그녀가 계단 위쪽에 이르렀을 때 그 소리가 멎었다. 그러고는 현관문이 탕 하고 닫혔다.

음악실이 시야에 들어왔다. 거기에는 오직 해럴드와 밀턴

6 　스커트를 풍성하게 펼치기 위해 고래 뼈 따위로 만든 버팀용 지지대.

만이 남아 있었는데, 의자에 기대앉은 해럴드는 얼굴이 몹시 창백하고 옷깃 역시 열려 있었으며 입은 힘없이 움직이고 있었다.

"도대체 무슨 일이죠?"

밀턴이 걱정하듯이 그녀를 바라보았다.

"좀 문제가 생겼어요⋯⋯."

그때 해럴드가 그녀를 발견하고 애써 몸을 꼿꼿이 세우더니 말하기 시작했다.

"내 집에서 말야, 내 사촌 동생을 모욕했다고. 빌어먹을 벼락부자 녀석이. 내 사촌 동생을 말이야⋯⋯."

"톰이 에이헌과 문제를 일으키자 거기에 해럴드가 끼어든 거예요." 밀턴이 말했다.

"밀턴, 맙소사." 이블린이 소리쳤다. "당신이 어떻게 좀 말릴 수 없었나요?"

"저도 어떻게 해 보려고 했지요. 전⋯⋯."

"지금 줄리가 아파요." 이블린은 그의 말을 가로막았다. "몸에 독이 들어갔어요. 가능하다면 당신이 그 사람을 침실로 데려다줘요."

해럴드가 고개를 들었다.

"줄리가 아프다고?"

이블린은 남편을 상대하지도 않고 서둘러 식당을 빠져나가다가 식탁 위에 여전히 놓여 있는 커다란 펀치볼을 발견하자 소름이 오싹 끼쳤다. 얼음이 녹아서 그릇 바닥에 물이 고여 있었다. 정면 계단에서 발걸음 소리가 들려왔다. 밀턴이 해럴드를 부축해서 올라가는 소리였다. 그러고는 혀 꼬부라진 소리로 "글쎄, 줄리는 괜찮아." 하는 말이 들려왔다.

"어린애 방에 그 사람을 들여보내면 안 돼요!" 그녀가 큰 소리로 외쳤다.

그로부터 몇 시간 동안은 그야말로 악몽 같았다. 자정이 되기 직전에 의사가 도착했고, 삼십 분 사이에 상처를 절개했다. 의사는 새벽 2시에 돌아가면서 그녀에게 간호사 두 명의 연락처를 가르쳐 주었고, 무슨 일이 있으면 그곳으로 전화하라고 일러 주었다. 그리고 자신은 아침 6시 30분에 다시 오겠다고 말했다. 역시 패혈증이었다.

새벽 4시에 그녀는 힐더를 줄리 곁에 남겨 두고 자기 방으로 돌아왔다. 이블린은 몸을 떨면서 이브닝드레스를 벗은 뒤 방 한쪽 구석으로 차 버렸다. 평상복으로 갈아입고 다시 아이 방으로 되돌아갔다. 그리고 힐더는 커피를 끓이러 갔다.

정오가 되어서야 비로소 이블린은 해럴드의 방을 들여다 볼 수 있었다. 그는 잠에서 깨어나 아주 비참한 모습으로 천장을 쳐다보고 있었다. 충혈되고 움푹 들어간 눈으로 그녀를 바라보았다. 그녀는 남편이 미워서 잠시 동안 아무 말도 할 수 없었다. 쉰 목소리가 침대에서 들려왔다.

"지금 몇 시야?"

"점심때예요."

"정말 난 바보짓을 했어……."

"지금 그게 문제가 아니에요." 그녀가 매섭게 쏘아붙였다. "줄리가 패혈증에 걸렸어요. 그래서 어쩌면……." 말을 하려다가 숨이 막혀서 목소리가 잘 나오지 않았다. "의사 선생님 말씀이, 손목을 절단해야 한대요."

"아니, 뭐라고?"

"줄리는 손가락을 베었어요……. 그, 그 그릇에 말이에요."

"어제저녁에 말야?"

"아, 그게 무슨 상관이에요?" 그녀가 큰 소리로 말했다. "그 아이가 패혈증에 걸렸다고요. 당신은 귀가 먹었나요?"

그는 어쩔 줄 모르는 표정으로 아내를 바라보았다. 그리고 침대 위에서 반쯤 몸을 일으켰다.

"옷을 갈아입어야지." 그가 말했다.

그녀의 노여움이 가라앉자, 피로감과 남편에 대한 연민이 거센 파도처럼 밀려왔다. 결국 이 상황은 그의 걱정거리이기도 했던 것이다.

"그래요." 그녀가 힘없이 말했다. "그렇게 하는 게 좋겠어요."


4


삼십 대 초반에 이블린의 미모가 아직 망설이듯 머물러 있었다면, 얼마 뒤에는 갑자기 결심한 듯 그녀에게서 완전히 떠나가 버렸다. 얼굴에 희미하게 잡혀 있던 주름이 돌연 깊어지고, 다리와 엉덩이 그리고 팔에 급속히 살이 붙었다. 미간을 찌푸리는 그녀의 버릇은 이젠 하나의 표정으로 굳어 버렸다. 책을 읽거나 누구에게 이야기하거나 또는 잠을 잘 때에 그런 표정이 습관적으로 나타났다. 그녀의 나이는 바야흐로 마흔여섯이 되었던 것이다.

재산이 불어나기보다 줄어드는 가정이 늘 그러하듯이 그녀와 해럴드도 막연한 적의를 품게 되었다. 두 사람은 마음이 평온하면 마치 부서진 낡은 의자를 바라보듯 체념한 채 서로를 바라보았다. 남편이 아프면 이블린은 조금 걱정했고 되도록 밝은 표정을 지으려고 노력했다. 실망한 남편과 살아야 한다는 피곤하고 침울한 삶에서 최대한 명랑해 보이려고 최선을 다했다.

저녁 시간에 가족들끼리 브리지[7] 게임까지 마치고 나면 그녀는 안도의 한숨을 쉬었다. 오늘 저녁엔 여느 때보다 많이 실수했지만 그런 것에 별로 상관하지 않았다. 무엇보다 아이린은 보병 부대가 특히 위험하다는 말을 하지 말았어야 했다.[8] 이미 삼 주일 동안이나 편지를 받지 못했고, 이런 일이 아무리 흔하더라도 그녀는 걱정이 되어서 좀체 마음의 갈피를 잡을 수 없었다. 그래서 지금까지 클로버[9]가 몇 장 나왔는지 알 수 없는 것도 무리가 아니었다.

해럴드가 2층으로 올라갔으므로, 이블린은 신선한 바람을 쐬려고 바깥 현관으로 나갔다. 밝은 달빛이 잔디밭과 보도를 비추었고, 그녀는 하품 섞인 웃음을 지으며 젊은 시절 달빛 아래에서 긴긴 시간 연애하던 일을 떠올렸다. 한때는 그 무렵 벌이던 연애의 총화(總和)가 자신의 인생 자체였다고 생각하니 무척 놀라웠다. 그런데 지금은 끊임없이 일어나는 문젯거리의 총화가 자신의 인생이었다.

다른 무엇보다도 줄리가 문제였다. 줄리는 이제 열세 살이 되었고, 최근에 자신의 장애를 더욱더 민감하게 의식하면서 언제나 방에 틀어박힌 채 책만 읽고 지냈다. 몇 해 전에는 학교에 가기를 두려워했고, 이블린도 무리하게 딸을 학교에

---

7    서양 카드놀이의 일종.

8    이 작품의 시대적 배경은 1차 세계 대전이 아직 이어지던 1910년대 말이다. 도널드는 지금 참전 중임을 짐작할 수 있다.

9    서양 카드에서 클로버 잎이 그려진 카드.

보낼 수는 없었다. 그래서 딸은 언제나 어머니의 그늘 아래서 성장한 셈이었다. 가엾은 그 어린애는 의수(義手)를 사용하려고도 않고, 언제나 쓸쓸하게 주머니에 손을 집어넣고 있었다. 그러다가 팔을 쳐드는 일조차 전혀 않게 될까 봐 불안했다. 그래서 최근 이블린은 딸에게 의수 사용법을 배우도록 했다. 그러나 교습을 받은 뒤에도 마지못해 어머니의 말에 응할 때를 제외하면 또다시 드레스의 호주머니 속으로 의수를 살며시 집어넣는 것이었다. 한동안 그녀의 옷에 주머니를 달아 주지 않았는데, 그러는 내내 줄리는 너무나 비참하게 집 안을 어슬렁거릴 뿐이었다. 결국 이블린도 마음이 꺾여서 그런 시도는 두 번 다시 않게 되었다.

도널드의 문제는 처음부터 줄리와 전혀 달랐다. 그녀는 딸이 되도록 자신에게 의지하지 않게끔 신경 썼지만, 반대로 도널드는 어떻게든 자기 곁에 붙들어 두려고 했다. 물론 마음대로 되진 않았다. 최근 도널드의 문제는 그녀의 힘이 미치지 못하는 곳에 가 있다는 점이었다. 그가 소속된 사단이 세 달 동안 해외로 파견되었기 때문이다.

이블린은 한 번 더 하품을 했다. 인생이란 젊은이들을 위한 것이야. 아아, 젊은 시절 나는 얼마나 행복했던가! 그녀는 자신이 기르던 '비주'라는 조랑말과, 열여덟 살 때 어머니와 둘이서 유럽을 여행했던 일을 기억해 냈다.

"왜 이리도 복잡한 걸까." 그녀는 달을 향해 매정하게 큰 목소리로 말했다. 집 안으로 발을 들여놓고 막 문을 닫으려는데, 서재 쪽에서 무슨 소리가 들려왔으므로 가슴이 덜컥 내려앉았다.

중년이 된 하녀 마서였다. 지금은 오직 하녀 한 명만을 두고 있었다.

"왜 그래, 마서?" 그녀가 깜짝 놀라서 말했다.

마서가 재빨리 뒤를 돌아다보았다.

"아, 마님, 위층에 계시는 줄로 알았지 뭐예유. 전 지금 그
저······."

"무슨 일이라도 있는 거야?"

마서가 머뭇거렸다.

"아녀유, 전······." 그녀는 안절부절못하며 서 있었다. "마
님, 편지 말이어유. 그것을 어딘가에 놓아두었는데유."

"편지라고? 마서에게 온 편지야?" 이블린은 전깃불을 밝
히면서 물었다.

"아녀유, 마님에게 온 편지였어유. 마님, 오늘 오후에 마
지막 배달 우편으로 왔어유. 우편집배원이 저에게 건네주었
는데 그때 마침 뒷문 벨이 울려서 그만. 분명히 손에 쥐고 있
다가 어딘가에 그냥 꽂아 둔 것 같은디. 그래서 지금 살짝 나
와서 편지를 찾으려고 했어유."

"무슨 편지일까. 혹시 도널드에게서 온 편지?"

"아니에유, 광고 전단지나 업무용 편지 같았어유. 이렇게
좁고 기다란 것 같았어유."

두 사람은 음악실 안의 쟁반이나 벽난로 장식 위를 뒤져
본 다음, 서재로 가서 죽 꽂혀 있는 책들 위쪽을 살펴보았다.
마서는 어찌할 바를 몰라서 잠시 멈춰 섰다.

"도대체 어디에 놓아두었는지 생각이 나지 않네유. 곧바
로 부엌으로 갔어유. 어쩌면 식당에 있는지도 모르겠구먼유."
그녀는 그러기를 기대하며 식당으로 향했다. 그런데 뒤에서
숨을 헐떡거리는 소리가 들리자 얼른 뒤돌아보았다. 이블린

은 미간을 찌푸리고 화가 난 듯 눈을 깜박거리며 안락의자에 털썩 주저앉았다.

"어디 몸이 불편하신가유?"

얼마 동안 대답이 없었다. 이블린은 몸을 꼼짝도 않고 가만히 그냥 앉아 있었다. 마서는 안주인의 가슴이 심하게 오르락내리락하는 모습을 볼 수 있었다.

"어디 불편한 데라도 있으신가유?" 그녀가 되풀이해서 물었다.

"아냐." 이블린이 천천히 대답했다. "하지만 편지가 있는 장소를 알았어. 이제 그만 가 봐, 마서. 내가 알고 있으니까."

이상하다고 생각하며 마서는 물러갔다. 그러나 이블린은 여전히 의자에 앉아 있었다. 다만 눈언저리의 근육만이 움직이고 있었다. 수축되었다가 이완되기를 반복했다. 이블린은 이제 편지가 있는 곳을 알았다. 마치 자기가 직접 거기에 가져다 놓은 듯 분명히 말이다. 그리고 본능적으로, 의심의 여지 없이 그것이 어떤 편지인지도 짐작할 수 있었다. 그 편지는 광고 전단지처럼 좁고 긴 데다, 위쪽 한구석에는 큰 글씨로 '육군성(陸軍省)'이라 쓰여 있으리라. 그리고 그 밑에 좀 더 작은 글씨로 '공용 우편'이라 적혀 있을 터였다. 그것은 커다란 유리그릇 속에 들어 있으며, 겉봉에는 그녀의 이름이 잉크로 쓰여 있고, 그 봉투 속에 죽은 영혼이 들어 있음을 그녀는 잘 알았던 것이다.

그녀는 비틀거리며 일어서서 책꽂이에 몸을 의지한 채 길을 더듬어 식당을 향해 걸어갔다. 그러고는 문을 통과했고, 잠시 뒤 전등을 찾아내서 스위치를 켰다.

유리그릇은 전등 불빛을 검은 테를 두른 진홍색의 네모꼴과 푸른 테를 두른 노란색의 네모꼴로 반사하며 그 자리에 놓여 있었다. 육중하고 현란하게 반짝이며, 그로테스크하고도 의기양양하게 불길한 모습을 드러낸 채 말이다. 그녀는 앞쪽으로 한 발짝 내디디고 다시 걸음을 멈추었다. 이제 한 발만 더 내디디면 그 그릇의 꼭대기부터 안쪽까지 훤히 들여다볼 수 있을 것이다. 또 한 발짝 더 앞으로 나서면 흰 종이의 가장자리를 볼 수 있을 테고, 또 한 발짝 더 내디디면 그녀 손이 거칠고 차가운 종이 표면에 닿을 것이다.

그녀는 곧 봉투를 뜯었다. 잘 펴지지 않는 접힌 자리를 더듬더듬 펼쳐서 종이를 눈앞으로 가져갔다. 타이프로 친 편지가 그녀를 노려보고 대드는 것 같았다. 마침내 그 종이는 새처럼 팔랑거리며 바닥 위로 떨어졌다. 방금 전까지만 해도 빙글빙글 돌며 윙윙거리던 집 안이 갑자기 쥐 죽은 듯 조용해졌다. 열어젖힌 현관문을 통해 한 줄기 미풍이 불어오면서 지나가는 자동차 소리를 싣고 왔다. 위층에서 희미한 소리가 들리더니, 이윽고 책꽂이 뒤의 수도 파이프에서 요란한 소리가 울렸다. 남편이 수도꼭지를 열었다가 닫는 소리였다.

그리고 바로 그 순간, 결국 도널드와 아무런 관계도 없는 시간임을 깨달았다. 아들이 이블린과 이 차갑고 악의에 찬 아름다운 물건—즉 오래전에 얼굴도 잊어버린 남자로부터 받은 이 원한 가득한 선물—사이에서, 즉 갑작스레 시작되어 오랫동안 맥 빠진 막간(幕間)을 이어 온 이 음흉한 시합에서 점수를 매기는 사람이 아니라면 말이다. 그 그릇은 생각에 잠긴 듯 육중하고 수동적인 모습으로, 오랜 세월에 걸쳐 그래 왔듯이 그녀 집 안의 한가운데에 자리 잡고 있었다. 천 개나 되는 눈으로 얼음처럼 차가운 빛을 내뿜고, 그 사악한 빛은 늙거나 변하는 일조차 없이 서로서로 하나로 결합할 뿐이었다.

이블린은 테이블 가장자리에 걸터앉아서 무엇에 홀린 듯이 가만히 그것을 바라다보았다. 지금은 미소를, 그것도 잔인하기 짝이 없는 미소를 지으면서 이렇게 말하고 있는 것 같았다.

"자, 어때. 이번에는 너에게 직접 상처를 입힐 필요가 없었지. 애써 그런 짓을 할 것까지도 없었다고. 내가 네 아들을 빼앗아 갔음을 너는 알고 있겠지. 내가 얼마나 차갑고 딱딱하고 아름다운지 너는 잘 알 거야. 왜냐하면 너도 예전에는 나처럼 차갑고 딱딱하고 아름다웠으니까."

그 유리그릇은 돌연 뒤집히더니 점점 부풀어 올랐다. 마침내 그것은 방과 집 위에서 찬란하게 반짝이며 진동하는 커다란 천개(天蓋)로 변했다. 사방의 벽이 천천히 녹아 안개가 되는 동안, 이블린의 눈에 그것은 그녀로부터 점점 멀어지며 밖으로 더 밖으로 움직이고 있는 듯 보였다. 그리고 먼 지평선이며 태양이며 달이며 별을 차단하더니 이제 희미한 잉크빛 얼룩밖에는 보이지 않았다. 사람들은 모두 그 밑을 걸어 다녔고, 그들에게 가 닿는 빛은 굴절되고 뒤틀려 있었다. 마침내 그림자는 빛처럼 보이고 빛은 그림자처럼 보였다. 그리고 드디어 이 세계 전체가 반짝이는 유리그릇의 하늘 아래에서 일그러졌다.

바로 그때 멀리서 우렁찬 목소리 하나가 나지막하고 맑은 종소리처럼 들려왔다. 그 목소리는 유리그릇의 한가운데에서 흘러나왔고, 커다란 벽을 타고 땅으로 내려오더니 그녀를 향해 세차게 돌진했다.

"너도 알다시피, 난 운명이야." 유리그릇이 크게 소리쳤다. "네 보잘것없는 계획보다 힘이 센 운명이라고. 나로 말하자면 결코 벗어날 수 없는 운명이지. 따라서 난 네 부질없는 꿈과는 달라. 난 화살처럼 날아가는 시간이며, 아름다움과 충족되지 않는 욕망의 종착역이야. 또 결정적인 시간을 만들어내는 온갖 우연이며 감지할 수 없는 사소한 순간들 역시 모두 내 것이지. 난 어떤 규칙에도 얽매이지 않는 예외이며, 네 힘으로 제어할 수 없는 한계이자, 인생이라는 요리의 양념이라는 말이야."

힘차게 울려 퍼지던 소리가 그쳤다. 메아리는 넓은 땅을 넘어 세계의 경계선인 유리그릇의 가장자리로 굴러가더니 커다란 측면을 타고 위로 올라갔다. 그러고는 다시 한가운데로 되돌아가더니 그곳에서 잠시 동안 작은 소리로 흥얼거리다가 마침내 사라져 버렸다. 그러자 커다란 벽면이 마치 그녀를 덮칠 듯 점점 작아지고 점점 가까이 다가오면서 천천히 그녀를 짓누르기 시작했다. 그녀가 두 손을 꼭 쥐고 차가운 유리가 빠르게 부서지기를 기다리는 동안, 그 유리그릇은 느닷없이 몸을 뒤틀며 뒤집혔다. 그리고 반짝이면서, 수수께끼처럼 불가해한 수백 개의 프리즘으로 가지각색의 어스레한 빛과 눈부신 빛과 서로 교차하는 빛 그리고 엇갈린 빛을 반사하면서 찬장 위에 다시 놓였다.

현관문을 통해 차가운 바람이 다시 불어왔고, 이블린은 필사적으로 두 팔을 뻗쳐서 그 유리그릇을 힘껏 껴안았다. 서둘러야 해. 강해져야 해. 그녀는 아플 때까지 두 팔에 힘을 주고 부드러운 살 속의 근육을 긴장시켰다. 있는 힘을 다해서 그 유리그릇을 들어 올렸다. 힘을 쓰는 바람에 벌어진 옷의 등 쪽으로 차가운 바람이 와 닿았다. 그녀는 찬바람을 느끼며 그쪽으로 돌아서서, 그 무거운 그릇을 껴안고 비틀비틀 서재를 빠져나와서 현관 쪽으로 향했다. 서둘러야 해. 강해져야 해. 두 팔의 혈관이 둔탁하게 고동치고 두 무릎은 연신 무너져 내렸지만 차가운 유리의 감촉은 그다지 나쁘지 않았다.

현관문을 나선 이블린은 비틀거리면서 돌계단 위에 섰다. 그리고 거기서 영혼과 육체의 마지막 힘을 쥐어짜서 몸을 반쯤 돌렸다. 그런데 그녀가 쥐고 있던 유리그릇을 놓으려는 순간, 감각을 잃은 손가락이 투박스러운 유리 표면에 걸렸다. 결국 그녀는 발이 미끄러지는 바람에 균형을 잃었고, 유리그릇을 두 팔로 안은 채 절망의 소리를 부르짖으며 앞으로 고꾸라졌다. ……땅 아래로…….

도로를 따라 전깃불이 들어왔다. 한 블록의 훨씬 건너편까지 유리 깨지는 소리가 들렸고, 지나가던 사람들이 기이한 소리를 듣고 달려왔다. 위층에서는 피로에 지친 한 남자가 선잠에서 깨어났고, 한 소녀는 졸다가 가위에 눌려서 훌쩍거렸다. 달빛이 비치는 한길에는 움직이지 않는 검은 형체 주위로 수백 개의 프리즘과 각설탕 같은 유리 조각 그리고 유리 파편이 푸른색, 노란 테를 두른 검은색, 황금색, 검은 테를 두른 진홍색의 자그마한 미광(微光)을 반사하고 있었다.

# 머리와 어깨

1

1915년에 호러스 타박스는 열세 살이었다. 그해에 그는 프린스턴 대학교의 입학시험을 보았고, 카이사르, 키케로, 베르길리우스, 크세노폰, 호메로스, 대수학, 평면 기하학, 입체 기하학, 화학에서 우수한 점수인 A학점을 받았다.

그로부터 이 년 뒤 조지 M. 코헨이 「저기 저쪽」을 작곡할 때[10] 호러스는 2학년 동기생들을 멀찍이 따돌리며 '쇠퇴한 스콜라 철학 형식으로서의 삼단 논법'에 관한 논문들을 탐독했다. 그리고 샤토티에리 전투[11]가 한창 벌어지던 시기에는 책상에 앉아서 '신실재론자(新實在論者)들의 실용주의적 편견'

---

10  미국의 극작가이자 작곡가, 배우인 조지 마이클 코헨(1878~1942)이 만든 노래 「저기 저쪽(Over There)」은 1차 세계 대전 중에 특히 미군 사이에서 큰 인기를 끌었다.

11  1918년 7월, 1차 세계 대전에 참전한 미군이 프랑스 북부에 위치한 샤토티에리에서 독일군의 공세를 막아 낸 전투.

에 관한 일련의 논문을 열일곱 살 생일이 될 때까지 기다렸다가 쓸지, 아니면 그 전에 착수해도 될지 고민하고 있었다.

얼마간 시간이 흐른 뒤 한 신문팔이 소년이 호러스에게 1차 세계 대전이 끝났다고 일러 주었다. 그는 기뻤다. 이제 피트브러더스 출판사에서 스피노자의 『지성 개선론』 개정판을 낼 수 있을 테니까. 젊은이들에게 자립정신이 무엇인지 가르쳐 주었다는 점에서 전쟁도 나름대로 괜찮았지만, 호러스는 가짜 휴전일 밤에 그의 집 창문 아래서 관악대가 연주하게끔 허락한 대통령을 용서할 수 없었다. 그 때문에 '독일 관념론'에 관한 논문을 쓰면서 중요한 문장을 세 개나 빼먹었기 때문이다.

이듬해 호러스는 문학 석사 학위를 이수하기 위해 예일 대학교 대학원에 진학했다.

이제 그는 키 크고 몸이 날씬하며 근시에 잿빛 눈을 가진 열일곱 살 청년이었다. 그는 남들이 그저 무심히 내뱉는 말들과 철저하게 거리를 두며 스스로를 지키고자 했다.

"단 한 번도 내가 저 친구랑 대화하고 있구나, 하고 생각한 적이 없다네." 딜링거 교수는 호의적인 동료에게 항의하듯 말했다. "마치 저 친구의 대리인하고 얘기하는 느낌이 든다니까. '글쎄요, 저 자신한테 물어보고 확인하도록 하겠습니다.' 언제고 저 친구가 꼭 이렇게 말할 것 같다고나 할까."

이윽고 삶은 마치 호러스 타박스가 정육점 주인 비프(Beef) 씨나 의류 잡화점 주인 해트(Hat) 씨였던 듯 그저 무심하게 다가와서, 토요일 오후 특설 매장의 아일랜드산 레이스 조각처럼 그를 움켜쥐고 만지고 잡아 늘이고 펼쳐 놓았다.

문학적인 방식으로 옮겨 보자면, 이것은 전적으로 저 옛날 영국 식민지 시대의 강인한 개척자들이 코네티컷의 어느 공터에 당도해서 "자, 여기 뭘 세울까?" 하고 서로에게 물었을 때, 그들 가운데 가장 강인한 이가 "극장 경영자들이 뮤지컬 코미디를 시연할 수 있는 마을을 건설하세!"라고 대답했기 때문이다. 그 뒤 뮤지컬 코미디를 시연할 수 있도록 예일 대학교를 설립했다는 이야기는 아마 모르는 사람이 없으리라. 어쨌든 12월 어느 날 「홈 제임스(Home James)」라는 작품이 슈버트 홀에서 상연되었는데, 학생들은 하나같이 마샤 메도에게 열렬히 박수갈채를 보냈다. 그녀는 1막에서 블런더링 블림프[12]에 관한 노래를 불렀고, 피날레에서는 몸을 마구 흔들어 대는 유명한 춤을 추었다.

마샤는 열아홉 살이었다. 그녀에게는 날개가 없었지만, 청중 대부분이 그녀에게 굳이 날개가 필요하지 않다는 데 동의했다. 그녀는 타고난 금발이었고, 한낮에 길거리를 다닐 때도 화장을 하지 않았다. 그것 말고는 다른 여성들보다 별로 나을 게 없었다.

마샤더러 비범한 천재 청년 호러스 타박스를 방문하면 팰맬 담배 5000개를 주겠다고 약속한 사람은 찰리 문이었다. 찰리는 셰필드에 자리한 대학예비학교 4학년생으로, 호러스와는 사촌 사이였다. 호러스와 찰리는 서로를 좋아하면서도 딱하게 여겼다.

그날 밤 호러스는 유난히 바빴다. 프랑스인 로리에가 신실재론의 의미를 제대로 파악하지 못한다는 사실에 마음이 무거웠다. 사실 그가 나지막하고 명쾌하게 자신의 서재 문을

---

12 Blundering Blimp. 1934년에 만화로 발표된 작품의 등장인물이다. 블런더링 (blundering)은 '실수가 잦은, 얼간이 같은, 서투른' 등의 뜻을 가진 단어다.

두드리는 소리에 보인 반응이라고는, 만약 노크 소리를 들을 귀가 없다면 그 소리가 실제로 존재하는지 여부를 고찰해 보는 정도였다. 그는 스스로 점점 더 실용주의를 향해 다가가고 있다고 믿었다. 그러나 그 순간, 비록 그게 뭔지는 몰랐지만, 실상 그는 전혀 다른 것을 향해 놀라운 속도로 다가가고 있었다.

똑똑 노크하는 소리가 들렸다. — 그리고 삼 초가 지났다. — 다시 노크 소리가 그의 귓가에 들려왔다.

"들어와요." 호러스가 기계적으로 중얼거렸다.

그러자 문을 여닫는 소리가 들렸지만, 난로 앞에 놓인 큼직한 안락의자에 앉아 열심히 책을 읽고 있던 그는 고개를 쳐들지 않았다.

"저쪽 방 침대에 갖다 둬요." 그가 무심코 말했다.

"저쪽 방 침대에 뭘 갖다 둬요?"

마샤 메도는 노래로 말하는 연기자였지만 평소의 목소리는 보조 연주를 하는 하프 같았다.

"세탁물 말입니다."

"그럴 수 없어요."

호러스는 의자에서 초조하게 몸을 움직였다.

"왜 못 한다는 겁니까?"

"글쎄, 나한테는 세탁물이 없으니까요."

"흠!" 그가 퉁명스럽게 대답했다. "그럼 돌아가서 가져오시죠."

호러스가 앉아 있는 난롯가 맞은편에는 또 다른 안락의자가 놓여 있었다. 그는 운동도 하고 변화도 줄 요량으로 저녁 시간 동안 의자를 바꿔 앉는 버릇이 있었다. 하나는 '버클리',

다른 하나는 '흄'이라고 불렀다.[13] 갑자기 투명한 형체가 바스락 소리를 내며 흄에게 파묻히는 소리가 들렸다. 그가 눈을 들어 힐끗 쳐다보았다.

"자, 있잖아요." 마샤는 2막에서 선보이는 달콤한 미소를 지으며 말했다. "자, 있잖아요, 오마르 하이얌, 제가 여기 황야에 있는 당신 곁에서 노래를 부르고 있어요."[14]

호러스는 그 여자를 멍하니 바라보았다. 한순간 그녀가 자신의 상상이 빚어낸 환영의 존재가 아닐까, 하는 의심이 들었다. 여자들은 남자의 방에 들어오지 않을뿐더러 남자들이 앉는 흄에게 몸을 파묻지도 않기 때문이다. 여자들은 세탁물을 가져오고, 전차에서 먼저 자리를 차지하며, 뒷날 속박이 뭔지 알 만한 나이가 되면 결혼해 주는 존재였다.

이 여자는 분명히 흄에게서 형체를 부여받고 나타난 존재였다. 얇게 비치는 갈색 드레스의 거품 같은 풍성함이야말로 저기 있는 흄의 가죽 팔이 뿜어낸 예술이리라! 만약 한참 동안 그녀를 바라본다면 그 형체를 꿰뚫고 흄을 제대로 볼 수 있으리라. 그러고 나면 그는 다시 방에 홀로 남게 될 터다. 그는

---

13  존 로크의 사상을 계승하여 영국 근대 경험론을 발전시키고 완성한 조지 버클리(1685~1753)와 데이비드 흄(1711~1776)을 말한다. 아일랜드 성공회 주교이자 철학자인 버클리는 무신론과 회의주의를 경계하며 "존재하는 것은 지각되는 것이다.(Esse est percipi)"라는 명제로 요약되는 극단적 경험론을 주장했다. 스코틀랜드 출신의 철학자 흄은 버클리가 주장한 '정신적 실체'를 부정하고 회의하면서 경험론을 논리적, 구조적으로 완성했다.

14  오마르 하이얌(1048~1131)은 페르시아의 시인이다. 마샤는 그의 4행시(『루바이야트』) 일부를 약간 바꾸어 인용하고 있다. "커다란 가지 아래 시집 한 권/ 포도주 한 병에 빵 한 덩어리 그리고 당신./ 황야의 내 곁에서 노래 부르니/ 황야도 충분히 낙원이리라."

주먹 하나를 눈앞에서 움직여 보았다. 정말이지 공중그네 운동을 재개해야 할 것 같았다.

"제발 그렇게 비난하는 눈으로 보지 말아요!" 흠이 뿜어낸 존재가 쾌활하게 항의했다. "내가 없어지기를 바라는 것 같군요. 그러면 당신 눈에 담긴 내 그림자 말고는 아무것도 남지 않겠죠."

호러스가 기침을 했다. 기침은 그가 하는 두 가지 몸짓 중 하나였다. 그가 말할 때 상대방은 그에게 육체가 있다는 사실을 완전히 잊어버렸다. 오래전에 죽은 가수의 축음기판을 듣는 것과 비슷하다고나 할까.

"용건이 뭡니까?" 그가 물었다.

"편지를 되찾고 싶어요." 마샤가 멜로드라마처럼 칭얼거렸다. "1881년에 제 조부께 구입한 제 편지들 말이에요."

호러스는 잠시 생각에 잠겼다.

"난 당신 편지를 소유한 적이 없습니다." 그가 차분하게 대답했다. "저는 이제 고작 열일곱 살입니다. 우리 아버지는 1879년 3월 3일에야 태어나셨어요. 당신은 나를 다른 사람과 착각하고 있는 게 틀림없습니다."

"고작 열일곱 살이라고요?" 마샤가 미심쩍다는 듯 물었다.

"네, 이제 고작 열일곱 살밖에 되지 않았어요."

"제가 아는 어떤 여자애는요." 마샤가 추억에 잠긴 듯 말했다. "열여섯 살에 십 대, 이십 대, 삼십 대를 연기했죠. 자기 연기에 도취해서 '고작'이라는 말을 앞에 붙이지 않고서는 '열여섯 살'이라고 말하는 법이 없었어요. 그래서 우린 개를 '고작 제시'라고 부르게 됐죠. 그렇게 개는 고작 더 나빠지기만 했어요. '고작'이라고 말하는 건 나쁜 습관이에요, 오마르.

변명하는 것처럼 들리잖아요."

"제 이름은 오마르가 아닙니다."

"알아요." 마샤가 고개를 끄덕이며 인정했다. "당신 이름은 호러스죠. 오마르라고 부른 건, 당신을 보니 다 피우고 난 궐련 담배가 생각났기 때문이에요."

"저한테 당신 편지는 없습니다. 당신 할아버지를 만난 적도 없고요. 사실상 당신이 1881년에 존재했을 리 없다고 생각합니다."

마샤가 놀란 표정으로 그를 바라보았다.

"1881년에 제가요? 그럼요, 확실히 존재했죠. '플로로도라 6중창단'15이 아직 수녀원에 있을 때, 난 별 볼 일 없는 두 번째 줄에 있었어요. 솔 스미스 부인이 맡은 줄리엣의 유모도 원래 제 역할이었고요. 참, 오마르, 1812년 전쟁16 때는 병사 전용 클럽에서 노래를 불렀어요."

호러스는 마음이 갑자기 펄쩍 뛰어올랐으므로 빙그레 웃었다.

"찰리 문이 당신을 이곳으로 보냈지요?"

"찰리 문이 누구예요?"

"키는 작은데 콧구멍은 벌름하고, 귀는 큰 녀석 말이에요."

그러자 마샤는 허리를 곧추세우며 키를 몇 센티미터쯤 키우더니 코웃음을 쳤다.

---

15 「플로로도라(Florodora)」는 1899년에 초연해서 대성공을 거둔 뮤지컬 코미디다. 특히 '플로로도라 걸스'라고 불린 2중 6중창단(코러스)이 유명했다.

16 당시 영국에 적대적이던 제임스 매디슨 대통령과 그 세력들이 영국의 미국 선박 나포를 명분으로 영국에 선전 포고를 하면서 벌어진 전쟁.

"내겐 친구들의 콧구멍을 살펴보는 취미가 없는데요."

"아무튼 찰리가 맞습니까?"

마샤는 입술을 깨물더니 곧이어 하품을 했다.

"아, 화제를 바꾸죠, 오마르. 이 의자에 앉아 있으려니 금방이라도 코를 골 것 같아요."

"네, 맞습니다." 호러스가 진지하게 대답했다. "흉은 종종 졸음을 유발하는……."

"두 사람 중 누가 당신 친구인가요? 그 사람 혹시 죽나요?"

그때 돌연 호러스 타박스가 가냘픈 몸을 일으키더니 주머니에 손을 집어넣고 방 안을 서성거리기 시작했다. 이것은 그가 자주 하는 두 번째 몸짓이었다.

"이런 짓 별로 좋아하지 않습니다." 그가 마치 혼잣말을 하듯 내뱉었다. "조금도 좋아하지 않는다고요. 하지만 당신이 여기 있는 게 싫다는 건 아닙니다, 전혀 그렇지 않아요. 당신은 무척 예쁜 아가씨지만 난 찰리 문이 당신을 여기로 보낸 게 마음에 들지 않아요. 내가 화학자나 건물 경비원이나 뭐 아무나 실험해 볼 수 있는 그런 실험 대상입니까? 내 지능 발달 상태가 우습게 보이나요? 만화 잡지에 나오는 보스턴 꼬마 캐릭터처럼 보이나요? 파리에서 일주일 동안 어떻게 지냈는지 끝도 없이 지껄여 대는 그 무감각한 햇병아리 녀석한테, 문 말입니다, 그 녀석한테 무슨 권리라도……."

"없어요." 마샤가 단호하게 말을 잘랐다. "그리고 당신은 사랑스러운 사람이에요. 그러니 이리 와서 내게 키스해 줘요."

호러스는 그녀 앞에 우뚝 멈추어 섰다.

"왜 나한테 키스해 달라고 하는 거죠?" 그가 여념 없이 물었다. "당신은 돌아다니며 아무한테나 키스하나요?"

"뭐, 그런 편이죠." 마샤는 태연하게 인정했다. "인생이란 그런 거잖아요. 사람들에게 키스하며 돌아다니는 것."

"글쎄요." 호러스가 힘주어 말했다. "당신의 생각은 아주 뒤틀려 있어요! 첫째, 인생이란 그런 게 아닙니다. 둘째, 난 당신에게 키스하지 않을 겁니다. 버릇이 될지도 모르고, 한번 버릇이 들면 그만두지 못하니까요. 올해 들어 아침 7시 30분까지 침대에서 뒹구는 버릇이 생겼는데……."

마샤는 이해한다는 듯 고개를 끄덕였다.

"한 번이라도 재미라는 걸 느껴 본 적이 있나요?"

"재미라니, 무슨 뜻입니까?"

"이봐요." 마샤가 단호한 목소리로 말했다. "오마르, 당신이 마음에 들긴 하지만, 자기가 무슨 말을 하는진 알고 말했으면 해요. 당신은 마치 입속에 말들을 잔뜩 머금고 우물우물 헹구다가 몇 마디 입 밖으로 흘릴 때마다 내기에 진 듯 얘기한다고요. 재미를 느껴 본 적이 있느냐고 물었어요."

호러스는 고개를 내저었다.

"어쩌면 나중엔 느끼게 될지도 모르죠." 그가 대답했다. "난 계획에 따라 사는 사람입니다. 실험을 하며 살아가는 사람이기도 하고요. 그렇다고 이렇게 사는 게 전혀 지겹지 않다는 말은 아닙니다. 지겨울 때도 있지요. 하지만 아, 설명을 못 하겠네요. 당신과 찰리 문이 재미라고 부르는 건 내게 재미있지 않을 겁니다."

"좀 더 설명해 줘요."

호러스는 그 여자를 물끄러미 바라보며 입을 열었다가 곧 마음을 바꾸어 다시 서성이기 시작했다. 마샤는 그가 자신을 보고 있는지 아닌지 알아내려고 헛되이 애쓰다가 그에게 미소를 지었다.

"설명해 달라고요."

그러자 호러스가 몸을 돌렸다.

"설명해 주면 찰리 문에게 내가 여기 없었다고 얘기하기로 약속하겠습니까?"

"음, 그래요."

"그럼 좋습니다. 제 과거는 이렇습니다. 나는 걸핏하면 '왜?' 하고 질문을 던지는 아이였어요. 말하자면 바퀴가 돌아가는 이치를 알고 싶었던 거죠. 우리 아버지는 프린스턴 대학교의 젊은 경제학 교수였습니다. 제가 묻는 질문마다 최선을 다해 대답해 주시며 저를 키웠습니다. 아버지는 제 반응을 보시더니 조숙함에 관한 실험을 해 보기로 결심하셨습니다. 그런 학살 같은 실험을 거들 운명이었는지 제 귀에 문제가 생겼어요. 아홉 살 무렵부터 열두 살이 될 때까지 일곱 차례나 수술을 받았죠. 물론 그 때문에 다른 아이들과 어울리지 못했고, 그래서 조숙해 버렸습니다. 아무튼 내 또래의 아이들이 엉클 리머스[17]를 읽고 있을 때 난 카툴루스[18]를 그리스어 원전으로 탐독했어요.

난 열세 살에 대학교 입학시험을 통과했습니다. 그럴 수밖에 없었죠. 내가 주로 어울리는 사람들이란 대학 교수들이었고, 내 지능이 뛰어나다는 사실을 깨닫고서 스스로 무척 자

---

17  민담을 취재해서 쓴 이야기책에 등장하는 늙은 흑인으로, 아이들에게 동물 이야기를 들려준다.

18  고대 로마 공화정 말기의 서정시인으로, 순수한 사랑을 다룬 수많은 작품을 남겼다.

부심을 느꼈으니까요. 재능이 유별나면서도 달리 비정상적이
지는 않았으니까요. 열여섯 살이 되자 괴짜로 사는 게 지겨워
졌습니다. 누군가가 심각한 실수를 저지른 탓이라고 결론을
내렸어요. 그래도 이왕 거기까지 갔으니 문학 석사 학위를 받
는 것으로 끝장을 보자고 결심했죠. 내 인생의 최대 관심사는
근대 철학을 연구하는 겁니다. 또한 나는 앙통 로리에 학파에
속한 실재론자입니다. 물론 베르그송 철학으로 다듬어지기는
했지만요. 이제 앞으로 두 달이면 열여덟 살이 됩니다. 이게
전부예요."

"어휴!" 마샤가 큰 소리로 외쳤다. "그 정도면 충분해요!
품사를 적절히 잘 사용하네요."

"만족하나요?"

"아뇨, 아직 키스해 주지 않았잖아요."

"그건 계획에 없는데요." 호러스가 반박했다. "육체적인
것을 초월하는 척하는 게 아님을 이해해 주십시오. 물론 그것
도 그 나름의 역할이 있지만……."

"아, 그 빌어먹을 이성적인 태도를 버려요!"

"어쩔 수 없습니다."

"난 그런 슬롯머신 같은 사람은 싫다고요."

"단언하건대 나는……." 호러스가 말하기 시작했다.

"아, 입 닥쳐요!"

"내 합리성으로는……."

"당신의 합리성에 대해 내가 뭐라고 했나요? 당신 미국인
맞죠?"

"네, 그렇습니다."

"그럼 됐어요. 당신이 그 고상한 계획에 따르지 않고 행

동하는 모습을 보고 싶어요. 뭐라고 하더라, 아무튼 '브라질식'[19]으로 다듬어진 — 방금 당신이 얘기한 그 말 말이에요. — 그걸 하면 당신이 조금 더 인간다워질 수 있는지 알고 싶군요."

호러스는 다시 고개를 내저었다.

"키스는 하지 않을 겁니다."

"그럼 내 인생은 완전히 망가지는 거예요." 마샤가 서글픈 듯 중얼거렸다. "난 패배한 여자예요. 평생 브라질식으로 다듬어진 키스 한번 못 해 보고 살아가야 할 테니." 그녀가 한숨을 내쉬었다. "아무튼 오마르, 내 공연을 보러 오겠어요?"

"무슨 공연 말입니까?"

"「홈 제임스」에 등장하는 악녀 역할을 맡고 있어요!"

"오페레타인가요?"

"네, 그래요, 넓게 보면 그렇죠. 등장인물 중에 벼를 재배하는 브라질 농부가 있어요. 그러니 당신도 재미있어할지 몰라요."

"언젠가 한번 오페라 「보헤미안 걸」을 본 적이 있어요." 호러스가 생각에 잠겨 큰 소리로 말했다. "재미있었어요, 어느 정도는."

"그럼 공연 보러 올 거죠?"

"글쎄요, 전…… 전……."

"아, 알아요. 알겠어요. 주말에 브라질에 가야 하는군요."

"전혀 아닙니다. 기꺼이 보러 가겠습니다……."

19 베르그송 철학(Bergsonian)을 브라질식(Brazilian)이라고 잘못 알아듣고 오해하는 대목이다.

그러자 마샤는 손뼉을 쳤다.

"잘 생각한 거예요! 입장권은 우편으로 보낼게요, 목요일 밤?"

"아, 난⋯⋯."

"좋아요! 그럼 목요일 밤이에요."

여자는 자리에서 일어나 그에게 가까이 다가오더니 그의 어깨에 두 손을 얹었다.

"오마르, 당신이 마음에 들어요. 놀리려고 한 거 미안해요. 난 당신 마음이 얼음처럼 꽁꽁 얼어붙은 줄 알았는데 멋진 젊은이군요."

그는 냉소적인 눈길로 그녀를 쳐다보았다.

"난 당신보다 수천 세대는 더 나이가 많습니다."

"그 나이에 어울려 보여요."

두 사람은 진지하게 악수를 했다.

"내 이름은 마샤 메도예요." 그녀가 힘주어 말했다. "잘 기억해 둬요, 마샤 메도예요. 찰리 문에게는 당신이 집에 있었단 말 안 할게요."

잠시 뒤 그녀가 마지막 계단을 한 번에 세 칸씩 뛰어 내려가고 있을 때 위층 난간에서 외치는 소리가 들렸다. "아, 있잖아요⋯⋯."

그녀는 걸음을 멈추고 위쪽을 바라보았다. 그러자 희미한 형체가 난간 위로 몸을 내밀고 있는 모습이 보였다.

"아, 있잖아요!" 천재 청년이 다시 소리를 질렀다. "내 말 들립니까?"

"네, 잘 들려요, 오마르."

"내가 키스를 본질적으로 비이성적인 행위라고 간주한다

는 인상(impression)은 받지 않았으면 합니다."

"감명(Impression)이라니요? 아, 당신은 나한테 키스하지도 않았잖아요! 그러니 걱정 마요. 그럼 안녕히 계세요."

여자의 목소리를 듣고 호기심이 생긴 듯 그녀 주변의 문 두 개가 열렸다. 위쪽에서는 헛기침 소리가 들렸다. 치맛단을 그러쥔 마샤는 황급히 마지막 계단을 뛰어 내려가서 코네티컷 거리의 어두운 밤공기 속으로 사라져 버렸다.

위층에서는 호러스가 서재를 이리저리 오가고 있었다. 그는 이따금 버클리 쪽을 힐끗 쳐다보았는데, 버클리는 뭔가 암시라도 하듯 펼쳐진 책을 쿠션 위에 올려 둔 채 세련되고 검붉은 얼굴로 품위 있게 그곳에서 기다리고 있었다. 그런데 호러스는 서재를 한 바퀴 돌 때마다 발걸음이 흄에게 점점 가까워지고 있음을 깨달았다. 흄에게서는 뭐라 형언할 수 없지만 묘하게 다른 느낌이 감돌았다. 그 투명한 형체가 아직도 그 근처를 맴도는 것 같았고, 만약 호러스가 거기에 앉는다면 그는 어떤 여성의 무릎에 앉아 있는 듯 느꼈으리라. 그 색다른 특징을 뭐라고 불러야 할지 알 수 없었지만 분명 뭔가가 있었다. ─ 사변적인 정신의 소유자에게는 막연하게 느껴짐에도 분명히 실재하는 것이었다. 흄은 영향력을 발휘해 온 지난 이백 년 동안 단 한 번도 발산한 적 없는 그 무엇인가를 풍기고 있었다.

흄은 장미 향기를 내뿜고 있었던 것이다.


2


목요일 밤, 호러스 타박스는 다섯 번째 줄 통로 쪽 좌석에 앉아서 「홈 제임스」를 관람했다. 그는 이상하게도 자신이 공연을 재미있게 즐기고 있다는 사실을 깨달았다. 그가 해머스타인[20]식의 해묵은 농담에 수선스럽게 감탄하자 근처에 앉아 있던 냉소적인 학생들은 짜증을 냈다. 그러나 호러스는 마샤 메도가 재즈에 빠진 블런더링 블림프에 관한 노래를 부르기만을 마음 졸이며 기다렸다. 챙이 가엾게 늘어진 꽃 달린 모자 아래로 그녀가 빛을 내뿜으며 등장하자, 따스한 광채가 호러스 위로 내려앉았다. 그런데 노래가 끝났을 때, 그는 다른 관객을 따라 우레 같은 박수갈채를 보내지 않았다. 그는 어딘지 몸이 마비된 것 같았다.

2막을 끝마친 휴식 시간에 안내원 한 사람이 그의 옆에 다가와서 타박스 씨가 맞느냐고 묻더니, 동그랗고 서툰 필체로 쓰인 쪽지를 건넸다. 호러스가 조금 어리둥절한 상태로 그 쪽지를 읽는 동안, 안내원은 복도에서 점점 인내심을 잃어 가며 머뭇거리고 서 있었다.

친애하는 오마르에게.

공연이 끝나면 항상 난 몹시 배가 고파진답니다. 만약 태프트 그릴에서 내 배를 채워 주고 싶다면 이 쪽지를 가져간 우람한 안내

---

20   전설적인 뮤지컬 극작가 오스카 해머스타인 2세의 조부 오스카 해머스타인(Oscar Hammerstein) 1세 혹은 그의 부친 윌리엄 해머스타인(William Hammerstein)을 가리키는 듯하다. 미국의 극장 건축에 크게 공헌한 오스카 해머스타인 1세는 생전에 11개의 극장을 세우는 등 한평생 극장 사업에 헌신했다. 아버지 윌리엄 해머스타인도 가업을 이어받아 유명한 빅토리아 극장(Victoria Theatre)을 경영했는데, 특히 그는 보드빌계의 혁신적인 프로듀서로서 파이를 얼굴에 던져 웃음을 유발하는 '파이 인 더 페이스(pie-in-the-face)'라는 슬랩스틱 코미디를 창안한 사람으로도 유명하다.

---

원에게 대답해 주세요.

당신의 친구, 마샤 메도.

"이렇게 전해 주시오." 호러스가 기침을 하며 말했다. "그렇게 하겠다고 전해 주시오. 극장 앞에서 만나겠다고요."

우람한 안내원은 거만하게 미소를 지었다.

"극장 뒷문으로 돌아오라는 말 같은뎁쇼."

"어디…… 그게 어디입니까?"

"바깥요. 외엔쪽으로 돌아서, 고올목 아래쪽으로요."

"뭐라고요?"

"바깥에 있어요. 외엔쪽으로 돌아가라고요! 고올목 아래쪽으로요!"

그 오만한 안내원은 자리를 떴다. 호러스 뒤에 있던 신입생 하나가 킬킬거리고 웃었다.

반 시간 뒤 천재 청년은 태프트 그릴에서 타고난 금발 여성과 마주 앉아 이상한 말을 나누었다.

"피날레에서 그 춤을 꼭 춰야 합니까?" 그가 진지하게 물었다. "내 말은, 만약 당신이 안 추겠다고 거절하면 해고되는 건가요?"

그러자 마샤가 생긋 웃었다.

"재미있는 춤이에요. 난 좋은데요."

이어 호러스는 무례한 말을 입 밖에 내고 말았다.

"난 당신이 싫어하는 줄 알았습니다." 그가 짧게 말했다. "내 뒤에 앉아 있던 사람들이 당신 가슴을 두고 이러쿵저러쿵 얘기하더군요."

그러자 마샤의 얼굴이 홍당무처럼 빨개졌다.

"나로서는 어쩔 수 없어요." 그녀가 재빨리 대답했다. "그 춤은 일종의 곡예일 뿐이에요. 어휴, 그만큼 해내기 힘들죠! 매일 밤 한 시간씩 어깨에 소염 연고를 발라야 한다고요."

"재미있나요? ……무대에 서 있는 동안 말이에요."

"그럼요, 물론이죠! 관객의 시선을 받는 것도 이제는 익숙해졌어요, 오마르. 기분이 좋기도 하고요."

"흠!" 호러스는 갈색 서재에 있을 때처럼 깊은 생각에 잠겼다.

"브라질식으로 다듬는 연구는 잘돼 가요?"

"흠!" 호러스는 아까처럼 콧숨을 들이쉬더니 잠시 멈췄다가 이렇게 내뱉었다. "다음 공연은 어디에서 합니까?"

"뉴욕에서요."

"얼마나 오래 하나요?"

"상황에 따라 다르죠. ……어쩌면 겨우내요."

"아!"

"나를 만나러 와 줄 건가요, 오마르? 아니면 관심 없나요? 여기는 당신 서재처럼 즐겁지 않은 거죠? 우리가 지금 그곳에 있었으면 좋으련만."

"이곳에 있으니 바보가 된 기분입니다." 호러스가 초조하게 주위를 두리번거리며 고백했다.

"유감이네요! 우린 지금까지 잘 지냈는데."

그녀의 말을 듣자 호러스의 표정이 돌연 침울해졌다. 이 점을 눈치챈 그녀는 말투를 바꾸고 손을 뻗어서 그의 손을 쓰다듬었다.

"집 밖에서 배우와 함께 저녁 식사를 한 적이 있나요?"

"아니, 없습니다." 호러스가 애처롭게 대답했다. "그리고 앞으로도 그럴 일 없을 겁니다. 오늘 밤 왜 나왔는지 도무지 모르겠습니다. 머리 위에서 불빛이 번뜩이고, 사람들이 웃으며 잡담을 늘어놓는 이곳에 와 있으니 내 영역에서 완전히 벗어난 기분입니다. 당신에게 무슨 얘기를 해야 할지 잘 모르겠어요."

"내 이야기를 해요. 저번에는 당신에 관해 이야기했으니까요."

"아주 좋은 생각이네요."

"음, 내 성은 메도가 맞지만 이름은 마샤가 아니에요……. 베로니카죠. 나이는 열아홉 살이고요. 질문 — 아가씨는 어쩌다 무대에 서게 되었나요? 대답 — 그녀는 뉴저지의 퍼세익에서 태어나, 불과 일 년 전까지 트렌턴에 있는 마르셀 찻집에서 나비스코 과자를 강매하며 입에 풀칠을 했죠. 그러다가 트렌트 하우스 카바레의 가수인 로빈스라는 남자와 사귀게 됐어요. 어느 날 그는 그녀더러 함께 노래하고 춤을 춰 보지 않겠느냐고 제안했죠. 한 달 만에, 우리를 보러 오는 손님들이 밤마다 카바레를 가득 채웠어요. 그 뒤 우리는 소개장을 냅킨 뭉치만큼이나 두둑하게 가지고 뉴욕으로 향했죠.

이틀 뒤 우리는 디바이너리스 극장에서 일자리를 구했고, 팔레 루아얄 댄스홀에서 일하는 아이한테 시미 춤[21]을 배웠어요. 디바이너리스에서 여섯 달 정도 지냈을까, 아무튼 어느 날 밤에 칼럼니스트 피터 보이스 웬델이 거기서 밀크 토스트를 먹었죠. 이튿날 아침, 그가 기고하는 신문에 '경이로운 마샤'에 관한 시 한 편이 실렸고, 나는 이틀 사이에 보드빌 공연

---

21  1913년 무렵에 미국의 여성 배우 메이 웨스트가 직접 만들었다고 한다.

단 세 곳에서 제의를 받았어요. 결국 「미드나이트 프롤릭」[22]에 합류하게 됐죠. 웬델에게 감사 편지를 썼는데, 그걸 자기 칼럼에 실었지 뭐예요. 문체가 좀 더 투박할 뿐 칼라일[23]과 비슷하다면서 춤을 그만두고 북아메리카 문학을 해 보라는 거예요. 그 덕분에 보드빌 공연단에서 두세 차례 더 제의가 들어왔고, 정기 공연에서 순진한 아가씨 역할을 맡을 기회가 생겼어요. 난 그 기회를 잡았죠. ……그래서 지금 여기 있는 거예요, 오마르."

그녀가 말을 마친 뒤 두 사람 사이에 잠시 침묵이 흘렀다. 그녀는 남아 있는 웰시 래빗[24] 덩어리를 포크로 찍어 들고 그의 말을 기다렸다.

"여기서 나갑시다." 그가 불쑥 말했다.

그러자 마샤의 눈빛이 싸늘해졌다.

"왜 그래요? 내가 지겹게 했나요?"

"그게 아니에요. 이곳이 싫어서요. 당신과 여기 앉아 있고 싶지 않아요."

마샤는 아무 말도 없이 손짓으로 종업원을 불렀다.

"얼마죠?" 그녀가 기세 좋게 물었다. "제가 먹은 거요, 웰시 래빗이랑 진저에일."

---

22  브로드웨이의 유명 연출가 플로렌츠 지그펠트(1867~1932)가 만든 뮤지컬로, 1918년에 '시미 퀸'이라고 불리는 금발 배우 비 파머가 이 작품으로 데뷔했다. 제목은 '한밤중의 (유쾌한) 소동'이라는 뜻이다.

23  19세기 영국에 독일 철학을 보급한 스코틀랜드 출신의 철학자, 역사가, 평론가이자 문필가인 토머스 칼라일(Thomas Carlyle, 1795~1881)을 가리킨다.

24  welsh rabbit. 체더치즈, 맥주, 향신료를 잘 섞어서 토스트에 바르거나 빵과 함께 내놓는 영국식 요리.

종업원이 계산하는 동안, 호러스는 그녀를 멍하니 바라보았다.

"잠깐만요." 그가 입을 열었다. "당신 몫까지 제가 지불할 생각이었습니다. 당신은 내 손님이잖아요."

마샤는 한숨을 슬쩍 내쉬면서 일어나더니 식당 밖으로 걸어 나갔다. 호러스는 당황한 기색이 역력한 얼굴로 지폐 한 장을 내려놓고 그녀를 따라 로비로 올라갔다. 그는 엘리베이터 앞에서 그녀를 따라잡았고, 두 사람은 서로 얼굴을 마주 보았다.

"잠깐만요." 그가 다시 되풀이해서 말했다. "당신은 내 손님입니다. 혹시 제가 언짢은 말이라도 했나요?"

마샤는 잠시 놀란 표정을 짓더니 다시 눈빛이 부드러워졌다.

"당신은 무례한 사람이에요." 그녀가 천천히 말했다. "당신이 무례하다는 걸 모르겠어요?"

"어쩔 수 없습니다." 호러스가 솔직하게 인정하는 바람에 그녀는 무장 해제되고 말았다. "내가 당신을 좋아한다는 걸 알잖아요."

"나랑 같이 있는 게 싫다면서요."

"네, 싫었죠."

"왜요?"

잿빛 숲 같은 호러스의 두 눈에서 갑자기 불길이 활활 타올랐다.

"싫었으니까요. 그런데 당신을 좋아하는 버릇이 생겨 버렸습니다. 지난 이틀 동안 다른 생각은 통 할 수가 없었거든요."

"음, 만약 당신이……."

"잠깐만요." 그가 그녀의 말을 가로막았다. "할 말이 있습니다. 여섯 주 지나면 저는 열여덟 살이 됩니다. 열여덟이 되면 당신을 만나러 뉴욕에 가겠습니다. 사람들이 많지 않고 우리가 갈 만한 곳이 뉴욕에 있을까요?"

"물론 있고말고요!" 마샤가 미소를 지었다. "내 아파트로 오면 돼요. 원한다면 소파에서 잠을 자도 좋고요."

"난 소파에서는 잠을 못 잡니다." 그가 무뚝뚝하게 대답했다. "하지만 당신과 이야기하고 싶습니다."

"아, 물론이죠!" 마샤가 다시 한 번 말했다. "내 아파트에서 말이에요."

호러스는 흥분한 나머지 두 손을 주머니 속에 찔러 넣었다.

"좋아요. 그럼 나 혼자서 당신을 만날 수 있겠군요. 제 방에서 대화했던 것처럼 당신과 이야기를 나누고 싶습니다."

"귀엽기도 해라." 마샤가 웃으며 말했다. "나랑 키스하고 싶어서 그러는 거죠?"

"네, 그래요." 호러스는 웃으면서 큰 소리로 외치다시피 말했다. "당신이 원한다면 키스할 겁니다."

엘리베이터 운행원이 비난하는 듯한 눈초리로 두 사람을 바라보았다. 마샤는 삐걱거리는 문 쪽으로 조금씩 움직였다.

"엽서 보낼게요." 그녀가 말했다.

그러자 호러스의 두 눈에 불길이 일었다.

"엽서 보내 줘요! 새해 첫날이 지나면 언제든 갈 겁니다. 그때가 되면 열여덟 살이 되니까요."

그리고 그녀가 엘리베이터 안으로 걸어 들어가자 그는 천장을 향해 알쏭달쏭하게, 그러나 도전하듯 기침을 하고는 재빨리 걸음을 옮겼다.


3


그가 또 그곳에 있었다. 그녀가 들썩이는 맨해튼 관객을 향해 힐끗 시선을 던지자 그의 모습이 보였다. —— 고개를 앞쪽으로 살짝 숙이고 잿빛 눈동자를 그녀에게 고정한 채 그는 맨 앞줄에 앉아 있었다. 그의 세상 속에서 나란히 선 발레단의 짙게 화장한 얼굴과 바이올린의 애처로운 흐느낌은 비너스 조각상의 대리석 가루만큼이나 미미했다. 그에게 오로지 두 사람(마샤와 호러스 자신)만이 존재하고 있음을 그녀는 깨달았다. 그러자 내심 본능적인 반발심이 치밀어 올랐다.

"바보 같아!" 그녀는 다급히 혼잣말로 중얼거렸다. 앙코르 요청도 받아들이지 않았다.

"일주일에 고작 100달러를 받는데, 관객은 뭘 더 기대하는 거람? 내가 무슨 영구 기관이라도 되는 줄 아나?" 그녀는 무대 옆으로 나와서 투덜거렸다.

"왜 그래, 마샤?"

"내가 싫어하는 사람이 앞줄에 앉아 있거든."

피날레가 진행되는 동안, 그녀는 자기 순서를 기다리면서 뜻밖에도 무대 공포증에 사로잡혔다. 그녀는 호러스에게 약속한 엽서를 단 한 번도 보내지 않았다. 어젯밤에는 그를 못 본 척하려 했었다. 그녀는 공연을 끝마치자마자 허겁지겁 극장을 떠나 아파트로 돌아갔었다. 지난달에 수없이 그랬듯이 그녀는 뜬눈으로 밤을 지새우며 그의 모습을 떠올렸다. 창백

하면서도 다소 열정적인 그의 얼굴이며, 호리호리하고 소년
처럼 앳된 앞모습이며, 무자비할 정도로 이 세상에서 초탈한
듯한 태도…… 그녀에게 매력적이던 그 모습 말이다.

그런데 그가 이렇게 찾아오자 그녀는 막연히 미안함을 느
꼈다. 낯선 책임감을 강요받는 것 같은 기분이었다.

"애송이 천재!" 그녀가 큰 소리로 외쳤다.

"뭐라고요?" 그녀 옆에 있던 흑인 희극 배우가 물었다.

"아무것도 아니야. 그냥 혼잣말을 한 것뿐이야."

무대에 오르니 그녀는 기분이 조금 나아졌다. 그녀가 장
기인 춤을 선뵈는 공연이었다. 예쁜 여자라고 해서 어떤 남자
들에게나 죄다 도발적으로 느껴지지 않듯이 자신이 춤을 추
는 방식 역시 도발적이지 않으리라고 항상 생각했다. 그녀는
곡예하듯 춤을 추었다.

"업타운, 다운타운, 숟가락에 젤리를 얹고
해가 지면 달빛 아래서 몸을 떨고."

지금 호러스는 그녀를 쳐다보고 있지 않았다. 그녀는 그
사실을 분명히 알 수 있었다. 그는 태프트 그릴에서 보인 바로
그 표정을 지은 채 무대 배경에 그려진 성곽을 찬찬히 들여다
보고 있었다. 분노가 파도처럼 그녀를 덮쳤다. ― 그는 그녀
를 비난하고 있지 않은가.

"나를 전율하게 하는 건 진동
내 몸 안에서 애정이 샘솟다니 재미있기도 해라.
업타운, 다운타운……."

갑자기 억누를 수 없는 혐오감이 그녀를 사로잡았다. 처음 무대에 선 이후로 그런 적은 한 번도 없었다. 그런데 갑자기 무섭도록 관객을 의식하게 되었다. 앞줄에 앉은 창백한 얼굴의 청년이 음흉한 미소를 짓고 있기 때문일까? 어느 젊은 여자의 입가에 늘어진 혐오의 표정 때문일까? 그녀의 두 어깨는 — 떨리는 이 어깨는 — 과연 그녀의 어깨일까? 그것은 실재할까? 분명히 이러려고 만들어진 어깨는 아닐 테지!

"그러면 — 당신은 힐긋 보게 되리.
내게 필요한 건 성(聖) 비투스 춤[25]을 추는 장례식 안내원들
이 세상 끝자락에서 나는……."

바순과 첼로 두 대가 격돌하며 마지막 화음을 연주했다. 그녀는 동작을 멈추고 모든 근육을 긴장시킨 채 잠시 발끝으로 서 있었다. 그녀의 앳된 얼굴은 나중에 한 어린 소녀가 얘기했듯이 "그토록 호기심 많고 혼란스러운 표정"으로 관객을 멍하니 바라보았다. 그리고 그녀는 인사도 없이 무대에서 휙 사라져 버렸다. 허둥지둥 분장실로 들어가서 드레스를 벗어 던지더니 얼른 다른 옷으로 갈아입고 밖으로 나가서는 택시를 잡아탔다.

---

25　성 비투스 춤(St. Vitus dance)은 얼굴이나 손발 등이 자기 의지와 무관하게 춤추듯 움직이는 신경병인 무도병(舞蹈病)을 뜻하거나, 14~17세기 사이에 유럽 대륙에 만연했던 특정 사회 현상을 가리키기도 한다. 곳곳에서 사람들이 뚜렷한 원인도 없이 집단으로 갑작스레 춤을 추기 시작하더니 탈진할 때까지 멈추지 않았다고 한다. 종종 성 비투스 축일 무렵에 발생했기에 성 비투스의 저주로 여기고 기도를 올렸다고 한다.

그녀의 아파트는 무척 따뜻했다. ── 비록 작았지만, 전문 화가들의 그림이 걸려 있고, 예전에 푸른 눈의 외판원에게서 구입한, 이따금씩 읽곤 하는 키플링[26]과 오 헨리의 작품 전집이 있었다. 또 서로 짝을 맞춰 들여놓은 의자가 몇 개 있었는데, 그중 어느 것도 안락하지 않았다. 그리고 분홍색 갓에 검은 새가 그려진 램프도 있었다. 온통 분홍색으로 물든 실내는 조금 갑갑한 분위기를 자아냈다. 아파트에는 멋진 물건들도 있었다. 그러나 그 물건들이란 그때그때 누군가가 부추겨서 성급하게 사들인 것들이라 서로에게 전혀 어울리지 않았다. 아무래도 최악은 이리호 철도에서 바라본 퍼세익 풍경을 떡갈나무 표면에다 그을려 새긴 큼직한 그림이었다. 애당초 방에 활기를 주려고 구입했지만 전체적으로 정신 사납고 터무니없이 사치스럽지만 이상하게도 궁핍한 시도였다. 마샤도 도전에 실패했음을 잘 알고 있었다.

비범한 천재 청년이 방으로 들어와서 어색하게 그녀의 두 손을 잡았다.

"이번엔 당신을 따라왔습니다." 그가 말했다.

"아!"

"나와 결혼해 주면 좋겠습니다." 그가 말했다.

그녀는 그를 향해 두 팔을 뻗었다. 그리고 정열적이면서도 건전하게 그의 입술에 키스했다.

"이제 됐죠!"

"사랑합니다." 그가 말했다.

---

26  조지프 러디어드 키플링(Joseph Rudyard Kipling, 1865~1936). 영국의 시인이자 소설가. 1907년 노벨 문학상을 수상했다.

그녀는 다시 그에게 키스한 뒤 작게 한숨을 내쉬면서 안락의자로 몸을 던지고 반쯤 드러누웠다. 그러고는 어처구니없다는 듯 몸을 떨며 웃어 댔다.

"아, 이 어린애 같은 천재!" 그녀가 외쳤다.

"좋아요. 원한다면 나를 그렇게 불러요. 언젠가 내가 당신 나이보다 만 살쯤 더 많다고 했죠. — 정말이라고요."

그러자 그녀는 다시 웃음을 터뜨렸다.

"나는 비난받는 걸 좋아하지 않아요."

"누구도 두 번 다시 당신을 비난하지 않을 겁니다."

"오마르, 왜 나랑 결혼하려는 거죠?" 그녀가 물었다.

비범한 천재 청년은 자리에서 일어나더니 주머니에 손을 집어넣었다.

"당신을 사랑하기 때문입니다, 마샤 메도."

그 뒤로 그녀는 더 이상 그를 오마르라고 부르지 않았다.

"있잖아요." 그녀가 말했다. "당신도 내가 당신을 사랑한다는 걸 알 거예요. 당신에게는 그 뭔가가 있어요. — 그게 뭔지는 잘 모르겠지만요. — 당신 곁에 있을 때마다 내 심장이 짜르르한 고통을 느끼거든요. 하지만 내 사랑……." 그녀는 잠시 말을 멈추었다.

"하지만 뭔가요?"

"하지만 걸림돌이 많아요. 당신은 '겨우' 열여덟 살이고, 난 거의 스무 살이 다 돼 가잖아요."

"말도 안 되는 소리!" 그가 그녀의 말을 가로막았다. "이렇게 생각해 봐요. 난 곧 열아홉 살이 될 테고, 마찬가지로 당신도 이제 열아홉 살이라고요. 그러면 우리 나이는 거의 같아요. — 물론 내가 언급한 만 살이라는 나이를 빼면 말이죠."

그러자 마샤가 크게 웃었다.

"하지만 그것 말고도 문제는 더 있어요. 당신 주변 사람들……."

"내 주변 사람들!" 비범한 천재 청년이 격렬한 목소리로 외쳤다. "내 주변 사람들은 나를 괴물로 만들려고 했어요." 자기가 하려는 말의 무게가 너무 엄청난지 그의 얼굴은 그만 새빨개졌다. "그러니 뒤로 물러나서 잠자코 앉아 있으라고 할 겁니다!"

"맙소사!" 마샤가 놀라서 외쳤다. "그게 전부예요? 가시방석 정도엔 앉아야겠죠."

"그래요, 가시방석에 앉아야겠죠." 그녀의 말에 그가 열띤 목소리로 맞장구를 쳤다. "어디에라도요. 그 사람들이 나를 말라비틀어진 미라로 만든 걸 생각하면 할수록……."

"왜 그런 생각을 하게 됐나요?" 마샤가 조용히 물었다. "혹시 나 때문인가요?"

"네, 맞아요. 당신을 만난 뒤로 거리에서 마주치는 모든 사람들에게 질투를 느꼈어요. 나보다 먼저 사랑이 뭔지 알았을 테니까요. 난 예전에 그걸 '성적 충동'이라고 부르곤 했죠. 이거야 원!"

"우리가 결혼하기 어려운 이유는 더 있어요." 마샤가 말했다.

"도대체 그게 뭡니까?"

"어떻게 먹고살죠?"

"내가 돈을 벌 거예요."

"당신은 대학원에 다니고 있잖아요."

"내가 지금 문학 '석사' 학위 같은 걸 따는 데 조금이라도 관심이 있을 것 같아요?"

"그럼, 나를 다루는 '주인'이 되고 싶은 건가요?"[27]

"맞아요! 아니, 뭐라고요? 내 말은, 그게 아니죠!"

그러자 마샤가 웃었고, 재빠른 걸음으로 다가오더니 그의 무릎에 앉았다. 그는 두 팔로 그녀를 와락 끌어안고 그녀의 목 언저리에 키스 자국을 남겼다.

"당신한테는 뭔가 보수적인 면이 있어요." 마샤가 생각에 잠겨 말했다. "하지만 이건 그다지 논리적인 말처럼 들리지 않네요."

"아, 빌어먹을 그 이성적인 태도 좀 버려요!"

"어쩔 수 없는걸요."

"난 그런 슬롯머신 같은 사람은 질색입니다!"

"하지만 우린……."

"아, 제발 입 좀 다물어요!"

마샤는 자기 귀를 가지고 말할 수 없었으므로 결국 입을 다물 수밖에 없었다.


4

호러스와 마샤는 2월 초에 결혼했다. 예일과 프린스턴 두 대학교에서는 어마어마한 소동이 일어났다. 열네 살에 벌써 대도시 신문들의 일요판 지면에 대서특필된 바 있는 호러스 타박스가 자신의 경력, 미국 철학에 관한 세계적 권위자가

27  영어로 '석사'와 '주인'은 모두 'Master'라고 표기하는데, 그 점에 착안한 말장난이다.

될 기회를 집어던지고 겨우 코러스 걸과 결혼하다니 — 그들은 마샤를 코러스 걸로 만들어 버렸다. 그러나 오늘날 모든 기사들이 그러하듯 그 놀라움은 나흘하고 반나절밖에 지속되지 않았다.

두 사람은 할렘에 아파트를 얻었다. 두 주에 걸쳐 직장을 찾는 동안 학구적 지식의 가치에 관한 호러스의 생각은 가차없이 사라져 버렸고, 마침내 그는 남미 수출 회사의 사무원 자리를 얻어 냈다. 누군가가 그에게 수출업이 앞으로 유망한 분야라고 말해 줬기 때문이다. 마샤는 몇 달 동안 공연단에 남아 있기로 했다. 어쨌든 그가 자립할 때까지는 그래야만 했다. 그는 첫 봉급으로 125달러를 받았고, 물론 회사에서는 몇 달 지나면 월급이 두 배로 뛰는 것은 시간문제라고 말했지만, 마샤는 당시 자신이 매주 벌어들이는 150달러를 결코 포기할 생각이 없었다.

"이제 우리 두 사람을 '머리'와 '어깨'로 부르기로 해요, 여보." 그녀가 부드러운 목소리로 말했다. "그리고 그 귀여운 머리에 발동이 걸릴 때까지 난 좀 더 어깨를 흔들어 대야 할 거예요."

"난 끔찍이 싫은데요." 그가 우울한 목소리로 반대했다.

"한데 당신 봉급으로는 집세도 못 낼 거예요." 그녀가 힘주어 대답했다. "그렇다고 내가 사람들 앞에 나서길 좋아한다고 생각하진 마요. 그렇지 않으니까요. 난 당신만의 사람이 되고 싶어요. 하지만 방에 틀어박힌 채 당신만을 기다리면서 벽지에 그려진 해바라기나 헤아리고 있으면 분명 바보가 되고 말 거예요. 당신 월급이 300달러가 되면 그만둘게요."

호러스는 자존심이 몹시 상했지만, 그녀의 계획이 더 현명하다는 사실을 받아들여야 했다.

　3월이 무르익자 어느덧 4월이 되었다. 5월은 맨해튼의 공원과 호수 들을 화려하게 부추겼고, 두 사람은 매우 행복했다. 습관이라고 할 만한 것이 전혀 없는 호러스는 ― 그에게는 습관이 생겨날 시간이 없었다. ― 알고 보니 남편 역할에 가장 적합한 사람이었고, 마샤는 그가 몰두하는 주제에 대해 의견이라 할 만한 게 아예 없었기 때문에 부딪힐 일 역시 거의 없었다. 두 사람의 정신은 서로 다른 영역에서 활동했다. 즉 마샤는 현실적인 일들을 도맡았고, 호러스는 추상적 관념의 옛 세계 속에 머물거나 아내를 흠모하고 기꺼이 세속적 숭배를 바치면서 살았다. 새롭게 창의력을 발휘하는 정신, 역동적이고 냉철한 활력, 그리고 한결같은 쾌활함, 그녀는 그런 것들로 언제나 그에게 놀라움을 안겨 주는 원천이었다.

　마샤가 새로이 재능을 발휘하게 된 9시 공연의 동료들은 그녀가 남편의 정신적 능력에 엄청난 자부심을 느낀다는 사실에 감동했다. 그들이 알기로 호러스는 그저 매우 마르고 말수가 적은 데다 미숙해 보이는 젊은이였지만, 그는 매일 밤 공연이 끝날 때까지 아내를 기다렸다.

　"호러스." 어느 날 저녁, 평소처럼 11시에 그를 만난 마샤가 말했다. "가로등을 등지고 거기 서 있으니 유령처럼 보여요. 요즘 살이 빠졌나요?"

　그는 애매하게 고개를 내저었다.

　"잘 모르겠는걸. 오늘 내 월급이 135달러로 올랐어요. 그리고……."

　"월급이 올랐든 오르지 않았든 그건 상관없어요." 마샤가 준엄한 목소리로 말했다. "야근 때문에 당신 몸이 망가지고 있잖아요. 더구나 그 두꺼운 절약 관련 책까지 읽으면서…….”

“경제학이에요.” 호러스가 고쳐 주었다.

“아무튼 매일 밤 내가 잠든 뒤에도 한참 동안 그런 책을 읽잖아요. 결혼 전처럼 몸이 심하게 구부정해지고 있단 말예요.”

“하지만 마샤, 난 그렇게밖에…….”

“아니, 그럴 필요 없어요, 여보. 내 생각에 당분간은 내가 이 가정이라는 가게를 운영해야겠어요. 난 내 동반자의 건강과 눈이 망가지는 걸 두고 볼 수 없어요. 당신은 운동을 좀 해야겠어요.”

“하고 있어. 아침마다…….”

“아, 그건 나도 알지! 하지만 당신이 드는 아령은 결핵 환자에게도 전혀 도움이 되지 않는걸요. 난 진짜 운동을 말하는 거예요. 체육관에 다녀야 해요. 당신, 예전에 곡예사처럼 무척 날랜 체조 선수여서 대학팀 대표로 선발될 뻔했다고 했잖아요. 그 계획이 불발된 건, 허브 스펜서[28]하고 만날 약속이 있었기 때문이라고 말예요.”

“좋아하긴 했었지.” 호러스는 생각에 잠겨 대답했다. “하지만 지금으로선 시간만 많이 뺏길 거예요.”

“그래도 괜찮아요.” 마샤가 말했다. “나랑 거래할래요? 당신이 체육관에 다니면 난 저 갈색 책 중 한 권을 읽을게요.”

---

28 허버트 스펜서(Herbert Spencer, 1820~1903). 영국의 철학자이자 사회학자로, 베이컨 이후에 영국 경험론을 집대성했다고 평가받는 『종합 철학의 체계(System of Synthetic Philosophy)』를 집필했다.

"『피프스의 일기』[29] 말예요? 음, 재미있을 거예요. 매우 경쾌한 책이니까."

"나한테는 아닐 거예요. 그렇지가 않죠. 아마 판유리를 소화시키는 거랑 비슷하겠죠. 하지만 당신은 그게 내 시야를 넓혀 주리라고 입버릇처럼 말했죠. 자, 당신은 일주일에 세 번, 저녁에 체육관에 가고, 난 새뮤얼 피프스를 대량 복용해 보기로 하겠어요."

그러나 호러스는 망설였다.

"그게 말이지……."

"자, 그럼 그렇게 하기로 결정! 당신은 나를 위해 거대한 공중그네를 타고, 난 당신을 위해 교양을 쌓는 거예요."

마침내 호러스는 아내의 제안을 받아들였다. 그래서 푹푹 찌는 여름 내내 그는 일주일에 세 번, 어떤 때는 네 번씩 스키퍼 체육관에서 곡예용 그네로 여러 실험을 하며 저녁 시간을 보냈다. 그리고 8월이 되자 그는 마샤 덕분에 낮 동안 정신노동을 더 많이 할 수 있게 되었다고 고백했다.

"멘스 사나 인 코르포레 사노.(Mens sana in corpore sano.)"[30] 그가 말했다.

"그런 약 믿지 마요." 마샤가 말했다. "언젠가 한번 그 같은 특허 약을 먹어 봤는데 다 엉터리더라고요. 당신은 체조에만 매진해요."

9월 초순 어느 날 밤, 호러스가 거의 텅 빈 체육관에서 링

---

29  영국의 정치가 새뮤얼 피프스(Samuel Pepys, 1633~1703)가 1660년 1월 1일부터 1669년 5월 31일까지 쓴 일기로, 17세기 런던의 사회상이나 궁정 생활을 비롯해 당시에 발생한 대역병과 대화재 등의 사건도 자세히 기록되어 있다.

30  "건강한 신체에 건강한 정신"이라는 뜻의 라틴어.

에 매달린 채 몸을 비트는 동작을 하고 있었다. 그런데 사색에 잠긴 듯한 뚱뚱보 남자 하나가 그에게 말을 걸었다. 호러스는 그가 며칠 동안 자신을 지켜보고 있었음을 벌써 알고 있었다.

"이보게, 젊은이. 어젯밤에 했던 곡예를 다시 한 번 보여 주게나."

호러스는 횃대에서 그에게 방긋 웃었다.

"제가 고안한 동작입니다." 호러스가 말했다. "에우클레이데스[31]의 네 번째 명제에서 아이디어를 얻었죠."

"그 사람은 어느 서커스단 소속인가?"

"이미 사망했어요."

"흠, 그런 곡예를 부리다가 목이 부러졌을 게 틀림없어. 어젯밤에 여기 있으면서 자네 목도 부러질 거라고 생각했거든."

"이렇게 말이죠!" 호러스가 대답하더니, 그네 위에서 몸을 흔들며 곡예를 선보였다.

"목과 어깨 근육이 몹시 아프지 않나?"

"처음엔 그랬죠. 하지만 일주일도 안 돼서 전 이 곡예에 'quod erat demonstrandum'[32]이라고 써 놓았습니다."

"흠!"

호러스가 그네에서 한가하게 몸을 흔들었다.

"그 동작을 전문적으로 선뵐 생각은 있나?" 뚱뚱보 남자가 그에게 물었다.

---

31  기원전 4세기 무렵에 활동한 고대 그리스의 사상가이자 기하학자.
32  "이와 같이 증명되었음"이라는 뜻의 라틴어. 보통은 수학의 정리(定理)나 문제의 증명 끝에 약어로 'Q. E. D.'라고 표기한다.

"그럴 생각은 없습니다."

"그런 곡예를 멋지게 해내면 수입이 제법 짭짤할 텐데."

"다른 묘기도 있습니다." 호러스는 열정적인 목소리로 말했다. 분홍색 러닝셔츠를 입은 프로메테우스가 또다시 신과 아이작 뉴턴에게 도전하듯 곡예를 선보이자 돌연 뚱뚱보 남자의 입이 쩍 벌어지고 말았다.

이렇게 두 사람이 만난 이튿날 밤, 퇴근한 호러스는 마샤가 조금 창백한 얼굴로 소파에 늘어진 채 그를 기다리고 있음을 발견했다.

"오늘 두 번 기절했어요." 그녀는 밑도 끝도 없이 입을 열었다.

"뭐라고?"

"그래, 맞아요. 임신한 지 넉 달이나 됐대요. 의사 선생님 말로는 내가 벌써 두 주 전쯤에 춤을 그만뒀어야 했대요."

호러스는 자리에 앉아서 곰곰이 생각했다.

"물론 기뻐." 그는 생각에 잠겨 말했다. "우리에게 아기가 생겨서 기쁘단 뜻이에요. 하지만 생활비가 많이 들겠죠."

"은행에 250달러가 있어요." 마샤가 희망차게 말했다. "그리고 두 주 치 보수도 들어올 거고요."

호러스는 재빨리 계산해 보았다.

"내 봉급까지 합치면 앞으로 여섯 달 동안 생활비로 4000달러 정도는 확보할 수 있을 거예요."

마샤는 우울해 보였다.

"그게 전부야? 물론 이번 달에 노래 부를 자리는 어디서든 구할 수 있어요. 그리고 내년 3월이면 다시 일하러 나갈 수 있고요."

"당신은 손가락 하나 꼼짝하지 말아요!" 호러스가 퉁명스럽게 대꾸했다. "당신은 집에 가만히 있어요. 어디 보자…….진료비에다 유모와 가정부 일당…… 돈이 더 필요하겠네."

"하지만 어디서 돈을 구해야 할지 모르겠어요." 마샤가 맥없이 대답했다. "이제 우리 생활은 귀여운 자기 머리에 달린 거야. 어깨는 일자리를 잃었으니까요."

호러스는 자리에서 벌떡 일어나더니 외투를 입었다.

"어디 가려고?"

"생각난 게 있어서." 그가 대답했다. "금방 돌아올게요."

십 분 뒤 그는 스키퍼 체육관으로 이어지는 길을 따라 걸어가면서, 지금부터 도전하려는 행동이 전혀 우습다고 생각하지 않았다. 오히려 잔잔한 경이로움을 느꼈다. 일 년 전이었다면 아마 입을 딱 벌리고 황당해하지 않았겠는가! 모두 다 어이없다고 여겼을 터다! 하지만 삶이 노크하는 소리에 문을 열어 보니 정말 많은 것들이 들어왔다.

체육관에는 환하게 불이 밝혀져 있었다. 그 불빛에 눈이 적응하자 사색에 잠긴 듯 보이는 뚱뚱보 남자가 캔버스 매트 더미에 앉아서 큼직한 시가를 피우고 있었다.

"저기 말입니다." 호러스가 곧바로 말을 꺼냈다. "어젯밤에 저더러 공중그네 곡예로 돈을 벌 수 있으리라고 말씀하셨는데, 진심입니까?"

"물론, 그렇다네." 뚱뚱보 남자가 놀란 표정으로 대답했다.

"음, 생각해 봤는데요, 한번 도전해 보고 싶습니다. 밤 시간과 토요일 오후에는 할 수 있을 겁니다. 보수가 만족할 만큼 좋으면 정기적으로 하고요."

그러자 뚱뚱보 남자가 시계를 쳐다보았다.

"그럼 말이야." 그가 말했다. "찰리 폴슨이라는 사람을 만나 보게. 자네 곡예를 한번 보면 나흘 안에 자네와 계약할 거야. 지금은 여기 없지만, 내일 밤 그 사람한테 연락을 취하겠네."

뚱뚱보 남자는 정말로 약속을 지켰다. 찰리 폴슨은 이튿날 밤에 도착했고, 비범한 천재 청년이 놀라운 포물선을 그리며 공중에서 급강하하는 모습을 지켜보았다. 그는 정녕 경이로운 시간을 보냈다. 그리고 그다음 날 밤에는 우람한 남자 둘을 데려왔는데, 그들은 마치 검은 시가를 피우고 나지막이 들뜬 목소리로 돈 얘기를 하기 위해 이 세상에 태어난 사람들처럼 보였다. 그리고 그 토요일에, 호러스 타박스는 콜먼 스트리트 가든스에서 열린 시범 경기에서 전문 선수로서 첫선을 보였다. 관객이 5000명 가까이 되었지만 호러스는 조금도 긴장하지 않았다. 어릴 적부터 많은 사람들 앞에서 논문을 읽어 왔으므로 그런 상황에 초연하게 대처하는 요령은 이미 터득한 터였다.

"마샤, 이제 우린 위기를 넘긴 것 같아." 그날 밤 늦은 시각에 호러스는 쾌활한 목소리로 말했다. "폴슨이 내게 서커스 개막 공연을 맡기려는 모양이야. 그 말은, 겨울 내내 일할 수 있다는 거지. 그 서커스장은 있잖아, 크고……."

"그래, 들어 본 것 같아." 마샤가 그의 말을 가로막았다. "하지만 당신이 하는 곡예에 대해 알고 싶어요. 화려한 자살 쇼 같은 건 아니지, 응?"

"전혀 아니야." 호러스가 조용히 대답했다. "하지만 난 당신을 위해 위험을 감수하는 것보다 더 좋은 자살 방법이 있다면 그렇게 죽고 싶어요."

마샤는 손을 뻗어서 두 팔로 그의 목을 힘껏 끌어안았다.

“키스해 줘요.” 그녀가 속삭였다. “그리고 내게 ‘소중한 사람’이라고 불러 줘요. 당신이 ‘소중한 사람’이라고 말해 주는 걸 들으면 정말 기분이 좋거든요. 그리고 내일 내가 읽을 책을 가져다줘요. 샘 피프스 말고 흥미진진한 잡동사니 같은 걸로. 하루 종일 뭐라도 하고 싶어서 미칠 것 같았거든요. 편지를 쓰고 싶어도 쓸 사람이 없으니.”

“그럼 나한테 써.” 호러스가 말했다. “내가 읽을게요.”

“그럴 수만 있다면 얼마나 좋을까.” 마샤가 속삭였다. “어휘가 풍부하다면 당신에게 이 세상에서 가장 긴 연애편지를 보낼 수 있을 텐데. 그러면 지겹지도 않을 테고.”

그러나 두 달이 지나자 마샤는 정말로 따분해졌다. 그리고 밤이면 밤마다 불안한 마음으로 서커스단의 관객 앞에 나서는 젊은 운동 선수는 몹시 피로해 보였다. 그러고 나서 일주일 중 이틀은 흰 유니폼 대신 푸른색 유니폼을 입은 젊은이가 그를 대신해서 공연했지만 박수갈채는 별로 받지 못했다. 그러나 이틀 뒤 호러스는 다시 무대에 나타났고, 무대 가까이 앉은 사람들은 젊은 곡예사의 얼굴에서 행복이 넘치는 표정을 읽을 수 있었다. 심지어 그가 놀랍고도 독창적인 어깨 스윙을 하며 공중에서 숨죽인 채 몸을 비틀고 있는데도 말이다. 공연을 마친 뒤 그는 엘리베이터 안내원에게 싱긋 웃어 보이고는 한 번에 다섯 계단씩 뛰어 올라가더니 곧장 아파트로 돌진했다.

“마샤!” 그가 속삭였다.

“자기!” 그녀가 핏기 없는 미소를 지어 보였다. “호러스, 당신에게 부탁할 게 있어요. 내 옷장 위쪽 서랍을 보면 큼직한 서류 뭉치가 있을 거예요. 말하자면, 책 같은 거랄까. 호러스, 내가 누워 지낸 지난 세 달 동안 쓴 것들이에요. 저것을, 예전에 내 편지를 자기 칼럼에 실어 준 피터 보이스 웬델에게 가져다줬으면 해요. 그 사람에게 마치 얘기하듯 쓴 편지거든요. 나한테 일어난 많은 일들을 적어 놓은 이야기죠. 호러스, 그걸 그 사람한테 가져다주겠어요?"

"물론이지, 여보."

그는 베개를 벤 아내의 머리 옆에 거의 닿을 정도로 고개를 숙이고는 그녀의 금발을 쓰다듬기 시작했다.

"사랑스러운 마샤." 그가 부드럽게 말했다.

"그게 아니지." 마샤가 중얼거렸다. "내가 당신더러 불러 달라고 했던 걸로 불러 줘요."

"소중한 사람!" 그가 정열적으로 속삭였다. "가장 소중한 사람!"

"우리 아기 이름을 뭐라고 할까요?"

호러스가 생각에 잠긴 동안, 두 사람은 몽롱한 행복감에 젖어 있었다.

"마샤 훔 타박스라고 부르기로 하자." 그가 마침내 말했다.

"그런데 왜 '훔'이 들어가죠?"

"우리 두 사람을 맨 처음 이어 준 장본인이니까."

"그런가?" 그녀가 놀라면서도 졸린 듯 중얼거렸다. "내 기억엔 그 사람 이름이 '문'이었던 것 같은데."

그녀는 두 눈을 감았고, 잠시 뒤 그녀의 가슴 위로 물결치던 이불의 파도가 천천히 잦아드는 것으로 봐서 그녀가 잠들었음을 알 수 있었다.

호러스는 옷장을 향해 발꿈치로 살금살금 걸어가서 위쪽

서랍을 열고, 연필 자국이 선명한 작은 글씨로 빽빽하게 갈겨
쓴 원고 더미를 찾아냈다 그는 맨 첫 장을 들여다보았다.

샌드라 피프스 생략본
마서 타박스 지음

호러스는 미소를 지었다. 그러니까 결국 새뮤얼 피프스가
그녀에게 어떤 인상을 안겨 준 것이다. 그는 책장을 넘기며 읽
기 시작했다. 그의 얼굴에 미소가 점점 깊이 번졌다. ── 그는
계속 읽어 나갔다. 반 시간이 지나자 그는 마샤가 잠에서 깨어
나 침대 위에서 자신을 바라보고 있음을 알아차렸다.

"여보!" 그녀가 속삭였다.

"왜 그래, 마샤?"

"괜찮아?"

호러스는 기침을 했다.

"계속 읽고 있어. 밝은 이야기 같아요."

"피터 보이스 웬델한테 가져다줘요. 당신이 한때 프린스
턴 대학교에서 최고점을 받은 학생이었다고, 그래서 어떤 책
이 좋은지 알아볼 수 있다고 그 사람에게 말해 줘요. 이 책이
세상을 깜짝 놀라게 할 거라고 그 사람에게 말하라고요."

"그럴게, 마샤." 호러스가 부드럽게 대답했다.

그녀의 두 눈이 다시 감겼다. 그는 그녀에게로 걸어가서
이마에 입을 맞췄다. 부드러우면서도 동정 어린 표정을 지으
며 그는 잠시 그곳에 서 있었다. 그러고 나서 방을 나왔다.

휘갈겨 쓴 글씨며, 수없이 틀린 철자법과 문법이며, 이상
야릇한 구두점들이 밤새도록 그의 눈앞에서 춤을 추었다. 그

는 몇 번이나 잠에서 깼었고, 그럴 때마다 언어로 뭔가를 표현하려 하는 마샤의 영혼에 두서없이 용솟음치는 동정심을 느꼈다. 거기에는 형언할 수 없을 만큼 애처로운 그 무엇이 있었으며, 몇 달 만에 처음으로 그는 반쯤 잊힌 자신의 꿈을 떠올렸다.

호러스는 일련의 책을 집필할 생각이었다. 쇼펜하우어가 염세주의 철학을 대중화하고 윌리엄 제임스가 실용주의 철학을 대중화하였듯, 그도 신실재론을 대중화하고 싶었다.

그러나 삶은 그런 식으로 돌아가지 않았다. 인생은 사람을 꼭 붙잡고 억지로 체조용 링을 흔들어 대도록 강요했다. 그는 자기 방문을 울리던 노크 소리, 눈에 보이지 않는 흄의 그림자, 마샤가 키스하겠다고 위협하던 일을 기억해 내고는 웃음을 지었다.

"그래도 여전히 내 모습인걸." 그는 어둠 속에서 눈을 뜨고 누운 채 신기한 듯 큰 소리로 말했다. "그 소리를 들을 만한 귀가 없더라도 노크 소리는 실제로 존재할 것인가, 하고 만용을 부리며 버클리 의자에 앉아 있던 그 사람 역시 내가 아닌가. 난 여전히 그 사람이지. 그가 저지른 범죄 때문에 내가 전기의자에 앉아 사형당할 수도 있거든."

"속이 비칠 듯 투명하고 가련한 영혼들은 손으로 만질 수 있는 뭔가로 자신을 표현하려 하는 거야. 마샤는 그녀가 쓴 책으로. 난 아직 쓰지 않은 책으로. 각자 저마다의 방법을 고른 다음에 우리가 얻을 수 있는 걸 얻는 거지. — 그러고는 기뻐하는 거야."

『샌드라 피프스 생략본』은 칼럼니스트 피터 보이스 웬델의 서문과 함께《조던스 매거진》에 연재되다가, 3월에 단행본으로 출간되었다. 잡지에 처음 연재될 때부터 엄청난 관심을 받았다. 진부한 소재지만 — 뉴저지주의 소도시에서 살던 아가씨가 뉴욕 무대에 서게 되는 이야기였다. — 이상하리만치 생생한 표현에다 머릿속에서 좀처럼 떠나지 않는, 서툰 어휘에 잔잔한 애절함을 담아 소박하게 써 내려간 이 작품은 엄청난 호소력을 발휘했다.

이 무렵, 표현력이 풍부한 방언을 사용함으로써 미국어를 풍요롭게 해야 한다고 주장하던 피터 보이스 웬델이 후원자를 자청하며 틀에 박힌 진부한 서평들을 누르고 열렬히 책을 추천했다.

마샤는 잡지 연재료로 300달러를 받았는데, 참으로 적절한 시기에 받은 돈이었다. 마샤의 고료보다 서커스장에서 호러스가 받는 봉급이 더 많았지만, 어린 딸 마샤가 날카롭게 소리 지르며 우는 것으로 보아 아마 시골 공기가 그리운 모양이었다. 그래서 그들은 4월 초, 워체스터[33]에다 잔디밭과 차고 등 온갖 시설을 갖춘 방갈로를 얻었다. 더구나 그 집에는 방음 장치를 설비한 서재가 있었다. 마샤는 어린 딸이 좀 얌전해지면 그 서재에 들어가서 문을 잠그고 영원토록 무학의 문학을 집필하기로, 잡지사 사장 조던 씨와 굳게 약속했다.

---

33  맨해튼 북쪽에 위치한 교외 지역. 허드슨강에 인접해 있고, 맨해튼으로 통근할 수 있는 거리여서 월스트리트 금융 종사자들이 많이 거주하는 부촌이다.

'이것도 생각보다 나쁘지 않군.' 어느 날 역에서 집으로 돌아오는 길에 호러스는 이런 생각을 했다. 넉 달 동안 3000달러 이상을 벌 수 있는 보드빌 공연자, 체조 관련 총괄 책임자로서 프린스턴 대학교에 돌아갈 기회 등 그의 앞에는 다양한 미래가 열려 있었다. 참으로 이상야릇한 일이 아닌가! 그는 한때 철학 연구자로서 프린스턴 대학교에 돌아갈 작정이었다. 그런데 지금 그는 예전에 그토록 숭배해 마지않던 앙통 로리에가 뉴욕에 도착했다는 소식을 듣고도 전혀 감동하지 않았다.

그의 발밑에서 자갈이 버석거리는 소리가 났다. 거실 불이 환히 빛나고, 큼직한 자동차 한 대가 차고 앞길에 주차되어 있는 모습이 보였다. 마샤가 다시금 차분히 집필에 매진하도록 조던 씨가 설득하러 온 것이리라.

호러스가 다가오는 소리를 듣고 마중 나온 마샤의 윤곽이 불빛 비치는 현관문을 배경으로 드러났다.

"우리 집에 프랑스인 손님이 왔어요." 그녀가 걱정스러운 듯 속삭였다. "그 사람 이름은 통 발음을 못 하겠어요. 아무튼 그 사람 목소리가 아주 그윽하게 들리던데. 당신이 가서 말 좀 해 봐요."

"어떤 프랑스 사람이 왔다는 거예요?"

"나한테 물어보면 안 되지. 한 시간 전에 조던 씨와 함께 차를 타고 왔어요. 샌드라 피프스를 만나고 싶다는 둥 그런 얘기를 하더라고요."

부부가 집 안으로 들어가자 두 남자가 자리에서 일어났다.

"안녕하십니까, 타박스 씨." 조던이 인사했다. "유명 인사 두 분을 서로 만나게 하고 있었죠. 로리에 씨를 데리고 왔습니다. 로리에 씨, 이분은 타박스 부인의 남편 타박스 씨입니다."

"설마하니 앙통 로리에 씨는 아니겠죠!" 호러스가 큰 소리로 외쳤다.

"하지만 맞습니다. 이렇게 찾아올 수밖에 없었습니다. 그럴 수밖에 없었어요. 부인의 책을 읽었고 큰 감동을 받았거든요." 그러면서 그는 호주머니를 뒤졌다. "아, 선생님에 관해서도 읽었죠. 오늘 읽은 신문에 선생님 이름이 나와 있더군요."

그는 마침내 잡지에서 오려 낸 기사를 꺼냈다.

"한번 읽어 보십시오!" 그가 간절히 부탁했다. "선생님에 관한 이야기도 있습니다."

호러스는 기사를 쭉 훑어보았다.

"미국 방언 문학에 지대한 공헌." 기사는 그렇게 쓰여 있었다. "문학적 분위기를 자아내려는 시도는 조금도 없다. 바로 이 점이 이 책의 장점이다. 『허클베리 핀의 모험』처럼 말이다."

호러스는 좀 더 아래쪽을 읽어 보았다.

"마샤 타박스는 비단 관객으로서뿐만 아니라 연기자의 아내로서 무대와 인연이 있다. 그녀는 저녁마다 놀라운 링 곡예로 아이들을 즐겁게 해 주는 호러스 타박스와 작년에 결혼했다. 이 젊은 부부는 서로를 '머리'와 '어깨'라는 별명으로 부른다고 한다. 타박스 부인의 머리가 문학과 정신적 소양을 담당하는 한편, 유연하고 민첩한 남편의 어깨는 가정의 재정에 기여한다는 뜻임에 틀림없다.

타박스 부인은 요즈음 지나치게 남용되는 칭호를 — '천재'라는 명칭 말이다. — 받을 만한 자격이 있다. 이제 겨우 그녀의 나이 스무……."

호러스는 기사를 더 읽지 않고 아주 묘한 눈빛으로 앙통 로리에를 뚫어지게 바라보았다.

"조언을 한마디 드리죠……." 호러스가 쉰 목소리로 입을
열었다.

"뭐라고요?"

"문을 두드리는 노크 소리 말입니다. 절대로 노크 소리에
응하지 마십시오! 그냥 무시해 버리세요. 소리가 잘 들리지
않도록 문에 미리 패드를 붙여 두세요."

# 광란의 일요일

1

　일요일이었다. 그저 일주일 중 하루라기보다는 오히려 서로 다른 날들 사이의 공백 기간 같은 날이었다. 모든 사람들의 세트와 시퀀스, 마이크를 매단 크레인 밑에서의 긴 기다림이며, 한 군(郡)을 가로질러 하루에도 수백만 마일씩 달리는 자동차의 주행, 회의실에서 벌이는 경쟁 상대와의 머리싸움, 끝없는 타협이며, 생존을 위해 다투는 수많은 명사들의 갈등과 긴장도 이제 모두 뒷전으로 물러나 있었다. 그러니가 오늘은 전날 오후만 하더라도 단조로움으로 흐릿해진 두 눈이 반짝반짝 빛나는, 개인의 삶이 다시 피어나는 일요일이었다. 시간이 천천히 흐르면서 그들은 마치 장난감 가게의 '퍼펜핀'[34]처럼 깨어났다. 길모퉁이에서 신나게 주고받는 열띤 대화며, 연회장에서 목덜미를 껴안고 사라지는 연인들 말이다. 이를테

---

34　요정 모습의 인형.

면 "늦지 않도록 서둘러. 제발 축복받은 마흔 시간의 여유가 끝나기 전에 어서 서둘러." 하고 속삭이는 분위기가 감돌았던 것이다.

조얼 콜스는 영화 각본가였다. 스물여섯 살이었고, 아직 할리우드로 인해 타락하지 않은 상태였다. 그는 여섯 달 전 이곳에 도착한 뒤 좋은 작업을 맡았고, 영화의 장면과 시퀀스를 열성적으로 집필해서 제출했다. 그는 자신을 두고 돈을 위해 글을 파는 사람이라고 겸손하게 말했지만 실제로 자기 일을 그렇게 여기지는 않았다. 그의 어머니는 성공한 배우였다. 조얼은 환상과 현실을 구분하거나, 적어도 그중에서 한 가지를 먼저 추측하면서 어린 시절 내내 런던과 뉴욕 사이를 오갔다. 미남인 그는 암소 털 같은 갈색 눈을 지니고 있었다. 말하자면 그의 눈은, 1913년 그의 어머니가 브로드웨이에서 청중을 바라보던 바로 그 눈이었다.

초청장을 받고 나서 그는 일이 잘 풀리고 있다고 확신했다. 보통 일요일에는 외출하지 않고 말짱한 정신으로 집에 일감을 가져가서 작업하곤 했다. 최근 회사는 그에게 아주 중요한 여자 배우를 위해 유진 오닐[35]의 희곡을 각색하도록 했다. 지금까지 그가 작업해 온 결과물이 마일스 캘먼의 마음에 들었던 것이다. 마일스 캘먼은 할리우드에서 활동하는 감독으로, 돈을 대는 제작자들에게만 신경 쓸 뿐 어느 누구한테도 지시받지 않았다. 조얼의 경력에서 모든 일이 순조롭게 착착 잘 풀리고 있었다. "캘먼 감독의 비서인데요. 다가오는 일요일 4시부

---

35  유진 오닐(Eugene O'Neill, 1888~1953). 미국을 대표하는 극작가로, 1936년 노벨 문학상을 수상했다.

터 6시까지, 차를 마시러 오시겠습니까? 주소는 베벌리힐스
○○○번지입니다."

조얼은 우쭐했다. 상류층 사람들이 모이는 파티이리라.
전도유망한 젊은이, 그 자신에 대한 일종의 찬사나 다름없었
다. 매리언 데이비스 패거리들이며, 거만하게 구는 사람들, 엄
청난 돈을 자랑하는 부유한 인사들, 심지어 디트리히[36]나 가
르보,[37] '후작 부인' 등 어쩌면 다른 곳에서 좀처럼 만나 보기
힘든 거물들이 캘먼의 집에 올지 몰랐다.

"술은 입에도 대지 말아야지." 그는 스스로에게 다짐했다.
캘먼은 술주정뱅이를 드러내 놓고 싫어했고, 영화 산업이 그런
술주정뱅이 없이 굴러가지 못하는 현실을 안타깝게 여겼다.

조얼도 작가들이 지나치게 술을 많이 마신다는 데 동의했
다. 자신도 물론 술을 많이 마시는 편이었지만 오늘 오후에는
그러지 않을 것이다. 칵테일을 돌릴 때 "마시지 않겠습니다."
하고 간결하면서도 겸손하게 사양하는 말을 마침 근처에서
마일스가 들었으면 좋겠다고 그는 생각했다.

마일스 캘먼의 저택은 장엄하고 감동적인 순간을 위해 지
어진 것 같았다. 저 멀리 조용한 전망이 청중을 숨기고 있듯이
마치 누군가가 귀를 기울이고 있는 듯한 느낌이었다. 그런데
오늘 오후는 손님을 초청했다기보다 오히려 참석하라고 명령
한 듯 유독 사람들로 붐볐다. 조얼은 그 많은 손님 중에 스튜
디오에서 온 다른 작가가 오직 두 사람뿐임을 깨닫고 가슴 뿌

---

36  마를레네 디트리히(Marlene Dietrich, 1901~1922). 오슨 웰스, 앨프리드 히치콕
    등과 작업한 독일 출신의 미국 영화배우.
37  그레타 가르보(Greta Garbo, 1905~1990). 스웨덴 태생의 미국 영화배우. 무성
    영화와 유성 영화 방면에서 모두 성공을 거두었다.

듯해했다. 하나는 유명한 영국 사람이었고, 또 다른 하나는 조금 놀랍게도 캘먼으로 하여금 술주정뱅이를 경멸하게 한 장본인, 즉 냇 커프였다.

스텔라 캘먼(물론 원래는 스텔라 워커였다.)은 조얼에게 말을 건 뒤로 다른 손님한테 가지 않았다. 그녀는 그냥 머물러 있었다. 말하자면 찬사를 자아낼 만큼 아름다운 표정으로 그를 바라보았고, 조얼은 재빨리 어머니한테서 물려받은 극적인 태도로 적절히 대처했다.

"세상에, 열여섯 살 정도밖에 안 되어 보이는데요! 세발자전거는 어디다 두셨나요?"

그녀는 좋아하는 기색이 역력했다. 그녀가 잠시 머뭇거렸고, 그는 자신 있고 부드러운 어떤 말을 좀 더 해야 하지 않을까, 고민했다. 스텔라를 처음 만난 것은, 그녀가 뉴욕에서 푼돈을 벌려고 애쓸 무렵이었다. 바로 그때 누군가가 술 쟁반을 들어 올렸고, 스텔라는 칵테일 잔을 잡아서 그의 손에 쥐여 주었다.

"모두 겁을 먹고 있어요, 안 그런가요?" 칵테일 잔을 멍하니 바라보며 그가 말했다. "모두들 다른 사람의 실수를 찾아내려고 혈안이거나, 아니면 자신에게 명예가 될 만한 사람들과 함께 있다고 확신하고 있어요. 물론 당신의 집에서는 그렇지 않지만요." 그는 황급히 자신의 말을 덮어 버렸다. "다만 할리우드의 일반적 경향을 말한 겁니다."

스텔라는 그의 말에 맞장구를 쳤다. 그녀는 마치 조얼이 중요한 인사라도 되는 양 몇 사람을 소개해 주었다. 마일스가 방 반대편에 있으리라고 안도하면서 조얼은 칵테일을 마셨다.

"그래, 아이를 낳으셨다고요?" 그가 말했다. "조심해야 할 때입니다. 미인은 첫애를 낳은 뒤에 아주 불리한 입장에 놓이지요. 자신의 매력을 새삼 확인하고 싶으니까요. 스스로 아무것도 잃지 않았다고 증명하려면 어떤 새로운 남자의 헌신적인 사랑을 얻어야 하지요."

"난 지금껏 누구한테서도 헌신적인 사랑을 받아 본 적이 없어요." 스텔라가 다소 성난 듯이 대답했다.

"당신 남편을 두려워하기 때문이지요."

"그렇게 생각해요?" 그녀는 그 문제를 곰곰 생각하며 이마를 찌푸렸다. 그러고는 조얼이 바라던 바로 그 순간에 대화가 중단되었다.

그녀가 보여 준 관심 덕분에 그는 자신감을 얻었다. 굳이 안전한 무리에 끼거나, 방 주위에 있는 사람들의 날개 밑에서 피난처를 찾을 필요가 없던 것이다. 그는 창가로 걸어가서 해가 느릿느릿 떨어지는 석양 아래, 무채색의 태평양을 바라보았다. 여기는 멋진 곳이었다. 만약 즐길 시간만 있다면 바로 미국의 리비에라[38]니 뭐니 하는 곳과 조금도 다를 바 없었다. 방 안에는 옷을 잘 차려입은 미남자들, 예쁜 아가씨들 그리고——어쨌든 사랑스러운 아가씨들이 있었다. 모든 것을 다 가질 수는 없지 않은가.

피로한 눈꺼풀이 언제나 한쪽으로 약간 처지고, 풋풋한 사내아이 같은 얼굴로 손님 사이를 돌아다니는 스텔라의 모습을 조얼은 바라보았다. 한낱 이름이 아니라 젊은 여성인 그

---

38  프랑스 동남부에서 이탈리아 서북부에 이르는 경치 좋은 지중해 연안으로, 휴양지이자 피한지로 유명하다.

녀와 함께 앉아서 나는 오랫동안 이야기를 나누고 싶었다. 그는 그녀가 자신에게 보인 관심을 다른 누구에게도 보이는지 살피려고 그녀 뒤를 좇았다. 그는 칵테일을 한 잔 더 마셨는데, 자신감을 얻기 위해서가 아니라 그녀가 자신감을 너무 많이 주었기 때문이다. 그러고 나서 그는 감독의 어머니 옆에 앉았다.

"캘먼 부인, 당신 아드님은 이제 전설적인 존재가 되었답니다. 신탁과 운명의 인간이니 뭐니, 그런 거 말이에요. 개인적으로 아드님 일에 반대하는 편이지만 저 같은 사람은 소수에 불과합니다. 아드님에 대해 어떻게 생각하시나요? 감동받으셨나요? 지금까지 성공해 왔음에 놀라셨습니까?"

"아니, 별로 놀라지 않았다네." 그녀는 차분하게 대답했다. "우린 늘 마일스에게 많은 걸 기대했거든."

"한데, 그건 보기 드문 일인데요." 조얼이 대꾸했다. "전 늘 모든 어머니들이란 나폴레옹의 어머니 같다고 생각했거든요. 제 어머니는 제가 연예계에 발을 들여놓는 걸 원하지 않으셨어요. 웨스트포인트[39]에 들어가서 안정된 삶을 살기를 바라셨죠."

"우린 언제나 마일스를 완전히 믿었지."

그는 유머 감각이 있고 술고래이며 큰돈을 받는 냇 커프와 함께 식당의 붙박이 바에 서 있었다.

"……지난 일 년 동안 난 10만 달러를 벌었는데 노름하느라 4만 달러를 날려 버렸어. 그래서 매니저를 고용했지 뭐야."

"에이전트 말입니까?" 조얼이 물었다.

---

39 미국의 육군 사관 학교. 뉴욕주 남동부 웨스트포인트에 위치해 있다.

"아냐. 에이전트는 이미 있고. 매니저라니까. 내가 번 돈을 모두 집사람에게 넘겨주면, 그와 집사람이 상의해서 나에게 돈을 다시 돌려준다네. 난 내 돈을 돌려받으려고 매니저한테 일 년에 5000달러나 지불하고 있지."

"에이전트겠지요"

"아니라니까 그러네. 매니저라는 말일세. 그런 건 나만이 아니지⋯⋯. 다른 많은 무책임한 사람들도 매니저를 두고 있어."

"한데, 만약 선생님이 무책임하시다면 당최 무엇 때문에 매니저를 고용할 만큼 책임을 느끼십니까?"

"노름에 대해서 무책임한 것뿐이지. 자, 이보게⋯⋯."

가수 한 사람이 공연을 시작했다. 조얼과 냇은 노래를 듣고자 다른 사람들과 함께 앞쪽으로 나아갔다.


2


노랫소리가 나지막하게 조얼의 귓가에 들려왔다. 그는 그곳에 모인 모든 사람들, 용기 있고 근면한 사람들에 대해 다정하고 친근한 마음을 느꼈다. 또 그 사람들은 무지와 방탕함 면에서 그들을 능가하는 부르주아 계층보다 더 나았으며, 지난 십 년 동안 오직 오락만을 갈구해 온 나라에서 가장 높은 위치에 도달해 있었다. 그는 그들이 좋았다. 그들을 사랑했다. 그들에 대한 호의가 파도처럼 그에게 밀려들었다.

가수가 노래를 마치고 손님들이 안주인에게 다가가서 작별 인사를 고하자, 조얼에게 문득 한 가지 생각이 떠올랐다.

그들에게 자신이 만든 「좀 더 보충하기」라는 작품을 보여 주고 싶었다. 거실에서 즐기는 여흥에 지나지 않았지만 몇몇 파티에서 사람들을 즐겁게 해 주었고, 어쩌면 스텔라 워커를 즐겁게 해 줄지도 몰랐다. 이런 예감에 사로잡히자 그의 피가 달아올랐고, 마침내 그녀를 찾아냈다.

"물론이지요!" 그녀가 소리쳤다. "제발 보여 주세요! 뭐 필요한 건 없나요?"

"제 말에 따라 받아쓰기를 해 줄 비서가 한 사람 필요합니다."

"제가 할게요."

이 말이 퍼지자 자리를 뜨려고 벌써 코트를 입고 홀에 서 있던 손님들마저 다시 자리로 돌아왔다. 조얼은 수많은 낯선 손님들의 눈동자와 마주쳤다. 방금 공연한 사람이 유명한 라디오 연예인이라는 사실을 깨닫고, 그는 조금 불길한 예감이 들었다. 그러자 누군가가 "쉿!" 하고 좌중을 정리했고, 인디언처럼 반원(半圓)을 이룬 사람들의 중심에 그는 스텔라와 단둘이 서 있었다. 스텔라가 기대에 차서 그를 올려다보며 미소를 지었고, 그는 연기를 시작했다.

그의 익살 연극은 독립 제작자인 데이브 실버스타인 씨의 문화적 소양에 바탕을 두고 있었다. 실버스타인은 지금 각색권을 구입한 어느 한 이야기를 어떻게 다룰지 대략 설명하는 편지를 비서에게 받아쓰도록 하고 있었다.

"……이혼, 젊은 세태[40]와 외인 부대의 이야기인데." 그

---

40 조얼은 실버스타인이 '세대'라고 해야 할 것을 '세태'라고 잘못 말하였음을 풍자하고 있다. 원문에는 'generation'(세대) 대신에 'generator'(발전기)로 되어 있다.

는 실버스타인의 억양을 흉내 내어 말하고 있었다. "우린 거기다 이야기를 좀 더 보충해야 하지, 알겠어?"

의구심의 날카로운 고통이 갑자기 그의 몸을 스쳤다. 부드러운 불빛 아래의 얼굴들은 호기심을 가지고 열심히 바라보고 있었지만 어느 곳에서도 미소를 찾아볼 수 없었다. 바로 앞에서는 영화계의 '총아'가 감자의 싹처럼 날카로운 눈으로 그를 쏘아보고 있었다. 오직 스텔라 워커만이 반짝이는 미소를 잊지 않은 채 그를 올려다보고 있을 뿐이었다.

"만약 우리가 그를 멘주[41] 타입으로 만들 수만 있다면, 호놀룰루 분위기의 마이클 알렌[42] 같은 사람을 연출할 수 있을 텐데."

여전히 앞쪽에서는 아무런 반응이 없었지만 뒤쪽에서는 부스럭거리는 소리가 들렸다. 그러고는 왼쪽 앞문을 향해 움직이는 형체가 보였다.

"……그런데 그녀는 그에게 섹스 오필[43]을 느낀다 말하고, 그는 기력이 소진되어 '오, 가서 죽어 버려라.' 하고 말하는데……."

어느 시점에선가 그는 냇 커프가 낄낄거리며 웃어 대는 소리를 들었고, 여기저기서 힘을 북돋우어 주는 몇몇 얼굴이 눈에 띄었지만, 그는 소극(笑劇)을 마치며 메스껍게도 영화계의 중요 인사들 앞에서 스스로 바보가 되었음을 깨달았다. 자신의 출세는 바로 그들의 호의에 달려 있는데 말이다.

---

41  무성 영화 시대의 유명한 영화배우 아돌프 멘주를 가리킨다.

42  불가리아 태생의 영국 소설가로 로맨스와 심리 스릴러, 공포 장르에 이르기까지 다채로운 작품을 선보였으며, 극작가와 시나리오 작가로도 크게 성공했다.

43  '섹스 어필'이라고 말해야 할 것을 '섹스 오필'이라고 잘못 말한 것이다.

조얼은 사람들이 문 쪽으로 밀려드는 바람에 잠시 동안 혼란스러운 침묵의 한가운데에 서 있었다. 그들이 나지막하게 수군거리며 조롱하고 있음을 느꼈다. 그런데 (이 모든 일은 단 십 초 동안에 일어났다.) 그 영화계의 '총아'가 마치 바늘귀같이 모질고 텅 빈 눈빛으로, 청중의 기분을 대변하듯 "우우" 소리를 내며 야유하는 것이 아닌가. 그것은 프로가 아마추어에게, 마을 사람들이 이 낯선 이방인에게 보내는 분노의 목소리였다. 이를테면 문중(門中)의 비난이었다.

오직 스텔라만이 여전히 그의 옆에 서서 마치 그가 일찍이 본 적 없는 큰 성공을 거둔 것처럼, 어느 누구도 그 공연을 시답잖게 여기지 않았다는 듯 그에게 감사를 표할 뿐이었다. 냇 커프가 코트 입는 것을 도와줄 무렵 자기 모멸감이 파도처럼 엄습해 왔다. 그는 이제 더 이상 열패감을 느끼지 않을 때까지 그 감정을 결코 드러내지 않겠노라는 자신의 규칙에 절망적으로 매달렸다.

"완전히 실패했어요." 그가 스텔라에게 조용히 말했다. "하지만 괜찮아요. 감상할 줄 아는 사람들에게는 훌륭한 작품이지요. 도와줘서 고마워요."

그녀의 얼굴에서 미소가 떠날 줄을 몰랐다. 그는 조금 술에 취한 듯 허리를 굽혔고, 냇이 문 쪽으로 그를 끌고 갔다.


아침 식사가 도착하는 바람에 그는 잠에서 깨어났지만 기분은 아주 죽을 맛이었다. 어제까지만 해도 그는 영화 산업에 맞서 불꽃처럼 자신만만했더랬다. 그러나 오늘은 개별적 멸시와 집단적 냉소에 맞서 매우 불리한 입장에 놓여 있었다. 설상가상으로 그는 마일스 캘먼에게 위엄을 잃은 여느 술주정

꾼 중 한 사람이 되어 버렸다. 캘먼은 어쩔 수 없이 그를 고용했음을 후회할 것이다. 집안의 체면을 지키도록 그가 고통을 떠맡긴 스텔라 워커 역시 마찬가지일 터다. 그녀가 어떻게 생각하는지, 그로서는 도저히 짐작할 수 없었다. 위액이 제대로 분비되지 않았으므로 그는 삶은 달걀을 전화 테이블 위에 밀어 놓았다. 그러고 나서 그는 편지를 썼다.

마일스 선생님께

제가 지금 얼마나 자기 모멸감을 느끼고 있는지 잘 아실 겁니다. 과시하고 싶은 충동에 빠져 있었다는 사실을 고백하지 않을 수 없습니다. 그것도 오후 6시, 밝은 대낮에 말이에요! 정말 부끄럽습니다! 사모님께 사과를 드립니다.

이만 총총
조얼 콜스 올림

조얼은 스튜디오 사무실에서 나온 뒤 마치 범죄자처럼 담배 가게를 향해 살금살금 걸어갔다. 그의 태도가 어찌나 의심스러웠는지 스튜디오의 경찰 하나가 통행권을 확인할 정도였다. 바깥에 나가서 점심을 먹으려고 마음먹었건만, 냇 커프가 의기양양하고 유쾌한 태도로 뒤따라왔다.

"아주 은퇴라도 할 작정인가? '스리피스 양복을 입은' 그 인간이 야유했다 한들 그게 무슨 대수라는 말인가?"

"자, 내 말 좀 들어 보게." 그는 계속 말을 이으면서 조얼을 스튜디오 식당으로 끌고 갔다. "그로먼스 극장에서 특별 개봉을 하던 날 밤에 조 스콰이스가 청중에게 허리 굽혀 인사하다가 그만 그의 엉덩이를 걷어차 버렸지. 그랬더니 그 작자가 조에게 나중에 할 말이 있다고 말하는 거야. 그래서 조가 그다음 날 8시에 전화를 걸었더니 '난 자네가 나에게 할 말이 있는 줄로 생각했지.' 하고 얘기했다는 거야. 그래서 전화를 끊어 버렸다지 뭐야."

조엘은 그 터무니없는 이야기를 듣고 나니 기분이 좀 좋아졌다. 그러고는 옆 식탁에 앉아 있는 사람들을 바라보면서 조금이나마 위안을 찾았다. 옆 식탁에는 사랑스럽지만 슬픈 표정을 한 삼쌍둥이, 비열한 난쟁이들, 서커스 영화에 출연하는 거만한 거인이 앉아 있었다. 그러나 그들 건너 노랗게 화장을 한 예쁜 여자들의 얼굴과, 마스카라로 반짝이는 우수에 찬 눈동자와, 무척 화려한 무도회 가운을 바라보다가 그는 캘먼의 집에 왔던 사람들을 발견하고 곧장 눈살을 찌푸렸다.

"다시는 참석하지 않을 거야." 그는 큰 소리로 말했다. "그게 할리우드에서 내가 마지막으로 참석한 사교 모임이야!"

그 이튿날 사무실에 들어와 보니 전보 한 장이 그를 기다리고 있었다.


당신은 우리 집 파티에 참석한 손님 가운데 가장 마음에 드는 사람 중 하나였어요. 다가오는 일요일에 제 동생 준의 뷔페 저녁 식사에서 만났으면 해요.


스텔라 워커 캘먼


한동안 온몸에서 피가 솟구쳐 올랐다. 도무지 믿기지 않아서 그는 전보를 다시 한 번 읽어 보았다.

"어허, 지금까지 살면서 들어 본 말 중에 가장 기분 좋은 말이로군!"


## 3


또다시 광란의 일요일이 돌아왔다. 조엘은 11시까지 잠을 자고 일어나서 지난 일요일의 사건을 되짚기 위해 신문을 읽었다. 자기 방에서 연어와 아보카도 샐러드, 캘리포니아산(産) 포도주로 점심을 해결했다. 그는 차를 마시러 나가는 옷차림으로, 가는 줄로 된 체크무늬 양복과 푸른색 와이셔츠 그리고 옅은 오렌지색 넥타이를 골랐다. 눈 밑에는 피로한 듯 검은 원이 잡혀 있었다. 그는 중고차를 타고 리비에라 아파트로 향했다. 스텔라의 누이동생에게 자신을 소개하고 있을 때, 마일스와 스텔라가 승마복 차림으로 도착했다. 그들은 베벌리힐스 뒤쪽 흙길을 따라오면서 거의 오후 내내 심하게 다투었다.

키가 크고 신경질적이며 필사적으로 위트 있는 척 애쓰는데다, 조엘이 본 중에서 가장 불행한 눈을 지니고 있는 마일스 캘먼은 기묘하게 생긴 머리끝에서부터 흑인 같은 발끝에 이르기까지 철저한 예술가였다. 그는 그런 발을 딛고 굳건히 서 있었다. 비록 이따금 사치스럽게 실험적인 실패작을 만드느라 값비싼 대가를 치르기는 하지만 결코 싸구려 영화를 만드는 법이 없었다. 막상 사귀고 같이 지내다 보면 꽤 재미있는 사람이면서도 결코 건강한 사람이 아님을 곧 알 수 있었다.

그들이 집 안에 들어온 순간부터 조엘의 하루는 어쩔 수 없이 그들의 하루와 엮일 수밖에 없었다. 그가 주위 사람들에게 다가가자 스텔라는 안달하듯 혀를 끌면서 물러섰다. 그러자 마일스 캘먼은 우연히 그 옆에 있던 사람에게 말을 걸었다.

"에버 거벨을 그냥 내버려 두시지. 그녀 때문에 집에서 아주 죽을 맛이야." 마일스는 조얼을 향해 고개를 돌렸다. "어제 사무실에서 만나지 못한 거 미안하네. 오후에 정신 분석 전문의한테 갔었거든."

"정신 분석 치료를 받고 계십니까?"

"몇 달 되었다네. 처음에는 폐쇄 공포증 때문에 치료를 받았지만 지금은 내 인생을 깨끗이 정돈하려고 치료받는 중이야. 일 년 이상 걸린다더군."

"선생님의 인생은 아무런 문제가 없습니다." 조얼이 그를 안심시켰다.

"글쎄, 아무 문제가 없다고? 한데, 스텔라는 그렇게 생각하지 않는 것 같아. 아무한테나 물어보게나……. 모두들 자네에게 말해 줄 걸세." 그가 비통한 듯 말했다.

아가씨 하나가 마일스의 의자 팔걸이에 걸터앉았다. 조얼은 스텔라에게 걸어갔고, 그녀는 불만스러운 표정으로 난롯가에 서 있었다.

"전보를 보내 주셔서 고맙습니다." 조얼이 말했다. "정말로 기뻤어요. 전 사모님처럼 미인이면서 마음씨까지 자상한 분을 좀체 상상할 수 없거든요."

그녀는 지난번보다 약간 더 예뻤고, 어쩌면 조얼의 눈빛에 드리운 아낌없는 찬사 때문에 그에게 마음을 터놓은 듯했다. 누가 봐도 그녀는 격앙되어 있었기 때문에 감정을 터뜨리는 데 오랜 시간이 걸리지 않았다.

"……그런데 마일스가 이 년이 다 되도록 그 짓을 계속해 왔는데도 나는 그만 까맣게 몰랐지 뭐야. 심지어 그녀는 늘 같은 집에서 살다시피 하던 내 가장 친한 친구 중 하나였지. 마침내 사람들이 나에게 찾아와서 말하기 시작하니 비로소 마일스가 인정하더군."

그녀는 조얼의 의자 팔걸이에 거센 기세로 걸터앉았다. 그녀의 승마 바지 색깔은 의자의 색깔과 같았고, 조얼은 그녀의 머리카락이 붉은 황금빛 가닥과 옅은 황금빛 가닥으로 이뤄져 있어서 염색하지 않았음을, 아무런 화장도 하지 않았다는 사실을 깨달았다. 그녀는 너무 아름다워 보였다.

남편의 외도를 알아챈 충격으로 아직도 몸을 떨고 있는 스텔라는 마일스 근처에 새 여자가 맴돌고 있는 광경을 참을 수 없었다. 조얼을 데리고 침실로 가서, 큼직한 침대 양쪽 끝에 앉은 뒤 이야기를 이어 갔다. 사람들이 화장실에 가다가 방 안을 힐끗 들여다보고는 빈정대며 몇 마디 내뱉었다. 하지만 스텔라는 조금도 상관하지 않은 채 이야기를 털어놓았다. 얼마 뒤 마일스가 문 안쪽으로 고개를 들이밀고 말했다. "나 자신도 이해하지 못하고, 또 정신 분석가도 이해하려면 일 년이나 걸리는 일을 조얼한테 설명한들 무슨 소용이 있겠어."

그녀는 마치 마일스가 그 자리에 없는 듯 계속 이야기했다. 마일스를 좋아한다고 했다. 그녀는 아주 힘겨운 상황에서도 항상 정절을 지켜 왔다는 것이다.

"정신 분석가 말로는 마일스에게 어머니 콤플렉스가 있다는 거야. 첫 번째 결혼에서 그는 어머니 콤플렉스를 자기 아내에게 전이(轉移)한 거지……. 그리고 나한테서는 섹스를 얻고 말이야. 하지만 우리가 결혼하고 나니 같은 일이 되풀이되었어……. 어머니 콤플렉스를 나한테 전이하고, 그의 모든 리비도[44]를 다른 여자한테 쏟아부은 거지."

조얼은 이 말이 허튼소리가 아님을 알고 있었다. 그런데도 여전히 허튼소리처럼 들렸다. 그는 에버 거벨을 잘 알았다. 그녀는 모성적 매력을 지닌 여자로, 누구에게나 인기 있는 스텔라보다 나이가 더 많고 어쩌면 더 똑똑한 것 같았다.

마일스는 조얼더러 스텔라가 자기한테 할 말이 무척 많은 듯하니 함께 집으로 가자고 조급하게 제안했고, 결국 그들은 베벌리힐스의 저택으로 차를 몰았다. 집 안의 높은 천장 아래에 있으니 상황은 훨씬 더 품위 있고 비극적인 듯 보였다. 창밖은 어둡지만 아주 맑고 으스스하게 밝은 밤이었고, 온통 장밋빛으로 물든 스텔라는 화를 내고 울면서 방 안을 돌아다녔다. 조얼은 여자 배우들의 슬픔을 믿을 수 없었다. 그들은 작가들과 감독들이 창조해 낸 생기발랄하고 아름다운 장밋빛 인물들이다. 무슨 일이 있었든 몇 시간 지나면 둘러앉아서 작은 소리로 속삭이고, 무엇인가 넌지시 내비치며 킬킬거린다. 그러다 보면 온갖 모험의 종말이 그들에게 흘러가기 마련이다.

때때로 그는 귀를 기울이는 척했지만 실상 그녀가 얼마나 멋지게 옷을 차려입고 있는지 생각했다. 바짓가랑이가 짝을 이룬 윤기 나는 승마 바지며, 목 부분이 조금 높은 이탈리아 스웨터, 섀미 가죽으로 만든 짧은 갈색 웃옷을 입고 있었다. 그녀가 영국 귀부인을 흉내 내고 있는지, 아니면 영국 귀부인이 그녀를 흉내 내고 있는지 그로서는 판단을 내릴 수 없었다.

---

44  정신 분석학의 기초 개념으로, 인간의 원시적 충동에서 유래하는 모든 본능적
   힘과 욕망을 의미한다.

그녀는 가장 현실적인 모습과 가장 뻔뻔스러운 흉내 사이의 어딘가에서 맴돌고 있었다.

"마일스는 나를 너무나 질투한 나머지 내 행동 하나하나를 시시콜콜 물어본다고." 그녀가 경멸하듯 큰 소리로 말했다. "내가 뉴욕에 있을 때 에디 베이커와 함께 연극 구경을 갔었다고 편지를 썼더니 마일스는 아예 질투심에 눈이 멀어서 하루에도 열 번씩 내게 전화를 걸어 대지 뭐야."

"그때 난 제정신이 아니었다고." 마일스가 날카롭게 코를 킁킁거리며 말했는데, 그는 긴장하면 늘 그랬다. "정신 분석가는 일주일 가지고서는 아무 결과도 얻을 수 없었지."

스텔라는 절망적으로 고개를 흔들었다. "그럼 당신은 내가 삼 주일 내내 호텔 방에 처박혀 있기를 기대했나요?"

"아무것도 기대하지 않았어. 내가 질투심이 많다는 건 나도 인정해. 그러지 않으려고 노력하고 있어. 그 문제에 대해 브리지베인 의사하고 상담했지만 아무런 효과가 없더군. 당신이 조얼의 의자 팔걸이에 앉았을 때 난 조얼에게 질투를 느꼈다고."

"그랬어요?" 그녀가 놀라며 자리에서 벌떡 일어났다. "당신이 질투를 느꼈다고요! 당신 의자 팔걸이에도 누군가 앉아 있지 않았던가요? 그리고 두 시간 내내 당신은 내게 말을 걸지조차 않았잖아요?"

"당신은 침실에서 조얼에게 당신 불만을 이야기하고 있었잖아."

"그 여자 생각만 하면." (그녀는 에버 거벨의 이름을 생략하면 그녀의 실재를 줄어들게 할 수 있으리라고 믿는 듯했다.) "우리 집에 자주 드나들곤 하던……."

"좋아…… 좋다고." 마일스가 지친 듯이 말했다. "모든 걸 인정했잖아. 그 일에 대해서는 나도 당신만큼이나 가슴이 아파." 그는 조얼 쪽으로 고개를 돌리더니 영화에 대해 이야기하기 시작했다. 그동안 스텔라는 승마 바지 호주머니 속에 두 손을 집어넣고 멀찍이 자리한 벽을 따라 초조하게 움직였다.

"마일스는 부당한 취급을 받아 왔어." 지금까지 개인적 문제에 대해서는 전혀 얘기하지 않은 듯이 그녀는 갑자기 다시 대화로 돌아왔다. "여보, 벨처 영감이 당신 영화를 바꾸려 했던 이야기를 그에게 들려줘요."

그녀가 마일스를 대신하여 두 눈에 분노를 번뜩이며, 마치 그를 보호하듯 그 위에 서 있는 동안, 조얼은 자신이 그녀를 사랑하고 있다는 사실을 깨달았다. 흥분으로 숨이 막혔으므로 그는 자리에서 벌떡 일어나자마자 작별 인사를 했다.

월요일이 되자 그는 일요일의 이론적인 토론이며, 가십이며, 스캔들과는 아주 대조적인 한 주간의 일상적인 리듬을 되찾았다. 영화 대본을 수정하는 세부적인 문제에 대해 끊임없이 이야기를 나누었다. "디졸브[45] 대신에 사운드 트랙에 그녀의 목소리를 남겨 놓고 벨의 앵글에서 택시를 중간 숏으로 자르거나,[46] 아니면 단순히 카메라를 뒤로 끌어내서 기차역 전경을 잠깐 보여 주다가 일렬로 늘어선 택시 쪽으로 초점을 돌릴 수 있습니다."[47] 월요일 오후가 되자 조얼은 남을 즐겁게 해 주는 일을 맡은 사람들이 즐거워할 특권을 가지고 있다는

---

45  화면이 점점 사라지는 동시에 다음 장면이 차차 중첩되어 나타나는 장면 전환 기법.

46  중간 정도의 거리에서 촬영하다가 갑자기 장면을 바꾸는 편집 기법.

47  카메라를 움직여 가며 촬영하는 방법.

사실을 다시 한 번 잊어버렸다. 저녁에 그는 마일스의 집으로 전화를 걸었다. 마일스하고 통화하고 싶었지만 스텔라가 전화를 받았다.

"상황은 좀 나아졌나요?"

"특별히 나아진 건 없어. 다음 토요일 저녁에 혹시 계획 있어?"

"아무 일도 없어요."

"페리 부부가 저녁 식사를 겸한 연극 파티를 여는데, 마일스는 이곳에 없고…… 비행기를 타고 노터데임 캘리포니아 경기를 구경하러 사우스 벤드[48]에 가거든. 그 사람 대신에 당신이 나하고 같이 갔으면 하는데."

한참 뒤 조얼이 대답했다. "좋아요……. 꼭 갈게요. 만약 회의가 있다면 저녁 식사에는 참석할 수 없지만 극장에는 갈 수 있어요."

"그럼 우리 간다고 하겠어."

조얼은 사무실 안을 걸어 다녔다. 캘먼 부부의 긴장된 관계를 고려할 때 마일스가 과연 이 일을 좋아할까, 아니면 그녀가 마일스 모르게 처리할까? 그것은 불가능한 일이었다. 만약 마일스가 그 일을 굳이 언급하지 않더라도 조얼이 먼저 말할 터였다. 조얼은 한 시간 이상 다시 일을 시작할 수 없었다.

수요일에는 사람들이 빽빽이 모이고 담배 연기가 뭉게구름처럼 떠 있는 회의실에서 무려 네 시간 동안 입씨름이 벌어졌다. 남자 세 사람과 여자 한 사람이 번갈아 가면서 양탄자

---

48 미국 인디애나주 북부의 도시. 이곳에 가톨릭 계열의 노터데임 대학교가 위치해 있다.

위를 오갔고, 무엇인가를 제안하거나 비난하는가 하면, 날카롭게 내뱉거나 설득하려고 애쓰기도 하고, 확신에 차서 말하거나 절망에 잠겨 중얼거리기도 했다. 마지막까지 남아 있다가 조얼은 마일스에게 말을 걸었다.

그 사람은 지쳐 있었다. 피로 탓이 아니라 삶에 지쳐 있었다. 눈꺼풀이 축 늘어지고, 입가의 검은 그림자 위로 턱수염이 유난히 드러나 보였다.

"노터데임에서 열리는 경기에 가신다더군요?"

마일스는 조얼의 뒤쪽을 바라보며 고개를 내저었다.

"안 가기로 했어."

"왜요?"

"물론 당신 때문이지." 아직도 그는 조얼을 쳐다보지 않고 있었다.

"도대체 무슨 말씀을…… 선생님?"

"바로 그래서 포기한 거야." 그는 갑자기 건성으로 자신을 비웃었다. "스텔라가 악의에 차서 무슨 짓을 할지 알 수 없거든……. 당신을 페리 부부의 파티에 초대했잖아? 난 그 경기를 즐길 수 없을 거야."

무대 세트에서는 그토록 민첩하고 자신만만하게 돌아가던 본능이 개인 생활에서는 이다지도 뒤죽박죽이고 무기력하기 짝이 없었다.

"이보세요, 선생님." 조얼은 이마를 찡그리며 말했다. "전 사모님에게 조금이라도 추파를 던진 적이 없어요. 저 때문에 여행을 취소하려고 한다면, 사모님과 함께 페리 부부의 파티에 참석하지 않겠어요. 사모님을 만나지 않겠습니다. 저를 완전히 믿어도 좋습니다."

이제야 마일스는 그를 주의 깊게 살펴보았다.

"그럴 수도 있겠군." 그는 어깨를 들썩거렸다. "어쨌든 다른 누가 또 있겠지. 난 아무런 재미도 느끼지 못할 거야."

"선생님은 사모님을 별로 믿지 못하시는 것 같군요. 사모님 말로는 언제나 선생님에게 정절을 지켰다고 하던데요."

"지금까지는 그래 왔는지도 모르지." 지난 몇 분 사이에 마일스의 입가 근육은 더 축 늘어졌다. "하지만 그 일이 있은 뒤 내가 그녀에게 어떻게 부탁할 수 있겠어? 내가 어떻게 기대할 수 있겠느냐는 말이야……." 느닷없이 그가 말을 중단했고, 그의 얼굴은 전보다 더 굳어졌다. "내가 무슨 짓을 했건 잘잘못을 떠나서 한 가지만은 말할 수 있지. 만약 그녀에게 무슨 문제라도 생긴다면 난 그녀와 이혼할 거야. 내 자존심을 상하게 할 수는 없거든……. 자존심이야말로 내 마지막 보루니까."

그의 어조 탓에 조얼은 불안했지만 이렇게 말했다.

"에버 거벨 건에 대해 사모님은 좀 진정하셨나요?"

"아냐." 마일스가 비관적인 태도로 코를 훌쩍거렸다. "나 역시 그 일을 극복할 수 없거든."

"전 그 일이 모두 끝난 줄 알았어요."

"에버를 다시 만나지 않으려고 노력하고 있어. 하지만 자네도 알다시피 그런 일을 그만두는 게 말처럼 쉽지 않잖아……. 간밤에 택시 안에서 키스한 아가씨도 아니고! 정신 분석가 양반이 말하기를……."

"저도 잘 알고 있어요." 조얼이 그의 말을 가로막았다. "사모님이 말씀해 주셨어요." 기분이 울적한 일이었다. "아무튼 제 생각을 말씀드리겠습니다. 만약 선생님께서 예정대로 경기를 보러 가시면 저 역시 사모님을 만나지 않을 겁니다. 사모님은 어느 누구에게든 양심에 거리낄 일은 절대 않으시리라 저는 확신합니다."

"그럴지도 모르지." 마일스는 맥없이 같은 말을 되풀이했다. "어쨌든 난 여기 남아서 그녀를 데리고 파티에 갈 생각이야. 그런데 말이야." 그가 갑자기 말했다. "자네도 같이 갔으면 해. 누군가 나를 이해해 주는 사람이 필요하거든. 바로 그게 문제야……. 난 지금껏 매사 스텔라에게 영향을 끼쳐 왔던 거야. 특히 내가 마음에 들어 하는 사람을 그녀 역시 좋아하도록 만들어 버렸어. 아주 힘든 일인데도 말이야."

"그렇겠지요." 조얼이 그의 말에 맞장구를 쳤다.


4


조얼은 저녁 식사에 참석할 수 없었다. 실업자가 많은 데도 불구하고 실크해트를 쓰고 있음을 스스로 의식한 채 할리우드 극장 앞에서 다른 사람들을 기다리며 저녁 퍼레이드를 지켜보았다. 어느 화려한 영화배우들을 어설프게 흉내 낸 모습이며, 폴로 코트를 입은 절름발이들, 사도(使徒)의 수염과 막대기를 들고 스톰프 춤49을 추는 이슬람의 탁발승, 공화국의 이 작은 귀퉁이가 세계의 칠대양으로 모두 열려 있음을 보여 주는 듯한 대학생 차림새의 맵시 있는 필리핀인 두 명, 남자 대학생 클럽의 입회 의식을 치르는 젊은이들의 떠들썩하

49  빠르고 강한 리듬의 춤.

고 환상적인 카니발 행렬 등 말이다. 멋진 리무진 두 대가 늘어선 사람들 사이를 가르며 행렬 길가에 멈춰 섰다.

수천 개의 옅은 푸른색 조각으로 만든 얼음물 같은 옷을 입고 목에는 고드름을 늘어뜨린 채 그녀가 나타났다. 그는 앞으로 다가갔다.

"내 의상이 마음에 들어?"

"마일스는 어디에 있습니까?"

"결국 경기를 보러 갔지 뭐야. 어제 아침에 비행기를 타고 갔어……. 적어도 내 생각엔 그래……." 그녀는 돌연 말을 멈췄다. "사우스 벤드에서 전보를 받았는데, 지금 돌아오는 중이래. 그러고 보니 잠시 잊어버리고 있었네……. 이 사람들 모두 알고 있는 거야?"

여덟 명이 무리를 지어 극장 안으로 들어갔다.

마일스는 결국 떠나갔고, 조얼은 그가 과연 돌아올지 추측해 보았다. 그러나 연극이 공연되는 동안, 가벼운 머릿결 아래 자리한 스텔라의 옆모습을 바라보며 그는 더 이상 마일스에 대해 생각하지 않았다. 한번은 고개를 돌려서 그녀를 쳐다보았다. 그녀 역시 미소를 지으며 그를 뒤돌아보았고, 그가 원하는 대로 오랫동안 눈을 마주쳤다. 막간에 그들은 로비에서 담배를 피웠고 그녀가 이렇게 속삭였다.

"저들은 아마 모두 잭 존슨의 나이트클럽 개업식에 갈 거야……. 난 가고 싶지 않은데, 조얼은 어때?"

"꼭 가야만 하나요?"

"그렇지는 않아." 그녀가 머뭇거리며 말했다. "조얼과 이야기를 나누고 싶어. 우리 집에 가서…… 만약 확신할 수만 있다면……."

또다시 그녀가 머뭇거리자 조얼이 물었다.

"무엇을 확신한단 말입니까?"

"그게……. 아, 얼빠진 생각이라는 걸 나도 잘 알아. 하지만 마일스가 정말로 경기를 보러 갔는지 어떻게 확신할 수 있겠어?"

"사모님 말씀은 그가 지금 에버 거벨과 함께 있다는 건가요?"

"아냐, 꼭 그런 건 아니지만……. 하지만 그 사람이 내 일거수일투족을 지켜보고 있다고 생각해 봐. 조얼도 알잖아, 마일스가 때론 엉뚱한 짓을 한다는 걸 말이야. 언젠가 수염을 길게 기른 사내와 차를 마시고 싶어 하더니 결국 캐스팅 에이전시에 가서 그런 사람을 하나 불러다가 오후 내내 그와 함께 차를 마셨잖아."

"그것과는 사정이 다르지요. 사우스 벤드에서 사모님께 전보를 보냈으니까요……. 그걸 보면 경기장에 가 계신 게 틀림없어요."

연극이 끝난 뒤 그들은 길가에서 다른 사람들에게 작별 인사를 건넸고 즐거운 표정으로 답례를 받았다. 그들은 스텔라 주위에 모여든 군중을 헤치고 황금빛으로 화려한 대로를 따라 빠져나갔다.

"그 사람은 전보를 조작할 수 있거든." 스텔라가 말했다. "그것도 아주 쉽게 말이야."

그것은 사실이었다. 그리고 그녀가 불안해하는 것도 어쩌면 당연하다는 생각이 들자 조얼은 화가 치밀었다. 만약 마일스가 그들을 향해 카메라를 들이댄다 한들 그는 마일스에 대해 아무런 책임감도 느끼지 않으리라. 그래서 그는 큰 소리로 이렇게 말했다.

"그건 말도 안 되는 소리예요."

상점 유리창에는 벌써 크리스마스트리가 놓여 있었고, 큰 길 너머에 떠 있는 보름달은 길모퉁이에 자리한 여자용 내실의 거대한 등불처럼 무대 장치의 소품일 따름이었다. 한낮에는 유칼립투스처럼 활활 불타오르는 베벌리힐스의 어두컴컴한 나무 그늘 속에서 조얼은 자신의 얼굴 아래 번쩍이는 하얀 얼굴과 그녀의 굽은 어깨를 겨우 볼 수 있었다. 그녀는 갑자기 뒤로 물러서서 그를 올려다보았다.

"조얼의 눈은 조얼 어머니의 눈을 닮았어." 그녀가 말했다. "조얼 어머니의 사진을 가득 붙인 스크랩북을 갖고 있었지."

"사모님의 눈은 사모님 자신의 눈입니다. 다른 어느 누구의 눈과도 전혀 닮지 않았어요." 그가 대꾸했다.

마치 마일스가 관목 뒤에 숨어 있기라도 한 듯 조얼은 집 안으로 들어가면서 무엇 때문인지 땅바닥을 들여다보았다. 홀 테이블에는 전보 한 장이 기다리고 있었다. 그녀는 큰 소리로 전보를 읽었다.

시카고
내일 밤 귀가 예정. 당신을 생각하며. 사랑하는
마일스.

"그것 보라고." 그녀가 전보 쪽지를 테이블에 던지며 말했다. "그 사람은 이걸 쉽게 조작할 수 있다니까 그래." 그녀는 집사에게 술과 샌드위치를 가져다 달라고 부탁하고 2층으로 올라갔다. 그리고 조얼은 텅 빈 응접실로 걸어 들어갔다. 주위를 어슬렁어슬렁 걸어 다니다가 그는 두 주일 전 일요일에 창피당하며 서 있었던 피아노 쪽으로 다가갔다.

"그러고 나서 우린 멋지게 만들 수 있을 거야." 그가 큰 소리로 말했다. "이혼과, 젊은 세태와 외인 부대의 이야기 말이야."

그는 갑자기 또 다른 전보가 생각났다.

'당신은 우리 집 파티에 참석한 사람 가운데 가장 마음에 드는 사람 중 하나였어요……'

돌연 그에게 한 가지가 생각이 떠올랐다. 스텔라의 전보가 순전히 의례적인 것이었다 해도 분명 마일스가 그렇게 보내도록 시사했음에 틀림없었다. 왜냐하면 그를 초대한 것은 바로 마일스였기 때문이다. 아마 마일스가 이렇게 말했으리라.

"그에게 전보를 보내지 그래……. 지금쯤 죽을 맛일 텐데……. 스스로 바보가 되었다고 생각하고 있을 거야."

그것은 "난 지금껏 매사 스텔라에게 영향을 끼쳐 왔던 거야. 특히 내가 마음에 들어 하는 사람을 그녀 역시 좋아하도록 만들어 버렸어."라는 말과 잘 맞아떨어졌다. 여자란 동정을 느끼면 그런 일을 하게 마련이다. 오직 남자만이 책임감에서 그러는 것이다.

스텔라가 다시 응접실에 들어오자 조얼은 그녀의 두 손을 잡았다.

"전 사모님께서 마일스를 상대로 벌이는 이 악의에 찬 게임에서 오히려 이용당하고 있다는, 이상한 느낌이 듭니다."

"자, 마셔."

"그리고 정말 이상한 건, 그럼에도 제가 사모님을 사랑하고 있다는 사실입니다."

전화벨 소리가 울리자 그녀는 그에게서 떨어져 나와 전화를 받았다.

"마일스가 또 전보를 보냈지 뭐야." 그녀가 일러 주었다. "캔자스시티[50]에 있는 비행기에서 보냈다는데, 적어도 전화에서는 그렇다고 말하는군."

"저에게도 안부를 전해 달라고 했겠지요."

"아닌데. 그저 나를 사랑한다고만 했어. 그건 정말인 것 같아. 그는 이렇게 너무도 무르거든."

"제 옆에 앉아 보세요." 조얼이 그녀에게 재촉했다.

아직 이른 시각이었다. 그로부터 삼십 분 뒤, 자정이 되려면 아직 몇 분이 남아 있을 때 조얼은 차디차게 식은 난롯가로 걸어가서 짤막하게 말했다.

"저에 대해서 아무런 호기심도 없다는 말씀인가요?"

"전혀 그런 뜻이 아냐. 조얼은 무척 매력적이야. 조얼도 잘 알고 있으면서. 문제는 내가 마일스를 정말로 사랑하고 있다는 거야."

"물론이지요."

그는 화가 나지 않았다. 염문에 연루되는 일을 피할 수 있다는 사실에 일말의 안도감을 느낄 정도였다. 그녀의 따뜻하고 부드러운 몸이 차가운 푸른색 의상을 녹이고 있었다. 그는 그녀의 모습을 바라보면서 그녀가 자기로 하여금 늘 후회하게 할 존재 중 하나임을 깨달았다.

"이제 그만 가 봐야겠어요." 그가 말했다. "택시를 부르겠

---

50  미국의 미주리주 서부, 미주리강과 캔자스강의 합류 지점에 위치한 도시. 캔자스주 북동부에도 같은 이름의 도시가 있다.

어요."

"지금 무슨 소리를 하는 거야……. 운전기사가 늘 대기하고 있는데."

그는 그녀가 자신을 그냥 가도록 내버려 둔다는 사실에 움찔했다. 그녀는 그 점을 알아차리고 그에게 가볍게 키스를 하면서 이렇게 말했다. "너무 멋있어, 조얼." 그러고 나서 갑자기 세 가지 일이 일어났다. 그는 한숨에 술을 들이켰고, 집 안 전체에 전화벨이 크게 울렸으며, 홀의 시계가 트럼펫 소리로 아홉——열——열하나——열두 시를 쳤다.


5


또다시 일요일이 되었다. 조얼은 한 주간의 일이 자기 몸에 시멘트처럼 여전히 달라붙어 있음을 느끼며 그날 저녁 극장에 갔다는 사실을 깨달았다. 하루가 끝나기 전에 해결해야 할 어떤 문제를 서둘러 처리하듯 스텔라에게 구애했었다. 그러나 오늘은 일요일이다. 멋지고 느긋한 스물네 시간이 그의 앞에 펼쳐져 있다. 일 분 일 분이 나른한 듯 뚜렷한 목적 없이 접근해야 할 그 무엇이었고, 한순간 한순간이 무한한 가능성의 씨앗을 품고 있었다. 불가능한 것이라고는 아무것도 없다. 모든 것이 새로운 시작이었다. 그는 술 한 잔을 더 따랐다.

스텔라가 전화기 옆에서 날카롭게 신음 소리를 내더니 힘없이 앞으로 미끄러졌다. 조얼은 그녀를 안아서 소파에 앉혔다. 손수건에 소다수를 뿜어 그것으로 그녀의 얼굴을 찰싹 때렸다. 전화 수화기는 여전히 예리하게 울렸고, 그는 귀에 수화기를 가져다 대었다.

"……비행기가 캔자스시티 부근에서 추락했어요. 마일스 캘먼의 시체는 확인되었고……."

그는 수화기를 내려놓았다.

"가만히 누워 계세요." 스텔라가 눈을 뜨자 교묘히 시간을 끌며 그가 말했다.

"아, 무슨 일이 일어났어?" 그녀가 속삭이듯 물었다. "전화를 다시 걸어 봐. 하아, 도대체 무슨 일이 일어난 거야?"

"즉시 걸게요. 그런데 사모님의 주치의 전화번호가 어떻게 되지요?"

"마일스가 사망했다고 하던가?"

"가만히 누워 계세요……. 아직 잠들지 않은 하인이 있나요?"

"나 좀 부축해 줘……. 무서워서 그래."

그는 한 팔로 그녀를 껴안았다.

"사모님의 주치의 이름을 알고 싶어요." 그가 엄한 어조로 말했다. "전화는 착오일 수도 있어요. 하지만 이 자리에 누군가는 있어야 해요."

"의사 선생님은…… 오, 맙소사, 마일스가 사망한 거야?"

조얼은 2층으로 달려가서 암모니아수가 있는지 낯선 약장 서랍을 뒤졌다. 아래층으로 내려오자 스텔라가 소리쳤다.

"그 사람은 죽지 않았어……. 난 알아, 죽지 않았다는 걸. 이건 그가 꾸며 낸 계략의 일부야. 지금 그 사람은 나를 괴롭히고 있다고. 난 그가 살아 있다는 걸 잘 알아. 살아 있는 게 피부로 느껴지는걸."

"사모님의 친한 친구분 중 몇 사람을 부르고 싶습니다. 오늘 밤 혼자서 여기에 계실 순 없어요."

"아, 그럴 순 없지." 그녀가 큰 소리로 말했다. "하지만 어느 누구도 만날 수 없어. 조얼이 있어 줘. 나한테는 친구가 없거든. 그 사람은 죽지 않았어……. 죽을 수가 없지. 즉시 내가 달려가서 확인해 보겠어. 기차표를 구해 봐. 나하고 같이 가자고."

"사모님은 지금 갈 수 없어요. 오늘 밤엔 아무 일도 할 수 없으니까요. 전화로 부를 만한 친구의 이름을 말해 주세요. 로이스인가요? 조앤인가요? 카멀인가요? 누군가 부를 만한 사람이 없나요?"

스텔라는 멍하니 그를 쳐다보았다.

조얼은 이틀 전 사무실에서 마일스를 만났을 때 마주한 그의 절망적이고 슬픔에 찬 얼굴을 생각했다. 죽음이라는 무서운 침묵 속에서 그에 관한 모든 것이 분명해졌다. 그는 미국에서 태어난 유일한 감독으로, 흥미로운 성격에다 예술적 양심을 갖춘 사람이었다. 영화 산업에 휩쓸린 그는 어떤 탄력성, 어떤 건강한 냉소주의, 어떤 피난처도 가지지 못했으므로 신경 쇠약이라는 대가를 치렀다. 그것만이 비참하고도 미덥지 않은 도피처였던 것이다.

바깥문에서 소리가 들렸다. 갑자기 문이 열리더니 홀에 발자국 소리가 울렸다.

"마일스!" 스텔라가 소리를 질렀다. "당신이에요, 마일스? 오, 그래, 마일스야."

전보를 배달하는 소년이 문가에서 나타났다.

"초인종을 찾을 수 없었어요. 집 안에서 인기척이 들리기에……."

전보는 전화로 전해 준 내용을 복사한 것이었다. 스텔라는 그것이 마치 새빨간 거짓말인 양 읽고 또 읽었다. 그동안 조얼은 전화를 걸었다. 아직도 새벽이었고, 그는 어느 누구든 통화하는 데 어려움을 겪었다. 마침내 친구 몇 사람을 찾아내는 데 성공했고, 그는 스텔라에게 독한 술을 한 잔 마시게 했다.

"조얼, 여기에 남아 있어 줘." 반쯤 잠든 듯 그녀가 속삭였다. "가면 안 돼. 마일스는 조얼을 좋아했잖아……. 그의 입으로 조얼이……." 그녀는 거세게 몸을 떨었다. "맙소사, 내가 지금 얼마나 외로운지 조얼은 잘 모를 거야." 그녀는 똑바로 몸을 일으켰다. "그 사람이 어떻게 느꼈을지를 생각해 봐. 거의 모든 일에 두려움을 느꼈거든."

그녀는 멍한 표정으로 머리를 흔들었다. 느닷없이 조얼의 얼굴을 붙잡더니 자기 얼굴에 가까이 끌어당겼다.

"가서는 안 돼. 조얼은 날 좋아했잖아……. 날 사랑하지, 안 그래? 어느 누구한테도 전화를 걸지 마. 내일 해도 시간은 충분해. 오늘 밤은 나하고 같이 있어 줘."

처음에 그는 좀처럼 믿기지 않는 듯 그녀를 쳐다보다가 이윽고 그녀를 돌연 이해한 듯 물끄러미 바라보았다. 암중모색이라도 하듯, 스텔라는 마일스가 처해 있던 상황을 유지함으로써 그가 계속 살아 있음을 느끼고자 애썼다. 마치 마일스를 괴롭혀 온 온갖 가능성이 여전히 남아 있는 한 그의 정신 역시 결코 사망할 수 없다는 듯 말이다. 그가 죽었다는 사실을 물리치기란 무척 혼란스럽고 고통스러운 일이었다.

조얼은 단호하게 전화기로 다가가서 의사를 불렀다.

"제발, 제발 아무도 부르지 말라니까!" 스텔라가 소리쳤다. "이리로 와서 나를 안아 줘."

"베일스 의사 선생님 계십니까?"

"조얼!" 스텔라가 소리를 질렀다. "난 조얼을 믿을 수 있다고 생각했는데. 마일스도 조얼을 좋아했잖아. 그 사람은 조얼에게 질투를 느꼈지⋯⋯. 조얼, 이리로 오라고."

아, 바로 그때──만약 그가 마일스를 배반한다면 그녀로서는 그를 살릴 수 있지 않을까?──만약 그가 정말로 죽었다면 그를 어떻게 배반할 수 있단 말인가?

"⋯⋯아주 심한 충격을 받았습니다. 즉시 오실 수 있겠습니까? 간호사도 한 사람 필요하고요."

"조얼!"

현관문의 벨 소리와 전화벨 소리가 단속적으로 들려왔고, 자동차들은 현관문 앞에 멈춰 서고 있었다.

"조얼, 가는 거 아니지." 스텔라가 그에게 애걸했다. "나하고 같이 있을 거지, 그렇지?"

"안 돼요." 그가 대답했다. "하지만 만약 사모님이 저를 필요로 한다면 다시 돌아올게요."

마치 나무를 보호하는 잎새처럼, 죽음 주위에서 펄럭거리는 생명으로 웅성거리며 고동치는 그 저택의 계단에 서서 그는 목구멍 속으로 작게 흐느껴 울었다.

'그는 손을 대는 것마다 하나같이 마법을 일으켰는데.' 조얼은 생각했다. '저 작은 말괄량이에게도 생명을 불어넣어서 일종의 걸작으로 만들었는데.'

그러고 나서 그는 이렇게 생각했다.

'이 빌어먹을 황야에서 그의 자리는 얼마나 거대했던가⋯⋯. 벌써 그 빈자리가 느껴지는군!'

이윽고 그는 약간 분노한 목소리로 또 말했다. "네, 그래요. 다시 돌아올게요……. 다시 돌아오겠다고요!"

# 오월제

전쟁에서 싸워 이겼고, 승전국의 대도시에는 승리의 아치가 세워졌으며, 희고 붉은 장밋빛 꽃들이 여기저기 흩어진 채 생동감을 북돋워 주었다.[51] 기나긴 봄날, 전쟁에서 돌아온 군인들이 드럼과 흥겹고 낭랑한 브라스 밴드 뒤에서 간선 도로를 따라 하루 종일 행진하는 동안, 상인들과 사무원들은 잠시 말다툼과 계산을 접어 둔 채 창가로 몰려와서 지나가는 대대(大隊)를 향해 엄숙하게 하얀 얼굴을 돌렸다.

이 대도시는 여태껏 이토록 호황을 누린 적이 없었다. 승전은 풍요를 가져왔고, 상인들은 남부와 서부로부터 식구를 데리고 몰려와서 황홀한 축제를 즐기며 사치스러운 흥겨움이 준비되어 있음을 목격했다. 또한 그들은 여자들에게 다가올 겨울을 대비하기 위한 털옷이며, 금실로 짠 그물 핸드백, 비단과 은과 장밋빛 새틴과 금으로 직조한 천으로 만든 온갖 색깔의 실크 슬리퍼를 사 주었다.

51  1차 세계 대전에서 연합국이 승리했음을 의미한다.

승전국의 작가들과 시인들이 그토록 요란하고 시끄럽게 곧 다가올 평화와 번영을 노래하였기 때문에, 점점 더 많은 사람들이 흥분의 포도주를 들이켜고자 시골에서 몰려들었다. 그리고 사람들이 몰려들수록 상인들은 점점 빠르게 장신구와 슬리퍼를 팔아 치웠으므로 더 많은 장신구와 슬리퍼를 발주하느라 야단법석이었다. 사람들이 자신들에게 요구하는 물건을 팔기 위해서 말이다. 심지어 어떤 상인들은 절망한 나머지 두 손을 들고 이렇게 소리치기도 했다.

　　"아, 어쩌면 이럴 수가! 이제 더 이상 슬리퍼가 없다니! 장신구도 없구나! 하느님 아버지, 이를 어떻게 하면 좋습니까!"

　　그러나 어느 누구도 그들의 소리에 귀를 기울이지 않았다. 왜냐하면 군중은 너무 바빴기 때문이다. 날이면 날마다 보병들이 간선 도로를 따라 의기양양하게 행진해 왔고, 모두들 기뻐하며 날뛰었다. 전쟁에서 돌아온 젊은이들은 순수하고 용감했으며, 치아가 건실하고 뺨에는 장밋빛이 감돌았다. 이 땅의 젊은 아가씨들 역시 얼굴과 몸매가 모두 아름다웠다.

　　그래서 이 무렵 대도시에서는 수많은 모험이 일어났고, 그중에서 몇 가지 이야기를——어쩌면 한 가지 이야기일지도 모른다.——적어 보고자 한다.


1


　　1919년 5월 1일 아침 9시, 젊은이 한 사람이 빌트모어 호텔[52]의 객실 담당 사무원에게 필립 딘 씨가 이 호텔에 묵고 있는지, 만약 묵고 있다면 딘 씨의 객실로 전화를 연결해 달라고 부탁했다. 그 청년은 재단이 잘되긴 했으나 남루한 신사복을 입고 있었다. 체구가 작고 몸은 여위었으며 어렴풋하게나마 미남다운 구석을 지니고 있었다. 눈 위쪽으로는 보통 이상으로 긴 눈썹이, 눈 아래쪽으로는 별로 건강해 보이지 않는 푸른빛 반원이 자리해 있었다. 특히 눈 밑의 푸른빛 반원은, 결코 떠나지 않는 미열처럼 얼굴을 물들인 부자연스러운 홍조(紅潮) 때문에 더욱더 두드러졌다.

딘 씨는 이 호텔에 머물고 있었다. 젊은이는 옆에 있는 전화기로 안내받았다.

잠시 뒤 전화가 연결되자 졸린 듯한 목소리가 위층 어딘가에서 들려왔다.

"딘 씨입니까?" 아주 열띤 목소리였다. "필, 나 고든일세. 고든 서터렛 말이야. 지금 아래층에 와 있네. 자네가 뉴욕에 왔다는 소식을 듣고 혹시 이 호텔에 머물고 있지 않나 생각했지."

졸린 듯한 목소리는 점점 열성을 띠었다. 그래, 고디, 이 친구야, 그동안 어떻게 지냈나! 물론 놀랐지, 반갑기도 하고! 고디, 어서 위로 올라오게나!

몇 분이 지난 뒤 푸른색 실크 잠옷을 입은 필립 딘이 문을 열었고, 두 사람은 열광적이면서도 어색하게 서로 인사를 나눴다. 두 사람 모두 스물네 살 정도의 나이로, 전쟁이 일어나기 전해에 함께 예일 대학교를 졸업했다. 그러나 두 사람의 공

---

52  미국 뉴욕시 맨해튼에 있는 호텔로, 5번가와 43번 도로 사이에 자리 잡고 있다.

통점은 여기에서 끝나고 만다. 얇은 잠옷 차림의 딘은 금발에
다 얼굴이 불그스레하고 억세 보였다. 어디를 보나 그에게서
는 건강함과 신체적 편안함이 흘러넘쳤다. 자주 미소를 지을
때마다 커다란 치아가 유난히 드러났다.

"그러잖아도 자넬 찾아보려고 했네." 그가 열렬하게 큰 소
리로 말했다. "몇 주일 동안 휴가를 즐기고 있거든. 잠깐 앉아
있게나, 곧 돌아올게. 샤워를 좀 하려고."

그가 목욕탕으로 사라지자 방문객의 검은 두 눈은 불안
한 듯 방 안을 살펴보다가 방 귀퉁이에 놓여 있는 커다란 영
국제 여행용 가방이며, 인상적인 넥타이, 부드러운 털양말과
함께 의자 위에 널려 있는 두꺼운 실크 와이셔츠 더미에 잠시
멈췄다.

고든은 자리에서 일어나 와이셔츠 하나를 집어 들고 자세
히 살펴보았다. 아주 두꺼운 실크였는데, 노란색 바탕에 옅은
푸른색 줄무늬가 들어가 있었다. 그런데 그런 셔츠가 무려 한
다스나 되었던 것이다. 자기도 모르게 자신의 와이셔츠 소매
를 바라보았다. 가장자리가 해어지고 보풀이 나 있는 데다 옅
은 잿빛으로 더럽혀져 있었다. 그는 실크 셔츠를 방바닥에 떨
어뜨렸다. 그러고는 자신의 양복 소맷자락을 끌어 내려서 해
진 셔츠의 끝부분을 눈에 띄지 않게 안쪽으로 밀어 넣었다. 이
제 거울로 다가가서 무기력하고 불행한 태도로 자신의 모습
을 바라보았다. 한때는 멋들어진 넥타이였지만 지금은 빛바
랬으며 엄지손가락 자국으로 주름져 있었다. 넥타이는 와이
셔츠 깃의 들쭉날쭉한 단춧구멍조차 제대로 가릴 수 없었다.
불과 삼 년 전만 하더라도 4학년 학생 중 가장 옷을 잘 입는
인물을 뽑는 선거에서 우연히 한 표를 얻었더랬다. 그러나 그

런 일마저 이제는 아무런 감흥이 없었다.

딘은 몸을 닦으며 목욕탕에서 나왔다.

"어젯밤 자네 옛날 친구를 보았네." 그가 말했다. "호텔 로비에서 지나쳤는데 도무지 이름을 기억해 낼 수 없는 거야. 자네가 4학년 때 뉴헤이번에 데려온 그 아가씨 말이야."

고든은 놀란 표정을 지었다.

"이디스 브래딘? 그 아가씨 말인가?"

"그래, 맞아. 아주 잘빠졌던데. 여전히 귀여운 인형 같더군……. 내 말 알겠나? 손을 대면 때가 묻을 것 같은 느낌 말일세."

딘은 반들거리는 자신의 몸을 만족스레 거울에 비추어 보더니 한쪽 치아를 드러내며 살짝 미소를 지었다.

"아마 스물세 살은 되었을 거야." 그가 말을 이었다.

"지난달에는 스물두 살이었지." 고든이 정신 나간 사람처럼 말했다.

"뭐라고? 아, 지난달에는 말이지! 한데, '감마 프사이'[53] 댄스파티에 참석하려고 내려온 모양이던데. 오늘 저녁 델모니코[54]에서 예일 대학교 '감마 프사이' 댄스파티가 열리는 거 알고 있나? 고디, 자네도 참석하면 좋을 걸세. 모르긴 몰라도 아마 예일 대학교 학생의 절반 정도는 올 거야. 자네에게 초청장을 얻어다 줄 테니까."

---

53  미국의 대학교에서 우정과 사교를 목적으로 하는 남자 대학생들의 모임. '감마 프사이'니 '파이 베타 카파'니, 그리스 자모(字母)로 이름을 붙이는 탓에 '그리스 문자 클럽'이라고도 불린다.

54  뉴욕시 맨해튼에 있는 호텔로, 5번가와 44번 도로 사이에 위치해 있다. 레스토랑과 연회장으로 유명하다.

마지못한 태도로 새 속옷으로 갈아입으며 딘은 담배에 불을 붙였다. 그러고는 미리 열어 놓은 창문가에 앉아 방 안으로 쏟아져 들어오는 아침 햇살 아래서 장딴지와 무릎을 살펴보았다.

"고디, 앉게나." 그가 제안했다. "그리고 그동안 어떤 일을 해 왔는지, 지금은 또 무슨 일을 하고 있는지 모두 이야기해 주게."

고든은 갑자기 침대에 쓰러져 죽은 사람처럼 가만히 누워 있었다. 그러고 있을 때면 습관적으로 약간 벌어지는 그의 입은 돌연 절망적이고 비참한 기색을 띠었다.

"왜 그러나?" 딘이 재빨리 물었다.

"오, 맙소사!"

"왜 그러느냐는 말일세?"

"모든 게 엉망이라네." 그가 비참하게 대답했다. "필, 난 이제 완전히 산산조각이 나 버렸다네. 기진맥진한 상태라고."

"뭐라고?"

"기진맥진한 상태라고." 그의 목소리가 떨리고 있었다.

딘은 푸른빛 눈으로 좀 더 꼼꼼히 그를 살펴보았다.

"분명히 지친 것처럼 보이는군."

"자네 말이 맞네. 모든 걸 엉망으로 만들어 버렸다네." 그가 잠시 말을 멈췄다. "처음부터 다시 말하는 게 좋겠군……. 자네를 공연히 지겹게 하지 않을까?"

"아니, 괜찮네. 계속해 보게." 그러나 딘의 목소리에서 어딘가 망설이는 기색을 느낄 수 있었다. 이번 동부 여행은 휴일처럼 계획했더랬다. 그래서 곤경에 빠진 고든 스터렛의 모습을 보니 조금 짜증이 났던 것이다.

"계속해 보라니까." 그는 같은 말을 되풀이하고서 반쯤 입 속말로 덧붙였다. "어서 끝내 버리게나."

"한데, 그게 말일세," 고든이 불안하게 다시 말을 꺼냈다. "지난 2월에 프랑스에서 돌아온 뒤[55] 고향 해리스버그[56]에 가서 한 달 동안 머물러 있었네. 그러고 나서 일자리를 찾으러 뉴욕에 왔지. 일자리를 하나 찾았는데…… 수출 회사였어. 그런데 어제 해고당했다네."

"해고당했다고?"

"필, 그 얘기를 하려는 참이었어. 자네한테 솔직하게 털어놓고 싶네. 이런 문제로 이야기할 상대가 자네밖엔 없으니까. 필, 솔직히 말해도 상관없겠지?"

딘은 아까보다 몸이 굳어 있었다. 이제는 거의 건성으로 무릎을 때리고 있었다. 막연하게나마 부당하게 책임을 떠안고 있다는 느낌이 들었다. 그 이야기를 듣고 싶은지조차 확신할 수 없었다. 고든 스터렛이 가벼운 곤경에 처한 모습을 보는 일은 그리 놀랍지 않았지만, 현재의 비참한 모습에는 호기심과 함께 거부감을 불러일으키고 몸을 굳게 하는 그 무엇이 있었던 것이다.

"계속해 보게."

"여자 문제라네."

"흠." 어떤 일이 있더라도 자신의 여행을 망치지는 않겠다고 딘은 다짐했다. 만약 고든이 귀찮게 군다면 그를 좀 더 멀리해야 할 것이다.

---

55　고든 스터렛이 1차 세계 대전에 참전하여 프랑스에서 근무했음을 알 수 있다.

56　미국 펜실베이니아주의 주도(州都).

"그녀 이름은 주얼 허드슨이라네." 침대 쪽에서 비탄에 찬 목소리가 들려왔다. "일 년 전만 하더라도 그녀는 '순수'했지. 여기 뉴욕에서 살고 있는데…… 가난한 집안 출신이야. 식구들은 전부 사망하고 지금은 나이 많은 숙모와 함께 살고 있다네. 내가 그녀를 만난 건, 모든 사람들이 떼를 지어 프랑스에서 새로이 돌아올 무렵이었어……. 내가 하는 일이라곤 이렇게 새로 도착한 사람들을 환영하고, 그들과 파티를 벌이는 것이었지. 필, 모든 사람들을 만나는 게 반가웠고, 또한 그들도 나를 반겨 주었다네. 그러다가 일이 시작된 셈이지."

"좀 더 분별이 있었어야지."

"나도 잘 아네." 고든이 잠시 말을 멈췄다가 나른한 목소리로 다시 이어 갔다. "자네도 알다시피 나는 지금 경제적으로 독립해 있거든. 필, 난 가난한 것을 참을 수 없다네. 바로 이때 이 빌어먹을 아가씨가 나타난 거야. 그녀는 얼마 동안 나와 사랑 비슷한 것에 빠졌다네. 솔직히 난 그렇게 깊이 빠지고 싶지 않았는데, 언제나 어디에선가 그녀와 마주치게 되는 거야. 수출 회사에서 내가 하는 일이 어떤지 자네는 상상할 수 있을 걸세……. 물론 난 언제나 그림을 그릴 생각이었지. 잡지에 삽화를 그리는 것 말일세. 꽤 많은 돈을 벌 수 있거든."

"왜 그러지 않았나? 무슨 일이건 잘하려면 마음을 단단히 먹어야지." 딘은 냉정하게 격식을 차리며 말했다.

"나도 조금은 노력을 했다. 하지만 워낙 내 본성이 그래 놔서. 필, 난 재능이 있네. 그림을 그릴 수 있다고……. 다만 어떻게 그려야 할지를 모를 뿐이지. 미술 학교에 가야 하는데, 그럴 만한 돈이 없거든. 한데 일주일쯤 전에 위기가 닥쳐왔네. 마지막으로 남은 돈이 다 떨어져 가는데 이 아가씨가 나를 괴롭히기 시작하는 거야. 돈을 달라는 거지. 만약 돈을 주지 않으면 소란을 피우겠다는 게 아니겠나."

"그 아가씨가 그럴 수 있는가?"

"충분히 그럴 수 있지. 내가 직장을 잃은 까닭도 그중의 하나고…… 늘 회사에 연신 전화를 걸어 대는데, 말하자면 엎친 데 덮친 격이지. 심지어 그녀는 우리 식구들에게 보낼 편지까지 한 장 써 놓았다네. 아, 나를 완전히 장악한 셈이지. 그녀 때문에 돈이 좀 필요하다네."

잠시 어색한 침묵이 흘렀다. 고든은 두 손을 옆구리에 움켜쥔 채 꼼짝 않고 침대에 누워 있었다.

"난 지칠 대로 지쳐 있다네." 그가 떨리는 목소리로 말을 이었다. "필, 난 지금 반쯤 미친 상태라고. 자네가 동부로[57] 온다는 사실을 몰랐다면, 난 아마 벌써 자살했을 걸세. 300달러만 빌려주게나."

두 손으로 양말을 신지 않은 맨발의 뒤꿈치를 두들기고 있던 딘은 갑자기 손을 멈췄다. 두 사람 사이에 오가던 호기심 섞인 불확실한 감정에 팽팽한 긴장감이 감돌았다.

잠시 뒤 고든이 말을 이었다.

"식구들에게 돈을 하도 쥐어 짜내서 이젠 동전 한 닢 부탁하기도 부끄럽다네."

여전히 딘은 아무런 대답도 하지 않았다.

"주얼은 200달러를 달라는 거야."

---

57  보통 동부라 하면 대서양 연안의 미국 동부 지방을 가리키지만 피츠제럴드의 작품에서는 대체로 뉴욕시를 일컫는다. 필립 딘은 중서부 출신으로, 지금 그곳에서 살고 있는 듯하다.

"그녀더러 다른 곳에서 알아보라고 하지."

"그게 말로는 쉽네만. 그녀는 내가 취한 상태에서 쓴 편지 몇 통을 가지고 있다네. 불행히도 그녀는 자네가 생각하듯 그렇게 나약한 여자가 아니라고."

딘은 불쾌하다는 표정을 지었다.

"난 그런 종류의 여자는 참을 수 없다네. 그런 여잔 멀리해야 해."

"나도 알고 있네." 고든이 나른한 목소리로 인정했다.

"사실을 있는 그대로 직시해야 하네. 만약 돈이 없다면 일을 해야 하고 여자를 멀리해야 하지."

"말하기는 쉽지." 고든이 눈을 가늘게 뜨며 대꾸했다. "자넨 이 세상의 돈을 모두 갖고 있으니까 말일세."

"그렇지가 않네. 내 가족은 내가 쓰는 돈을 하나하나 감시한다네. 조금 여유가 있다는 바로 그 이유 때문에 괜스레 낭비하지 않도록 특별히 조심해야 한다고."

그는 블라인드 커튼을 걷어 올려서 좀 더 햇빛을 들였다.

"정말이지 난 까다로운 인간은 아닐세." 그가 신중하게 말을 이었다. "난 쾌락을 좋아하거든……. 이런 휴가 때에는 더더욱 쾌락을 좇지. 한데 자넨…… 자넨 지금 형편없는 모습을 하고 있네. 자네가 이런 식으로 말하는 걸 여태껏 들어본 적이 없어. 자넨, 이를테면 파산한 것 같네……. 금전적으로는 물론이고 정신적으로도 말이야."

"그 두 가지는 보통 같이 찾아오지 않는가?"

딘은 조바심이 나는 듯 고개를 내저었다.

"자네 주위엔 내가 이해할 수 없는 어떤 분위기가 감돌고 있어. 그러니까 악(惡)의 분위기라고나 할까."

"걱정과 가난과 잠 못 이룬 밤의 분위기라네." 고든이 조금 도전적인 태도로 대꾸했다.

"난 잘 모르겠는걸."

"아, 내가 의기소침해 있다는 건 나도 인정하네. 나 스스로 그렇게 만드는 거지. 하지만 필, 일주일 정도 편히 쉬고 새 양복으로 갈아입고 어느 정도 돈만 있으면 괜찮아질 거야……. 예전처럼 말이네. 필, 자네도 알다시피 난 그림을 잘 그릴 수 있다네. 하지만 어떤 때엔 변변한 그림 도구를 살 돈조차 없거든……. 지치고 낙담하고 피로할 땐 그림을 그릴 수가 없네. 돈만 조금 있으면, 그리고 몇 주일 쉬고 나면 다시 시작할 수 있을 텐데 말이야."

"그 돈을 다른 여자한테 쓰지 않으리라고 어떻게 장담할 수 있지?"

"왜 그렇게 아픈 상처를 후벼 파나?" 고든이 조용히 말했다.

"아픈 상처를 후벼 파는 게 아냐. 자네의 이런 모습을 보고 있자니 못 견디겠네."

"필, 돈을 좀 빌려줄 수 없겠나?"

"그렇게 쉽게 결정할 수 있는 문제가 아니네. 일단 액수가 많은 데다가 나로서도 몹시 난처하거든."

"만약 자네가 빌려주지 않으면 난 끝장이야……. 죽는 소리를 늘어놓고 있는 거 잘 알고 있네. 모두 다 내 잘못이지……. 하지만 어쩔 수 없다네."

"언제 갚을 건데?"

이 말은 제법 고무적으로 들렸다. 그래서 고든은 생각했다, 정직하게 말하는 것이 가장 현명하다고.

"물론 다음 달에 갚겠다고 약속할 수 있지만……. 석 달 뒤에 갚겠다고 말하는 편이 더 낫겠네. 그림이 팔리기 시작하면 곧장 갚도록 하지."

"그림이 팔릴 거라고 어떻게 보장하지?"

딘의 목소리가 전에 없이 굳어지자 의구심이 경미한 오한처럼 고든의 몸으로 엄습해 왔다. 혹시 돈을 못 빌리게 되는 건 아닐까?

"조금은 날 믿어 줄 줄 알았는데."

"전에는 그랬지……. 하지만 지금의 자네 모습을 보니 의심스러워지기 시작했다네."

"막다른 궁지에 몰리지 않았다면 이렇게 자네를 찾아왔겠나? 누가 좋아서 이런 짓을 하는 줄 아는가?" 고든이 돌연 말을 멈추고 입술을 깨물었다. 목소리에 치미는 분노를 억제해야 한다고 느끼면서 말이다. 어찌 되었든 부탁하는 사람은 자신이 아니던가.

"자넨 이 문제를 꽤 쉽게 생각하고 있는 것 같군." 딘이 화가 나서 말했다. "만약 자네에게 돈을 빌려주지 않으면 바보 취급을 당할 것만 같은 기분마저 드는구먼……. 정말이야, 사실이 그래. 말해 두지만, 300달러를 변통하는 게 내겐 쉬운 일이 아닐세. 내 수입은 그렇게 많지 않거든. 그만한 액수를 축낸다면 일이 엉망이 된단 말일세."

딘은 의자에서 일어나더니 신중하게 옷을 골라 입기 시작했다. 고든은 두 손을 펼쳐 침대의 가장자리를 움켜잡으며 울부짖고 싶은 마음을 가까스로 참았다. 머리가 깨질 듯 빙빙 돌았고, 입은 바싹 말라서 쓰디썼다. 핏속의 열기가 마치 지붕에서 천천히 떨어지는 물방울처럼 규칙적이고 무수한 고동으로 분리되고 있음을 느꼈다.

딘은 넥타이를 단정하게 매고 눈썹을 문지르더니 치아에 붙은 담뱃잎 조각을 엄숙하게 떼어 냈다. 그러고 나서 담배 케이스에 담배를 담은 뒤 조심스럽게 빈 담뱃갑을 쓰레기통에 던졌다. 그는 담배 케이스를 조끼 주머니에 집어넣었다.

"아침 식사는 했나?" 그가 물었다.

"아니. 이제 아침은 먹지 않는다네."

"그럼, 함께 먹으러 나가세. 돈 얘기는 나중에 하기로 하고. 그런 얘기는 딱 질색이거든. 동부에는 즐기려고 왔으니까. 예일 클럽[58]으로 가세." 딘이 무뚝뚝하게 말을 잇고 난 뒤에 나무라듯 덧붙였다. "이제 자넨 직장을 그만두었겠다, 특별히 할 일도 없지 않은가."

"돈만 조금 있다면 할 일이야 얼마든지 있네." 고든이 날카롭게 대꾸했다.

"아, 제발 부탁이네. 그 얘기는 잠시 접어 두자니까! 여행을 온통 망칠 순 없잖나. 자, 이 돈이라도 받아 두게."

그가 지갑에서 5달러짜리 지폐 한 장을 꺼내 던져 주었다. 그러자 고든은 그것을 정성스럽게 접어서 호주머니 속에 집어넣었다. 그의 두 뺨에 다시 홍조가 떠올랐는데 열 때문은 아니었다. 밖으로 나가기에 앞서 잠깐 두 사람의 시선이 마주쳤고, 두 사람은 똑같이 무엇인가를 느끼고는 당황해서 눈길을 아래로 떨어뜨렸다. 그 순간 갑자기 상대방을 증오하고 있었음에 틀림없었다.

---

58 예일 대학교 졸업생을 위한 사설 클럽으로, 이곳에서 식사를 하고 휴식을 취할 수 있다. 뉴욕시 맨해튼의 밴더빌트 거리와 44번 도로 사이에 위치해 있다.

## 2

5번가와 44번 도로가 교차하는 지점은 점심 시간의 군중으로 붐비고 있었다. 풍요롭고 행복에 넘치는 태양이 고급 상점의 두꺼운 쇼윈도를 통해 눈부신 황금빛을 내리비치고 있었다. 그물 가방이며 지갑, 회색 벨벳 케이스에 담긴 진주 목걸이를 비추었다. 그리고 온갖 색깔의 화려한 깃털 부채와 값비싼 드레스의 레이스와 비단을 비추었으며, 실내 장식가가 전시실에 멋들어지게 진열해 놓은 볼품없는 그림들과 고급 고가구들 역시 비추었다.

삼삼오오 짝을 이룬, 혹은 그보다 더 크게 무리 지은 직장 여성들이 쇼윈도 주위를 서성거리며 화려한 진열장에서 장차 신부 침실에서 사용할 물건을 저마다 고르고 있었다. 어떤 쇼윈도에는 가정의 분위기에 걸맞게 남자의 실크 잠옷을 침대 위에 올려놓기도 했다. 아가씨들은 보석상 앞에 멈춰 서서 약혼반지며 결혼반지, 백금 시계를 고르더니, 이번에는 깃털 부채와 야회용 외투를 구경하려고 발걸음을 옮겼다. 그러면서 낮 동안에 점심으로 먹은 샌드위치와 아이스크림을 소화시키는 것이었다.

이런 군중 가운데에는 허드슨강[59]에 닻을 내린 함대에서 상륙한 수병들, 매사추세츠주에서 캘리포니아주에 이르기까지 미국 전역의 사단 기장(紀章)을 단 병사들 등 제복 차림의 사람들도 뒤섞여 있었다. 그들은 하나같이 사람들의 이목을 끌려고 무척이나 애를 썼지만, 이 대도시 사람들은 이제 무거

---

59  뉴욕시 맨해튼과 뉴저지주 사이에 흐르는 강.

운 배낭에 소총을 힘겹게 걸머메고 질서 정연하게 대오를 이룬 군인을 제외하곤 군인이라면 아주 질색했다.

딘과 고든은 이런 다채로운 혼잡 속을 배회했다. 딘은 보잘것없고 번지르르하기 이를 데 없는 사람들의 모습에 흥미를 느끼며 긴장한 반면, 고든은 자신도 한때 형편없는 음식과 고된 일에 혹사당하여 피로하고 지쳐 버린 집단의 일원이었음을 새삼 떠올렸다. 또 딘에게는 사람들의 아귀다툼에 의미가 있고 젊음과 기쁨이 넘쳐흐르는 듯 보였지만, 고든에게는 음산하고 무의미하며 무저갱처럼 보였다.

두 사람은 예일 클럽에서 동기생 한 무리를 만났는데, 그들 모두가 멀리서 온 딘을 열렬히 환영해 마지않았다. 그들은 반원을 그리며 놓여 있는 긴 의자와 소파에 둘러앉아 나란히 하이볼[60]을 기울였다.

고든에게 그들의 대화는 따분하고 지루하기 짝이 없었다. 오후에 접어들자 술기운으로 몸이 달아오른 그들은 함께 떼를 지어 점심을 먹었다. 모두들 그날 밤 '감마 프사이' 댄스파티에 참석할 예정이었다. 전쟁이 끝난 뒤에 열리는 파티 중 가장 멋진 파티가 되리라는 것이다.

"이디스 브래딘도 온다네." 누군가가 고든에게 말했다. "그 아가씬 자네의 옛날 애인이 아니었던가? 두 사람 모두 해리스버그 출신이지?"

"그래, 맞네." 고든은 화제를 바꾸려고 했다. "그녀의 오빠하고는 가끔 만나지. 사회주의에 빠진 멍청이 녀석이야. 여기 뉴욕에서 신문인가 뭔가를 만들고 있지."

---

60  위스키에 소다수를 탄 음료.

"멋쟁이 누이동생하고는 영 딴판인 모양이군그래." 열성적인 소식통은 계속해서 말했다. "오늘 밤 그녀는 피터 히멜이라는 3학년생과 함께 온다더군."

고든은 오늘 밤 8시에 주얼 허드슨과 만나기로 되어 있었다. 그녀에게 돈을 가져다주기로 약속했던 것이다. 몇 번이나 초조하게 손목시계를 들여다보았다. 4시가 되자 다행히 딘은 자리에서 일어서며 리버스 브라더스[61]로 와이셔츠 칼라와 넥타이를 사러 가야겠다고 말했다. 그런데 클럽을 막 나오려는데 그 자리에 있던 일행 하나가 자기도 같이 가겠다면서 따라나섰고, 결국 고든은 몹시 실망했다. 오늘 밤 댄스파티에 대한 기대로 들떠 있는 딘은 아주 유쾌했으며 약간 부산스러웠다. 리버스 브라더스에 이르자 그는 함께 온 친구와 오랫동안 상의한 뒤에 이것저것 골라서 한 다스 정도의 넥타이를 구입했다. 폭이 좁은 넥타이가 다시 유행하게 될까? 리버스 상점이 웰치 마기츤 칼라[62]를 더 많이 가져다 놓지 못하다니 부끄러운 일이 아닌가? 지금껏 '코빙턴' 같은 칼라는 없었단 말씀이야.

고든은 당혹스러움 비슷한 감정을 느꼈다. 지금 당장 돈이 필요했던 것이다. 그러면서도 또한 어렴풋하게 오늘 밤 '감마 프사이' 댄스파티에 참석해 보면 어떨까, 하는 생각이 들었다. 이디스를 만나 보고 싶었다. 프랑스로 출정하기 바로 전날에, 고향 해리스버그의 컨트리클럽에서 달콤한 하룻밤을 보

---

61  미국의 유명한 남성 의류점 '브룩스 브라더스'를 염두에 둔 듯하다. 브룩스 브라더스는 맨해튼의 매디슨가와 44번 도로 사이에 위치해 있다.

62  북아일랜드 런던데리의 웰치 마기츤 의류 회사를 가리킨다. 이 기업은 '코빙턴'이라고 하는, 갈아 끼울 수 있는 와이셔츠 칼라를 제조해서 큰 인기를 끌었다.

낸 뒤로 아직껏 한 번도 만나 보지 못했던 것이다. 그 뒤로 전쟁에 휩쓸린 데다가, 지난 석 달 동안 기괴한 사건에 휘말리며 두 사람의 관계는 완전히 잊힌 채 그만 시들어 버렸다. 별로 중요할 것도 없는 이야기로 수다를 떨고, 매력적이며 쾌활한 그녀의 모습을 문득 떠올리자 동시에 수많은 추억이 되살아났다. 대학교 시절에 초연하면서도 애정 어린 찬사로 흠모했던 것은 바로 이디스의 얼굴이었다. 그는 그녀를 모델로 삼아서 그림 그리기를 좋아했다. 그의 방에는 그녀의 스케치가 수십 장씩 흩어져 있었다. 골프를 치는 모습이며 수영을 하는 모습을 그린 스케치 말이다. 그녀의 민첩하고 매혹적인 옆모습은 눈을 감고서도 그릴 수 있을 정도였다.

세 사람은 5시 30분에 리버스 브라더스를 나와, 잠시 길거리에서 걸음을 멈췄다.

"자." 딘이 상냥하게 말했다. "이것으로 난 모든 준비가 끝난 것 같네. 이제 호텔로 돌아가서 면도와 이발을 하고 마사지라도 받아 볼까."

"그거 좋지." 함께 따라온 사나이가 맞장구를 쳤다. "나도 같이 가겠네."

고든은 결국 당했구나, 하는 생각이 들었다. 동행한 사내에게 "빨리 꺼져, 이 빌어먹을 녀석!" 하며 대들고 싶었으나 간신히 꾹 참았다. 절망에 빠진 그는 어쩌면 딘이 이 녀석한테 벌써 자기 이야기를 했으며, 돈 때문에 옥신각신하기 싫어서 일부러 데리고 다니는 게 아닐까, 하는 생각마저 들었다.

세 사람은 다시 빌트모어 호텔로 들어갔다. 호텔은 젊은 여자들로 북적거렸다. 대부분 서부와 남부의 여러 도시에서 방문한 아가씨들로, 명문 대학교의 한 유명한 친목 클럽이 개최하는 댄스파티에 참석하려고 모여든 화려한 사교계의 풋내 기들이었다. 그러나 고든에게는 그 어떤 얼굴도 아련한 꿈속의 얼굴로밖에는 보이지 않았다. 마지막으로 혼신의 힘을 다해 무슨 말을 막 하려는데, 갑자기 딘이 함께 온 친구에게 양해를 구하더니 고든의 팔을 잡고 옆으로 끌고 갔다.

"고디!" 그가 서둘러 말했다. "곰곰이 생각해 봤지만, 아무래도 돈을 빌려줄 수 없다고 결론을 내렸네. 마음 같아선 빌려주고 싶지만, 그럴 수가 없네……. 그 돈을 빌려줘 버리면 한 달 동안 쪼들릴 테니 말일세."

고든은 멍청히 딘의 얼굴을 쳐다보면서 그의 치아가 유난히 튀어나와 있다는 사실을 왜 이제껏 알아채지 못했을까, 하고 의아해했다.

"……정말 미안해, 고든." 딘이 말을 이었다. "사정이 그래 놔서."

그는 지갑을 꺼내서 지폐로 75달러를 천천히 헤아렸다.

"자," 그는 돈을 내밀며 말했다. "75달러네. 아까 준 것과 합하면 80달러가 되지. 이번 여행 경비를 빼면 가지고 있는 현금은 이게 다일세."

고든은 반사적으로 손을 들어 올려서, 마치 부젓가락을 쥐듯이 손을 폈다가 다시 꽉 오므리며 돈을 움켜잡았다.

"댄스파티에서 만나세." 딘이 말을 이어 갔다. "난 지금 이발소에 가야 하거든."

"잘 가게." 고든이 긴장한 듯 쉰 목소리로 말했다.

"그럼 또 보세."

딘은 미소를 짓자마자 마음을 바꾼 듯 재빨리 고개를 끄덕이더니 사라져 버렸다.

그러나 고든은 잘생긴 얼굴을 비통하게 일그러뜨린 채 손 안에 지폐를 움켜쥐고 그 자리에 멈춰 서 있었다. 갑자기 눈물이 앞을 가리는 바람에 그는 비틀거리며 어색하게 빌트모어 호텔의 계단을 내려와야 했다.


## 3


같은 날 밤 9시 무렵, 6번가에 있는 싸구려 식당에서 두 젊은이가 나왔다. 다 같이 못생긴 데다 헬쑥했고, 가장 낮은 지능을 가지고 있으면서도 삶에 빛깔을 더해 주는 동물적 활기 역시 전혀 지니고 있지 않았다. 두 사람은 최근까지 낯선 이국의 더러운 도시에서 이[蝨]에 뜯기고 추위와 굶주림에 시달리고 있었다. 돈도 없었고 친구도 없었다. 태어날 때부터 파도치는 대로 밀려다니는 부목(浮木)처럼 살아왔고, 아마 죽을 때까지 여전히 부목처럼 떠밀려 다니며 살아갈 터였다. 사흘 전에 상륙한 미 육군의 군복을 입은 병사들로, 견장에는 뉴저지주에서 소집한 사단의 표시가 붙어 있었다.

키가 큰 쪽은 캐럴 키로, 비록 몇 대에 걸쳐 퇴화를 거듭한 끝에 묽어지기는 했지만 그 이름대로 그의 몸속에는 어떤 가능성을 지닌 가문의 피가 흐르고 있음을 알 수 있었다. 그러나 턱이 옹색하고 길쭉한 얼굴, 멍청하고 물기 많은 눈, 툭 불거진 광대뼈를 아무리 살펴보아도 조상의 가치나 능력의 흔적을 좀처럼 찾아볼 수 없었다.

그의 친구는 살결이 검고 바깥쪽으로 다리가 굽은 데다, 쥐눈이었으며 여러 차례 부러진 적이 있는 매부리코를 가지고 있었다. 그의 도전적인 태도는 하나의 구실, 그가 지금까지 살아온 험악한 세계, 신체적 허세와 육체적 위협의 세계에서 빌려 온 호신 수단임에 틀림없었다. 그의 이름은 거스 로즈였다.

식당에서 나온 두 사람은 신나면서도 무관심하게 이쑤시개를 휘둘러 대면서 6번가를 따라 어슬렁어슬렁 걸어 내려갔다.

"어디로 간다?" 로즈는 키가 남태평양 군도에 가자고 하더라도 전혀 놀랄 것 같지 않은 말투로 물었다.

"술을 좀 구할 수 없을까?" 아직 금주법[63]이 시행되기 전이었다. 하지만 그의 말투에 주저하는 기색이 있는 까닭은 병사들에게 술을 파는 일을 법으로 금지하고 있었기 때문이다.

술을 마시자는 제안에는 로즈도 대찬성이었다.

"내게 생각이 있어." 키가 잠시 생각하더니 말을 이었다. "우리 형이 이 근처 어딘가에 살지."

"여기 뉴욕에 있단 말이야?"

"그래, 나잇살이나 먹었지." 형이라는 뜻으로 그렇게 말한 것이었다. "음식점에서 웨이터로 일하거든."

"그렇다면 우리에게 술을 구해 줄 수 있을지도 모르겠군."

"문제없을 거야!"

"정말이지, 난 내일 당장 이 빌어먹을 군복을 벗어 버릴 테야. 두 번 다시 입을 게 못 돼. 민간인 옷을 구해야겠어."

"글쎄, 난 아냐."

둘이 가진 돈을 다 합해 봤자 호주머니에는 달랑 5달러도

---

63　미국에서 술을 제조하거나 판매하는 것을 금지한 금주법은 1919년 21차 수정 헌법이 국회를 통과하면서부터 시행되었다. 이와 별개로 1차 세계 대전 중 병사들에게 술을 판매하는 일은 불법이었다.

들어 있지 않았으므로 이 모든 얘기는 그저 마음에 위로가 되는 재미난 말장난에 지나지 않았다. 그러나 낄낄거리며 웃거나, 성경에 등장하는 이름을 끄집어내거나, 심지어 "맙소사!", "정말이라니까!", "틀림없다니까!" 하는 말을 몇 번씩이나 되풀이하는 모습을 보면 두 사람 모두 그런 생각 덕분에 기분이 썩 좋은 듯했다.

이 두 사람에게 전적으로 마음의 양식이 되는 것이란 지난 몇 년 동안 그들을 돌봐 준 체제—군대, 기업, 또는 구빈원(救貧院) 말이다.—그리고 그 체제의 직속상관을 비웃으며 성난 말을 내뱉는 일뿐이었다. 바로 오늘 아침까지 '정부'가 이 체제 역할을 떠맡고 있었는데, 거기서의 직속상관이란 육군 '대위'였다. 그런데 지금 그들은 이 체제로부터 미끄러져 나왔고, 다음번의 예속 관계를 고를 때까지 막연하게 불안한 처지에 놓여 있었다. 마음이 불안하고 화가 나며 뭔가 초조한 기분이 들었다. 그들은 군대에서 해방된 듯 가장하며, 또한 자유를 사랑하는 굳은 의지를 두 번 다시 군대의 규율에 속박당할 수 없다고 서로에게 다짐함으로써 그런 기분을 감추었다. 그러나 실제로는 이렇게 새로 맞이한 자유보다 차라리 감옥에서 사는 편이 두 사람 모두에게는 훨씬 속 편한 일이었으리라.

갑자기 키가 빠른 걸음으로 걷기 시작했다. 그러자 눈을 들고 키의 시선을 좇던 로즈는 50야드 길 아래쪽으로 사람들이 모여드는 광경을 발견했다. 키는 기분이 좋아졌는지 낄낄 웃으며 그 군중을 향해 뛰기 시작했다. 이어 로즈도 낄낄거리며 짧은 안짱다리를 부지런히 놀려 댔고, 동료의 성큼성큼 내닫는 걸음과 보조를 맞췄다.

사람들이 둘러선 곳에 이르자 두 사람은 금방 구별할 수 없을 만큼 군중의 일부가 되어 버렸다. 술에 취해 더욱 엉망이 된 초라한 모습의 일반 시민들과 여러 사단을 대표하는, 저마다 다르게 취해 있는 각양각색의 병사들이 뭐라고 손짓하는, 검은 구레나룻을 길게 기른 작은 유대인을 중심으로 모여 있었다. 이 유대인은 두 팔을 휘둘러 대며 흥분한 채 또박또박 열변을 토하고 있었다. 앞쪽으로 끼어든 키와 로즈는 사내의 말이 자신들의 평범한 의식을 파고들자 강한 의구심을 가지고 그를 훑어보았다.

"……이 전쟁으로 당신들이 무슨 이득을 보았단 말입니까?" 사내가 소리치고 있었다. "자, 주위를 둘러보십시오, 주위를! 당신들은 부자입니까? 돈을 많이 벌었습니까? 천만의 말씀이지요. 살아서 두 다리 멀쩡하게 돌아올 수 있었던 것만으로도 운이 좋았지요. 그리고 집에 돌아왔을 때 마누라가 돈을 주고 징집을 면한 놈과 눈이 맞아서 도망친 꼴을 보지 않았다면 그것만도 천만다행이지요! 그야말로 행운이라는 말입니다! J. P. 모건[64]과 존 D. 록펠러[65]를 제외하고 이 전쟁에서 눈곱만큼이라도 이득을 본 사람이 누가 있습니까?"

바로 이때 적의에 찬 주먹 한 방이 이 작은 유대인 사내의 수염 난 턱에 명중했다. 그가 길바닥에 나자빠지는 바람에 연설은 중단되었다.

"이 빌어먹을 볼셰비키[66] 자식 같으니라고!" 주먹을 날린 대장간 출신의 덩치 큰 병사가 소리쳤다. 이 병사의 말에 맞장

---

64   미국의 은행가이며 금융 재벌인 존 피어펀트 모건(1837~1913)을 말한다.

65   스탠더드 석유 회사를 창립한 미국의 재벌 존 D. 록펠러(1839~1937)를 말한다.

66   본래 러시아 혁명 시기에 레닌을 지지한 다수파(볼셰비키)를 의미하지만, 이 무렵 미국에서는 급진주의적 사상을 가진 모든 이들을 두루 볼셰비키라 칭했다.

구치는 소리가 들리더니 군중은 더욱 가까이 밀려들었다.

유대인이 비틀거리며 일어서려고 하자 이번에는 대여섯 명의 주먹이 동시에 날아와서 단숨에 그를 다시 넘어뜨렸다. 그는 넘어진 채로 거칠게 숨을 몰아쉬었고, 안팎으로 찢긴 입술에서는 피가 줄줄 흘렀다.

웅성거리는 목소리가 들렸고, 로즈와 키는 분노한 군중과 함께 6번가를 따라 걸어 내려갔다. 군중의 선두에 선 사람은 챙이 긴 모자를 쓴 깡마른 시민과, 날쌔게 유대인의 연설을 끝장내 버린 근육질의 병사였다. 군중의 수가 놀랄 만큼 무섭게 불어났다. 이젠 아무 관심도 없는 시민들까지 길 양쪽을 따라 군중에 뒤섞였고, 이따금씩 환성을 내지르며 정신적 지원을 보탰다.

"어디로 가는 겁니까?" 키가 바로 옆에 서 있는 사나이에게 물었다.

그 사나이는 챙이 넓은 모자를 쓴 선두의 시민을 가리켰다.

"저 사람은 놈들이 잔뜩 모여 있는 곳을 알고 있죠! 우린 지금 그놈들에게 따끔한 맛을 보여 주려고 가는 중입니다!"

"놈들에게 따끔한 맛을 보여 준다고!" 키가 흥분해서 로즈에게 중얼거렸고, 로즈는 황홀한 듯 맞은편의 사나이에게 그 말을 되풀이했다.

행렬은 6번가 아래쪽으로 빠져나갔고, 여기저기서 병사들이며 해병대원들까지 합세했다. 종종 시민들도 끼어들었다. 시민들은 하나같이 자기들도 방금 군에서 제대했노라고 소리쳤는데, 그것이 마치 새로 생긴 '오락 클럽'의 입장권이라도 되는 양 떠들어 댔다.

그러고 나서 행렬은 네거리에서 구부러지더니 5번가 쪽

으로 향했다. 톨리버 홀에서 열리는 '빨갱이 집회'를 쳐부수러 간다는 이야기가 여기저기서 튀어나왔다.

"그곳이 어딘데?"

질문이 행렬을 따라 앞으로 올라갔고, 얼마 뒤 대답이 돌아왔다. 톨리버 홀은 아래쪽 10번 도로에 위치해 있다는 것이다. 다른 병사들도 벌써 떼를 지어 그 집회를 때려 부수러 내려갔다는 것이 아닌가!

그러나 10번 도로는 상당히 멀었고, 이에 실망했는지 투덜대는 소리와 함께 이십여 명 정도가 행렬에서 이탈했다. 그중에는 로즈와 키도 끼여 있었다. 두 사람은 발걸음을 늦추고 좀 더 열성적인 사람들이 지나가도록 물러섰다.

"술을 좀 구했으면 좋겠는데." 키가 말하며 로즈와 함께 걸음을 멈추었다. 그러자 "겁쟁이!"니 "이탈자!"니 하는 야유가 들려왔고 둘은 보도로 올라섰다.

"네 형이 이 근처에서 일한단 말이야?" 로즈가 지금까지 지껄이던 피상적인 말을 버리고, 드디어 영원한 진리를 이야기하듯 단호하게 물었다.

"그런 것 같은데." 키가 대답했다. "하지만 지난 몇 년 동안 한 번도 만나지 못했어. 난 줄곧 펜실베이니아에 가 있었으니까. 어쩌면 우리 형은 밤에 일하지 않을지도 몰라. 아마 바로 여기, 이쪽 길 같은데. 아직도 여기서 일한다면 틀림없이 술을 마련해 줄 거야."

몇 분 동안 거리를 어슬렁거린 끝에 그들은 마침내 그 장소를 찾아냈다. 5번가와 브로드웨이 중간에 위치한 그곳은 싸구려 식당이었다. 키가 안으로 들어가서 형 조지의 행방을 물어보는 동안 로즈는 보도에서 기다리고 있었다.

"이곳에 없대." 키가 바깥으로 나오며 말했다. "델모니코에서 웨이터로 일하고 있다는 거야."

로즈는 벌써 예상했다는 듯 고개를 끄덕였다. 유능한 사람이 때때로 직장을 바꾸는 것은 그다지 놀랄 만한 일도 아니었다. 언젠가 그는 웨이터 한 사람을 알고 있었으므로, 두 사람은 걸어가면서 웨이터가 팁보다 봉급을 더 많이 받는지를 두고 한참 동안 이야기를 나누었다. 결국 그것은 웨이터가 일하는 식당의 사회적 품격에 달려 있다는 결론에 도달했다. 두 사람은 델모니코 술집에서 만찬 때 샴페인 한 병을 터뜨리며 웨이터에게 50달러를 던져 주는 백만장자의 모습을 생생하게 그려 보았다. 그러고는 자기들도 웨이터가 되면 어떨까, 하고 생각해 보았다. 실제로 키는 좁은 이마에 단호한 결의를 번득이며 형에게 자리를 하나 마련해 달라고 부탁할 작정이었다.

"웨이터는 손님들이 남긴 샴페인을 전부 마셔도 괜찮단 말이야." 로즈가 입맛을 다시며 말하고 난 뒤에 "아, 그것참 좋지!" 하고 덧붙였다.

그들이 델모니코에 도착했을 때는 벌써 10시 30분이었다. 호텔 입구에 줄지어 도착한 택시에서 모자를 쓰지 않은 세련된 젊은 여성들이 야회복 차림으로 멋을 낸 젊은 신사의 시중을 받으며 내리는 모습을 보고 두 사람은 그만 깜짝 놀랐다.

"파티가 있는 모양이야." 로즈가 약간 위압감을 느끼며 말했다. "어쩌면 안으로 들어가지 않는 편이 좋겠어. 너의 형도 바쁠 거 아냐."

"아니, 그렇지 않아. 형은 괜찮을 거야."

조금 망설인 끝에 두 사람은 가장 초라하게 보이는 입구를 통해 안으로 들어갔다. 이러지도 저러지도 못한 채 조그마한 식당의 눈에 띄지 않는 구석에 초조한 듯 자리를 잡았다. 모자를 벗어서 손에 들고 서 있었다. 울적한 기분이 들었다. 한쪽 방문이 쾅 하고 활짝 열리더니 웨이터 하나가 마치 혜성처럼 갑자기 나타났다. 그러고는 홀쩍 마루를 지나치더니 금세 반대쪽 문으로 사라지자 두 사람은 또다시 깜짝 놀랐다.

웨이터가 번개처럼 스쳐 지나가기를 세 차례, 두 사람은 간신히 용기를 내서 웨이터 한 사람을 불러 세웠다. 힐끔 돌아본 웨이터는 귀찮다는 듯이 그들을 훑어보고는 여차하면 도망쳐 버리겠다는 자세를 취한 채 고양이 걸음으로 살금살금 다가왔다.

"자, 여기 잠깐만요." 키가 말을 꺼냈다. "혹시 우리 형을 아시나요? 여기서 웨이터 노릇을 하는데요."

"이름은 키라고 하는데요." 로즈가 주석을 달았다.

그렇다. 그 웨이터는 키를 알고 있었다. 지금 위층에 있으리라는 것이었다. 그리고 이제 중앙 무도회장에서 댄스파티가 있을 예정이란다. 그가 말을 전해 주겠다고 했다.

십 분 뒤에 조지 키가 나타나더니 아주 의심스러운 표정으로 동생에게 인사를 했다. 무엇보다도 먼저 떠오른 생각은 동생이 돈을 뜯으러 오지는 않았나, 하는 것이었다.

조지는 키가 크고 턱이 작은 편이었지만 그 이상 동생과 닮은 점은 없었다. 눈은 멍청하기는커녕 기민하고 또렷또렷 빛났으며, 태도 역시 깍듯한 실내 생활형에 어울렸으므로 다소 뻐기는 듯한 인상을 주었다. 형제는 상투적인 인사를 나누었다. 조지는 벌써 결혼하여 세 아이를 얻었다. 캐럴이 입대하여 외국에서 근무했다는 말에 약간의 흥미를 보였을 뿐 그다지 신경 쓰지 않는 모습이었다.

"형!" 동생이 인사를 마친 뒤 운을 떼었다. "우리 술이 좀 필요한데, 우리에겐 팔지 않는단 말이야. 조금 마련해 주지 않겠어?"

조지는 잠깐 생각에 잠겼다.

"좋아. 어떻게 구할 수 있을지도 모르겠네. 하지만 삼십 분쯤 걸릴 거야."

"괜찮아." 캐럴이 대답했다. "기다리지 뭐."

그들의 대화를 듣고 있던 로즈는 편안해 보이는 의자에 걸터앉다가 조지가 무섭게 호통치는 소리에 자리에서 벌떡 일어났다.

"이봐! 주의해, 너! 거기 앉으면 안 돼! 이 방은 12시 만찬을 위해 준비해 둔 방이라는 말이야."

"더럽히지 않겠다고요." 로즈가 기분 나쁘다는 듯이 내뱉었다. "이[蝨] 잡는 약도 다 뿌렸는데."

"잔소리하지 마." 조지가 엄중하게 경고했다. "내가 여기서 너희들과 이야기 나누고 있는 걸 웨이터장(長)에게 들키면 영락없이 혼쭐날 거야."

"어, 그래."

웨이터장이라는 말을 듣자 둘은 충분히 이해할 수 있었다. 그들은 외국에서 쓰던 모자를 만지작거리며 조지의 지시를 기다렸다.

"내 말 잘 들어." 잠시 뒤 조지가 말했다. "너희들이 기다릴 수 있는 장소가 있어. 자, 나를 따라와."

그들은 조지를 따라 안쪽 문을 나와서 인적이 없는 식기실을 거쳐, 어두운 회전 계단을 두 번이나 올라간 다음에야 겨우 좁은 방에 당도했다. 그 방에는 물통과 청소용 솔이 쌓여 있었고, 어슴푸레한 전등이 하나 켜져 있었다. 조지는 두 사람에게 2달러를 달라고 하고는 삼십 분 뒤에 위스키 큰 병을 하나 가져다주겠다고 말했다. 그러고는 둘을 남겨 둔 채 떠났다.

"조지는 돈을 잘 버는 모양이지." 키가 물통을 엎어 그 위에 걸터앉으며 침울하게 말했다. "모르긴 몰라도 일주일에 50달러는 벌 거야."

로즈는 고개를 끄덕이고 나서 침을 뱉었다.

"나도 그 정도는 될 거라고 생각해."

"도대체 무슨 파티라고 했지?"

"대학생 놈들이 잔뜩 몰려온대. 예일 대학교라나."

두 사람은 모두 엄숙한 얼굴로 상대방에게 고개를 끄덕거렸다.

"그 군인들 떼거리는 지금쯤 어디까지 갔을까?"

"글쎄 말이야. 아무튼 나에겐 너무 먼 거리였어."

"나도 그래. 난 그렇게 멀리까진 걷지 않는단 말씀이야."

십 분이 지나자 둘은 벌써 좀이 쑤셨다.

"나 저쪽에 뭐가 있는지 보고 올게." 로즈가 말하더니 조심스럽게 다른 문 쪽으로 다가갔다.

녹색 모직을 내려 둔 스윙도어가 있었는데, 로즈는 그것을 조심스럽게 조금 열어젖혔다.

"뭐가 보여?"

대답 대신 로즈는 급히 숨을 들이마셨다.

"굉장하군! 술이 잔뜩 있지 뭐야!"

"술이라고?"

키도 로즈가 있는 문으로 다가가서 안쪽을 열심히 들여다보았다.

"그래, 저건 술이 틀림없어." 키가 잠시 멍하니 넋을 잃고 바라본 뒤에야 말했다.

그 방은 지금 두 사람이 있는 방보다 두 갑절쯤 컸다. 눈부실 정도로 많은 술이 준비되어 있었다. 하얀 식탁보를 씌운 두 개의 테이블을 따라 늘어놓은 사이펀과 비어 있는 두 개의 커다란 펀치볼은 말할 것도 없고 위스키며 진, 브랜디, 프랑스와 이탈리아의 베르무트, 오렌지 주스 병들이 서로 엇갈린 채 장벽처럼 길게 늘어서 있었다. 그러나 그 방 안에는 아직 아무도 없었다.

"곧 열릴 댄스파티를 위해 준비해 놓은 거야." 키가 속삭였다. "바이올린 소리 들리지? 한데 그러고 보니 나도 한번 춤을 추고 싶구먼."

그들은 가만히 문을 닫고 각자 속마음을 알았다는 듯이 눈길을 보냈다. 서로의 의중을 굳이 살필 필요조차 없었다.

"저걸 두세 병 집어 오고 싶군." 로즈가 힘주어 말했다.

"나도 마찬가지야."

"들키지 않을까."

키는 잠시 생각했다.

"놈들이 마시기 시작할 때까지 기다리는 게 낫겠어. 이렇게 가지런히 늘어놓았으니 애초에 몇 병이 있었는지 알 거 아니야."

몇 분 동안 두 사람은 이 점에 대해 서로 의견을 나눴다. 로즈는 누가 들어오기 전에 한 병을 슬쩍 빼내서 웃옷 속에 감추어 두자고 주장했지만 키는 신중론을 폈다. 형을 난처하게 만들지는 않을까, 걱정되었기 때문이다. 병마개를 몇 개 딸 때까지 기다린다면 한 병 슬쩍한들 알게 뭔가. 모두들 대학생 중 어떤 놈이 집어 갔으리라고 생각할 것이다.

여전히 이 문제를 두고 토론을 벌이고 있자니, 조지 키가 황급히 들어와서는 두 사람에게 거의 투덜대지도 않고 녹색 모직을 내린 문으로 들어갔다. 곧이어 몇 차례 병마개를 따는 소리와 얼음끼리 부딪치는 소리와 술을 따르는 소리가 들려 왔다. 조지가 칵테일을 만들고 있었던 것이다.

두 병사는 얼굴에 가득 웃음을 띠었다.

"아, 근사한데!" 로즈가 속삭였다.

조지가 다시 나타났다.

"얌전히들 있으라고." 그가 재빨리 말했다. "이제 오 분만 기다리면 가져다줄 테니까."

그리고 그는 들어왔던 문으로 다시 나갔다.

조지가 계단을 내려가자마자 로즈는 주위를 힐끗 살펴보 고는 옆방으로 뛰어 들어가서 손에 술 한 병을 들고 돌아왔다.

"이렇게 하자고." 그가 흥겹게 첫 잔을 배 속으로 흘려보 내며 말했다. "조지가 올 때를 기다렸다가 그냥 여기서 술을 마시게 해 줄 수 없겠느냐고 부탁해 보자, 어때? 마시려 해도 장소가 없다고 말이지, 어때? 그러면 저쪽 방에 사람이 없을 때 숨어 들어가서 옷 속에 한 병씩 챙겨 나올 수 있지 않겠어? 며칠 마실 만큼 챙길 수 있을 거야, 어때?"

"그거 좋은 생각이군." 로즈가 신나서 맞장구를 쳤다. "아, 멋진 생각이야! 우리가 원할 때 언제고 다른 병사들에게 팔 수도 있으니 말이야."

두 사람은 장밋빛 계획을 품은 채 잠시 침묵을 지켰다. 이 윽고 키는 손을 들어 올려서 녹갈색의 군복 단추를 풀었다.

"여긴 꽤 덥군, 안 그래?"

로즈도 진지한 얼굴로 맞장구를 쳤다.

"지독하게 덥군그래."


4


의상실을 나와 큰 홀로 통하는 휴게실을 가로질러 가면서
도 그녀는 여태 화를 가라앉히지 못했다. 그녀의 사교 생활에
서 흔히 일어나는 사건에 지나지 않는 그 일 때문이라기보다,
하필이면 오늘 밤에 그 일이 일어났기 때문에 화가 난 것이었
다. 자신을 나무라야 할 일은 아무것도 없었다. 늘 해 오던 대
로 위엄과 무언(無言)의 동정을 적절히 섞어서 행동했다. 아주
간단하게, 그러면서도 매우 교묘하게 그를 따돌렸다.

사건은 두 사람이 탄 택시가 빌트모어 호텔을 막 빠져나
왔을 때 일어났다. 호텔에서 반 블록도 못 간 상황이었다. 그
가 어색하게 오른팔을 들어 올려 (그녀는 그의 오른쪽에 앉아 있
었다.) 그녀의 털로 장식한 진홍색 야회용 외투에 바투 손을
얹으려고 했던 것이다. 그런데 이 일 자체가 실수였다. 젊은
남성이 상대방의 의향을 제대로 알지 못하는 상태에서 젊은
여성을 끌어안으려 한다면, 먼저 멀리 있는 팔부터 두르는 편
이 훨씬 점잖았을 것이다. 그러면 적어도 상대방에게 가까운
쪽의 팔을 들어 올리는 어색한 동작을 피할 수 있었으리라.

그의 두 번째 실수는 무의식적인 것이었다. 그녀는 그날
오후 내내 미용실에서 머리를 다듬었다. 따라서 자신의 머리
카락이 헝클어지는 것은 상상만 해도 끔찍한 일이었다. 그런
데도 피터는 앞서 말한 부적절한 행동을 하면서 팔꿈치로 살

짝 그녀의 머리를 건드렸다. 이것이 그의 두 번째 실수였다. 이 두 가지면 그녀의 분노를 사기에 충분했다.

피터는 뭐라고 속삭이기 시작했다. 그의 속삭임을 듣자마자 그녀는 그가 한낱 애송이 대학생에 지나지 않는다고 대번에 판단했다. 이디스는 벌써 스물두 살이었다. 그리고 전쟁 이후에 처음 열리는 이 댄스파티는 끊임없이 날아오르는 연상(聯想) 작용을 불러일으키며 그녀로 하여금 다른 무엇인가를 생각하게 했다. 이른바 또 하나의 댄스파티, 또 다른 남자가 떠올랐던 것이다. 그런데 이 남자에 대한 그녀의 감정은 기껏해야 애수 어린 사춘기 소녀의 공상에 지나지 않았다. 한마디로 이디스 브래딘은 고든 스터렛과의 추억을 사랑하고 있었던 것이다.

그래서 그녀는 델모니코 호텔의 의상실을 나와 잠시 문 앞에 멈춰 선 채, 검은 드레스를 입고 앞에 서 있는 여자의 어깨 너머로 예일 대학교 학생들이 위엄을 갖춘 새카만 나방들처럼 계단 꼭대기 주변에서 떼 지어 몰려다니는 모습을 보았다. 그녀가 나온 어느 방으로부터 화장을 한 수많은 젊은 미녀들이 남기고 떠난 향수 냄새가 짙게 풍겼다. 강렬한 향수 냄새도 있었지만 추억을 건드리는 향긋한 분 냄새도 은은히 풍겨 왔다. 방에서 흘러나온 이 향기는 홀의 매캐한 담배 연기와 뒤섞이며 감각을 자극했다. 이 향취는 계단을 따라 가라앉으며 '감마 프사이' 댄스 파티가 열리는 연회장 구석구석까지 스며들었다. 이디스에게 이것은 아주 낯익은 냄새였는데, 가슴을 설레게 하고 자극하며 불안하게 하는 달콤한 향기, 한마디로 상류 사회의 댄스파티 냄새였다.

그녀는 자신의 외모에 대해 생각했다. 훤히 드러난 팔과 어깨에는 크림색의 분을 발랐다. 그녀의 팔과 어깨는 아주 부드러웠고, 오늘 밤 실루엣처럼 보이는 남자들의 검은 등을 배경으로 뽀얀 우윳빛을 내뿜을 터였다. 미용사의 솜씨는 정말 훌륭했다. 불그스레한 머리카락의 숱을 부풀려서 착 달라붙게 한 뒤에 도발적으로 보이도록 물결치듯 빗질해 놓았던 것이다. 입술도 진홍색으로 선명하게 물들였고, 두 눈의 홍채도 도자기로 만든 눈동자처럼 깨어질 듯 아름다운 투명한 빛을 띠었다. 정교한 머리 단장부터 날씬하게 뻗은 두 다리 끝에 이르기까지 그녀는 어디 하나 나무랄 데 없이 완벽한 아름다움으로서 조화를 이루고 있었다.

높고 낮은 웃음소리며 무도화의 발소리, 짝을 이뤄 계단을 오르내리는 사람들 덕분에 벌써 우쭐해진 그녀는 오늘 밤 연회에서 무슨 말을 하면 좋을까, 하고 생각했다. 지난 몇 년 동안 갈고닦은 언어를 구사해야겠다고 마음먹었다. 그것은 그녀의 특기였다. 최근 유행하는 용어와 약간의 신문 용어, 그리고 대학에서 쓰는 속어까지 섞어서 완전히 하나로 만든 것이었다. 가령 개의치 않으면서도 약간 도전적이고, 거기에 미묘한 감정을 담아낸 그런 말투 말이다. 바로 옆 계단에 앉아 있던 한 아가씨가 "야, 넌 그 절반도 모른다니까 그러네!" 하고 말하는 소리를 듣고 그녀는 생긋 미소를 지었다.

미소를 짓는 동안 아까 느꼈던 노여움은 잠시 사라졌다. 그녀는 지그시 눈을 감으며 깊숙이 기쁨의 숨을 들이마셨다. 두 팔을 옆구리로 내려서 몸매를 감싼 매끄러운 드레스를 살짝 만져 보았다. 자신의 살결이 이토록 부드럽게 느껴지고, 두 팔이 이처럼 뽀얗게 빛난 적은 일찍이 없었다.

"나한테서는 향긋한 냄새가 나지." 그녀는 그저 혼자 중얼거리면서 또 다른 생각을 떠올렸다. "난 사랑받기 위해 태어난 사람이야."

이 말소리가 마음에 든 그녀는 다시 한 번 속으로 그 말을 되뇌었다. 그러자 곧이어 자신도 모르게 고든을 향한 사모가 새삼스레 왈칵 솟아올랐다. 두 시간 전에 그를 다시 만나고 싶다는 뜻밖의 욕망을 불러일으켜 준 그 뒤틀린 상상력이 바로 지금 이 순간, 이 댄스파티로 이끄는 듯했다.

겉보기에는 산뜻한 미인이지만, 이디스는 진지하고 생각이 굼뜬 여자였다. 곰곰이 생각하려는 기질, 오빠를 사회주의자와 평화 운동가의 길로 인도한 젊은 이상주의가 그녀의 핏속에도 면면히 흐르고 있었다. 헨리 브래딘은 경제학 강사로 있던 코넬 대학교를 떠나 뉴욕에 와서, 최근 급진주의 주간 신문의 칼럼을 통해 치료할 수 없는 악에 대한 최신의 해법을 토로해 왔다.

오빠보다 덜 어리석은 이디스는 고든 스터렛를 치유했음에 만족할 수 있었을 것이다. 고든에게는 그녀가 돌봐 주고 싶은 나약함, 감싸 주고 싶은 허약함이었다. 더구나 이디스 역시 자신이 오랫동안 알아 온, 그리고 오래도록 자기를 흠모해 온 누군가를 원하고 있었다. 그녀는 조금 지쳤고, 이제는 결혼하고 싶었다. 가득 쌓인 연애편지, 대여섯 장의 사진, 수많은 추억, 지긋지긋한 피로와 더불어 그녀는 다음에 고든을 만나면 두 사람의 관계를 새롭게 정리해야겠다고 다짐했다. 그 관계를 새롭게 바꿔 줄 이야기를 그녀가 먼저 꺼내리라. 오늘 밤이 바로 그때였다. 오늘 밤은 그녀의 것이었다. 아니, 모든 밤이 그녀의 것이었다.

그 순간 엄숙한 대학생 한 사람이 상처받은 표정을 하고,

억지로 예의를 차리며 그녀 앞에 나타나서는 지나치게 머리를 숙였다. 그 탓에 이디스의 생각은 끊기고 말았다. 이디스가 데려온 피터 히멜이었다. 키가 크고 뿔테 안경을 쓴 그는 유머 감각이 있고 매력적인 기분파였다. 이디스는 느닷없이 이 청년이 밉살스러웠다. 아마 그녀에게 키스를 하려다가 실패했기 때문이리라.

"한데 말이에요." 이디스가 말을 꺼냈다. "아직도 제게 화가 나 있나요?"

"아닙니다, 전혀."

이디스는 앞으로 한 걸음 다가서며 그의 팔을 잡았다.

"미안해요." 그녀가 부드럽게 말했다. "당신에게 왜 그토록 모질게 말했는지 잘 모르겠어요. 오늘 밤은 무슨 이유 때문인지 기분이 영 엉망이에요. 미안해요."

"괜찮아요." 그가 중얼거렸다. "신경 쓰지 마세요."

사실 그는 멋쩍고 불쾌했다. 이 여자, 아까의 그 실수를 가지고 또 트집을 잡지는 않겠지?

"실수였어요." 그녀가 여전히 짐짓 부드러운 어조로 말했다. "서로 잊기로 해요." 이 말을 듣자 그는 그녀가 몹시 싫어졌다.

몇 분 뒤 특별히 초청한 열 명의 재즈 오케스트라 멤버가 몸을 흔들며 한숨 섞인 목소리로 "색소폰과 나만이 남았다면, 우리 둘은 친―구―가 아니리!" 하고 연회장을 가득 메운 청중 앞에서 노래를 부르자 두 사람은 플로어로 나섰다.

콧수염을 기른 사나이가 그녀와 춤을 추려고 끼어들었다.

"안녕하세요." 그가 나무라듯 얘기했다. "당신은 나를 기억하지 못하는군요."

"이름을 기억하지 못하지만요……." 이디스가 가볍게 받아넘겼다. "하지만 전 당신에 대해 잘 알고 있어요."

"우리가 어디서 만났느냐 하면요……." 짙은 금발의 사나이가 끼어들자 콧수염을 기른 사나이의 목소리는 서글프게 점점 사라져 갔다. 이디스는 잘 알지도 못하는 남자에게 상투적으로 "고마워요……. 나중에 또 추기로 해요." 하고 중얼거렸다.

금발의 사나이는 무턱대고 그녀에게 악수를 청했다. 그녀는 그의 이름이, 자신이 아는 수많은 '짐' 중의 한 사람임을 겨우 기억해 냈다. 그러나 그의 성(姓)이 무엇인지는 수수께끼였다. 그녀가 기억하기로 이 사람은 춤을 출 때 기묘하게 리듬을 탔었다. 과연 춤을 추어 보니 확실히 그 사람이었다.

"여기에는 오랫동안 머물 작정인가요?" 그가 비밀을 털어 놓듯 소곤거렸다.

그녀는 몸을 뒤로 젖힌 채 상대방을 쳐다보았다.

"몇 주일쯤요."

"어디에 머물고 있어요?"

"빌트모어 호텔예요. 언제 한번 전화하세요."

"농담 아닙니다." 사나이가 다짐했다. "전화를 걸게요. 함께 차를 마시기로 해요."

"저도 마찬가지예요……. 꼭 전화하세요."

검은 얼굴의 사나이가 사뭇 굳은 태도로 그녀와 춤을 추기 위해 끼어들었다.

"나를 기억하지 못하겠지요?" 그가 신중하게 말했다.

"천만에요. 당신 이름은 할런이죠."

"아니에요. 발로예요."

"어쨌든 두 음절로 된 이름이라는 건 알았어요. 하워드 마셜이 주최한 파티에서 당신이 우쿨렐레[67]를 멋지게 연주했잖아요."

"내가 연주한 악기는…… 아니, 그게 아니라……."

이번에는 치아가 튀어나온 사나이가 끼어들었다. 이디스는 위스키 냄새를 약간 들이마셨다. 그녀는 남자들이 술을 좀 더 마셨으면 했다. 술을 마시면 훨씬 쾌활해지고 관심 있게 바라봐 주며 비위까지 잘 맞춰 주었기 때문이다. 물론 얘기하기도 한결 수월했다.

"딘, 필립 딘이라고 합니다." 그가 유쾌하게 말했다. "물론 당신은 나를 기억하지 못할 테지만, 대학교 4학년 때 내 룸메이트와 함께 뉴헤이번에 종종 찾아오곤 했지요. 고든 스터렛이라는 친구인데요."

이디스는 깜짝 놀라서 상대방을 재빨리 올려다보았다.

"그래요. 그 사람과는 그곳에 두 번 갔었어요……. '펌프와 슬리퍼'[68] 무도회하고, 3학년생들의 무도회 때 말이에요."

"물론 그 친구는 만났겠지요." 그가 아무렇지도 않다는 듯 물었다. "오늘 밤 이곳에 와 있어요. 조금 전에 만나 보았지요."

이디스는 더욱 깜짝 놀랐다. 고든이 이곳에 오리라고 확신했음에도 말이다.

"아뇨, 난 아직……."

붉은 머리카락의 뚱뚱한 사나이가 끼어들었다.

---

67  하와이의 전통 현악기로, 기타와 비슷하다.
68  예일 대학교에서 학부생들을 대상으로 개최하는 연례 댄스파티.

"안녕하세요, 이디스." 그가 말하기 시작했다.

"어머…… 안녕하세요……."

이디스는 발이 미끄러지는 바람에 가볍게 비틀거렸다.

"죄송해요." 그녀가 기계적으로 중얼거렸다.

그녀가 고든을 발견했던 것이다. 고든은 백지장처럼 창백한 얼굴로 따분한 듯 입구에 기대선 채 담배를 피우면서 연회장 내부를 바라보고 있었다. 이디스는 그의 여위고 파리한 얼굴을 볼 수 있었다. 담배를 입으로 가져가는 손이 떨리고 있었다. 그녀는 상대와 춤을 추면서 그에게로 가까이 다가갔다.

"…… 쓸데없는 손님들을 잔뜩 초대해 놓았으니 이렇지……." 땅딸막한 사나이가 불평을 늘어놓았다.

"오랜만이에요, 고든." 이디스가 파트너의 어깨 너머로 불렀다. 그녀의 가슴이 요란하게 고동치고 있었다.

그의 검고 커다란 눈이 그녀를 응시했다. 그가 그녀 쪽으로 한 걸음 내딛자, 그녀의 파트너는 다른 방향으로 그녀를 이끌었다. 불평을 늘어놓는 남자의 목소리가 들렸다.

"…… 하지만 혼자 온 남자들의 절반은 일찌감치 술에 취해서 자리를 떠나죠. 그러니까……."

그때 바로 곁에서 낮은 목소리가 들려왔다.

"함께 춤을 추지 않겠어요?"

그녀는 어느새 고든과 춤을 추고 있었다. 그는 한 팔로 그녀를 안고 있었다. 단속적으로 그의 팔을 타고 흐르는 힘을 느낄 수 있었다. 손가락을 펼친 손바닥이 등에 닿아 있음도 알 수 있었다. 조그마한 레이스 손수건을 쥔 그녀의 손은 고든의 손에 꼭 쥐어 있었다.

"고든이군요." 그녀가 가쁜 숨을 몰아쉬며 말을 꺼냈다.

"오랜만이야, 이디스."

그녀는 또다시 발이 미끄러졌다. 균형을 찾느라고 앞으로 몸을 기울이는 바람에 그만 얼굴이 그의 검은 턱시도에 닿았다. 그녀는 그를 사랑하고 있었다. 사랑하고 있음을 스스로 알고 있었다. 그러나 야릇한 불안감이 그녀의 몸을 감쌌기에 잠시 침묵이 흘렀다. 어딘가 이상한 구석이 있었다.

돌연 그녀의 가슴에 경련이 일어나는 듯했고, 그것이 무엇인지를 깨닫자 그녀는 심장이 뒤집힐 것 같았다. 고든은 비참해 보이는 데다 약간 술에 취했으며, 정말 딱할 정도로 지쳐 있었다.

"어머나……." 이디스가 자신도 모르게 소리치고 말았다.

고든은 두 눈으로 그녀를 내려다보았다. 그녀는 갑작스레 그의 눈에 핏줄이 서 있고, 눈동자가 제멋대로 움직이고 있음을 알아챘다.

"고든." 이디스가 속삭였다. "우리 앉아요. 앉고 싶어요."

두 사람은 거의 플로어의 한복판에 있었고, 그녀는 남자 둘이 저 멀리서 자신을 향해 다가오고 있음을 발견했다. 그래서 동작을 멈추고 고든의 힘없는 한 손을 잡은 채 인파를 마구 뚫고 바깥쪽으로 나왔다. 립스틱을 바른 그녀의 얼굴은 창백했고, 입술은 꼭 다물려 있었으며, 눈물로 두 눈이 떨렸다.

그녀가 부드러운 카펫을 깔아 놓은 계단 위쪽에 자리를 잡자, 그는 그녀 옆에 주저앉았다.

"어쨌거나," 그가 불안정한 눈길로 그녀를 바라보면서 말했다. "이디스, 이렇게 만나게 돼서 무척 반가워."

그녀는 아무런 대답도 없이 그를 쳐다보았다. 도대체 헤아릴 수 없는 충격이었다. 지난 몇 년 동안 그녀는 숙부들부터 전속 운전기사에 이르기까지 여러 단계의 주정뱅이들을 목격해 왔고, 그에 대한 인상 역시 다양했다. 가령 우스꽝스러운 모습부터 혐오감을 자아내는 데 이르기까지 말이다. 그러나 지금처럼 낯선 느낌—뭐라 형언할 수 없는 공포감에 사로잡힌 것은 이번이 처음이었다.

"고든," 그녀는 나무라는 목소리로 거의 울상이 되어 말했다. "당신 모습이 너무 엉망이에요."

그는 고개를 끄덕거렸다. "이디스, 그동안 고생을 했어."

"고생을 하다니요?"

"모든 점에서 말이야. 우리 식구들에겐 아무 말도 하지 마. 난 지금 거의 산산조각 나 버렸어. 이디스, 난 지금 엉망이라고."

그의 아랫입술이 축 늘어졌다. 그리고 좀처럼 그녀를 쳐다보지 않는 것 같았다.

"나한테…… 나한테." 그녀가 머뭇거리며 말했다. "고든, 그 얘기를 들려줄 수 없겠어요? 내가 언제나 당신에게 관심 있었다는 걸 당신도 잘 알잖아요."

그녀는 입술을 깨물었다. 이보다 더 강렬한 말을 전하고 싶었지만 차마 내뱉을 수 없음을 마침내 깨달았다.

고든은 멍하니 고개를 옆으로 내저었다. "아냐, 말할 수 없어. 이디스는 좋은 여자야. 좋은 여자에게는 할 수 없는 얘기야."

"바보 같은 소리예요." 이디스가 도전적으로 말했다. "그런 투로 누군가에게 좋은 여자라고 말하는 건 완전히 모욕이에요. 욕지거리라고요. 고든, 술에 절어 있군요."

"고마워." 그가 진지하게 고개를 숙였다. "알려 줘서 정말

고마워."

"왜 그렇게 술을 마셔요?"

"너무나 비참하기 때문이지."

"술을 마시면 좀 나아지나요?"

"지금 뭐야……. 나를 개과천선하게 하려는 거야?"

"아뇨. 고든, 당신을 도와 드리려는 거예요. 내게 얘기해 줄 수 없나요?"

"엉망진창이야. 당신이 베풀 수 있는 최상의 자선이란, 나를 모른 척하는 거야."

"어째서요, 고든?"

"당신 춤추는 데 끼어들어서 미안해……. 난 당신에게 어울리지 않는 사람인데. 당신은 순수한 여자야……. '순'이라는 글자가 썩 어울리는 여자라는 말이지. 자, 당신의 파트너를 데려올게."

고든이 비틀거리며 자리에서 일어서려고 하자 그녀는 손을 내밀어 붙잡았다. 그러고는 다시 계단의 자기 옆자리에 앉혔다.

"자, 고든. 당신 참 웃기는 사람이군요. 나에게 상처를 주다니. 지금 당신 행동은…… 마치 정신 나간 사람 같아요……."

"제대로 맞혔어. 난 조금 미쳤어. 이디스, 난 어딘가 이상해졌어. 무엇인가를 잃어버렸단 말이야. 하지만 까짓것 아무러면 어때."

"그렇지 않아요. 얘기해 줘요."

"그저 그래. 난 옛날부터 이상한 놈이었잖아……. 친구들과는 좀 달랐지. 대학 때는 그래도 괜찮았는데, 이젠 아무것도 되는 게 없어. 최근 넉 달 동안 내 속에서 무언가가 점점 빠져 나가 버렸지. 마치 드레스의 단추가 연이어 풀리듯이 말이야. 이제 나머지 두세 개만 더 풀리면 아주 벗겨질 테지. 결국 난 아주 조금씩 미쳐 갔던 거라고."

그가 그녀를 똑바로 쳐다보며 소리 내서 웃기 시작하자 그녀는 그로부터 몸을 움츠렸다.

"도대체 어떻게 된 일이에요?"

"그저 내 개인적인 문제야." 고든은 바보 같은 말을 되풀이할 뿐이었다. "난 지금 미쳐 가고 있다고. 지금 이 장소만 하더라도 나에겐 마치 꿈같아……. 이 델모니코라는 곳 자체가……."

고든이 홀로 말하는 동안 그녀는 그가 옛날과 전혀 딴사람이 되었음을 깨달았다. 기민하고 명랑하고 낙천적이었던 성격은 완전히 사라져 버렸다. 그 대신 깊은 무기력과 실의에 휩싸여 있었다. 혐오감이 그녀를 휘감았고, 뒤이어 무기력한 권태가 돌연 엄습해 왔다. 그의 목소리는 거대한 허공에서 흘러나오는 듯했다.

"이디스." 그가 말했다. "나는 한때 스스로를 똑똑하고 재능 있는 예술가라고 생각했어. 지금 와서 보니 난 정말 아무것도 아냐. 이디스, 그림을 그릴 수가 없어. 내가 왜 당신에게 이런 얘기를 하는지 모르겠군."

그녀는 넋을 잃은 듯 고개를 끄덕였다.

"그림을 그릴 수 없어. 아니, 아무것도 할 수 없어. 무일푼의 빈털터리야." 그는 씁쓸하게, 그리고 다소 요란하게 웃었다. "난 지금 거지가 되어 버렸어. 친구들에게 빌붙어 사는 거머리가 됐다고. 난 실패자이고, 동전 한 닢 없는 무일푼이야."

그녀의 혐오감은 점점 커지고 있었다. 이제는 고개마저 끄덕이지 않았고, 자리에서 일어설 기회만을 기다리고 있었다.

갑자기 고든의 눈에 눈물이 가득 고였다.

"이디스." 그가 자제하려고 안간힘을 쓰며 그녀를 돌아다보았다. "이 세상에 나에게 관심을 가져 주는 사람이 하나 있다는 걸 알고 나니 얼마나 기쁜지 몰라."

그가 손을 내밀어 그녀의 손을 가볍게 두드렸지만, 그녀는 자기도 모르게 손을 뺐다.

"정말 고마워." 그가 되풀이했다.

"한데 말이에요." 그녀는 그의 눈을 똑바로 쳐다보며 천천히 말했다. "옛 친구를 만나면 누구나 늘 기뻐하죠……. 하지만 고든, 당신의 이런 모습을 보게 되다니 유감이에요."

두 사람이 서로 마주 보는 동안 잠시 침묵이 흘렀다. 그의 눈에 순간 떠올랐던 열의가 흔들거렸다. 그녀는 자리에서 일어나더니 아무런 표정도 없이 물끄러미 그의 얼굴을 바라보았다.

"우리 춤을 출까요?" 그녀가 냉정한 목소리로 물었다.

사랑이란 부서지기 쉬운 거야. 그녀는 이렇게 생각했다. 어쩌면 부서진 파편을 간직할 수는 있겠지. 입술에서 맴돌았던 말, 얘기할 수 있으리라 생각했던 말. 새로운 사랑의 말, 이렇게 배운 달콤한 말은 다음 연인을 위해 소중하게 간직해 둬야 해.


5


아름다운 이디스의 파트너 피터 히멜은 무안을 당하는 데에 익숙하지 않았다. 그러므로 그는 한번 핀잔을 들으면 상처

받고 어쩔 줄 몰라 하며 스스로를 부끄러워했다. 최근 두 달 동안 그는 이디스 브래딘과 속달 우편을 주고받았다. 속달 우편이라는 한 가지 구실만으로도 감정을 전달하는 데 가치가 있음을 잘 알았기 때문에 그는 자신의 입지가 확고하다고 믿어 의심치 않았다. 고작 키스 문제로 이디스가 왜 그런 태도를 보였는지 그는 아무리 생각해 봐도 그 이유를 찾을 수 없었다.

그래서 콧수염을 기른 사나이가 이디스와 춤을 추려고 끼어들자 피터는 순순히 홀로 빠져나와 문장 하나를 만들어서 몇 번이나 되풀이해 보았다. 상당 부분을 삭제하고 난 뒤의 그 문장은 이러했다.

"글쎄 어떤 아가씨가 남자의 관심을 사로잡은 뒤 무안을 준다면 그 여자는…… 내가 밖에 나가서 잔뜩 술에 취한다면 그녀 역시 재미있을 리 없겠지."

그래서 피터는 식당을 빠져나가서 초저녁에 일찍 보아 둔, 그 옆의 작은 방으로 들어갔다. 그 방에는 커다란 펀치볼을 사이에 두고 술병들이 잔뜩 늘어서 있었다. 피터는 술병이 놓여 있는 테이블 옆에 앉았다.

하이볼을 두 잔 마시자 따분함도, 역겨움도, 단조로운 시간도, 골치 아픈 사건도 반짝거리는 거미줄을 드리운 희미한 배경 뒤쪽으로 물러갔다. 모든 것이 저절로 순서를 잡고 선반 위의 물건처럼 가지런히 정리되었다. 오늘 있었던 복잡한 문제가 질서 정연하게 대열을 갖추고 그의 짧은 해산 명령 한마디에 발을 맞춰 저편으로 행진해 나가더니 곧 모습을 감추었다. 고민이 사라지니 그 빈자리에 찬연히 넘쳐흐르는 하나의 상징이 나타났다. 이디스는 한낱 무시해도 좋은 변덕스러운 여자로 변해 버렸고, 더는 걱정해야 할 대상이 아니었다. 오히려 조소의 대상으로밖에 보이지 않았다. 그녀는 그가 꾼 꿈속의 인물처럼 그 주위를 둘러싼 겉치레의 세계에 잘 들어맞았다. 그 자신도 얼마큼 상징적이었으므로 절제하는 술꾼, 탁월한 몽상가로서 자리하고 있었다.

이윽고 상징적 분위기는 점차 사라졌고, 하이볼을 세 잔째 마시자 그의 상상력마저 자취를 감추었다. 오직 따뜻한 열기를 느낄 뿐이었다. 하늘을 바라보고 편안히 물 위에 둥실둥실 떠 있는 것 같았다. 옆에 있는, 녹색 모직을 덧댄 문이 이 인치 정도 빠끔히 열려 있었다. 그 순간 그 틈으로 두 눈동자가 자신을 꿰뚫듯이 노려보고 있음을 깨달았다.

"흐음." 피터가 나지막하게 중얼거렸다.

녹색 문이 닫혔다가 다시 열렸다. 이번에는 겨우 반 인치가 될까 말까 했다.

"까ー악ー꾸ー웅." 피터가 다시 중얼거렸다.

문은 그대로 열린 채였고, 이번에는 긴장한 목소리로 속삭이는 소리가 간헐적으로 들려왔다.

"혼자 있는데."

"뭘 하고 있는데?"

"앉아서 이쪽을 쳐다보고 있어."

"저놈이 사라져야 하는데. 그래야 한 병 더 슬쩍할 텐데."

피터는 말소리가 의식 깊숙이 도달할 때까지 귀를 기울이고 있었다.

"이거 말이야," 피터가 생각했다. "참으로 이상한데."

그는 가슴이 두근거리고 기분이 유쾌해졌다. 우연히 신비로운 수수께끼를 맞닥뜨린 느낌이었다. 그는 짐짓 딴전을 부리는 척하며 일어나서 테이블을 한 바퀴 빙 돌아갔다. 그러고

나서 재빨리 몸을 돌리고 녹색 문을 열어젖히자 로즈가 얼떨
결에 방으로 뛰어들었다.

피터는 공손히 절을 했다.

"안녕하시오?" 그가 말했다.

로즈 사병은 한 발을 다른 발보다 조금 앞쪽으로 내딛고
서서 싸울지, 도망칠지, 아니면 타협할지 상대방의 반응을 살
폈다.

"안녕하시오?" 피터가 정중히 되풀이해서 말했다.

"그저 그렇습니다."

"한잔 드릴까요?"

로즈 사병은 자신을 놀리는 게 아닐까, 의심이 들었던지
상대방을 더욱 유심히 살펴보았다.

"좋아요." 그가 마침내 대답했다.

피터가 의자 하나를 가리켰다.

"앉으시오."

"친구가 있는데요." 로즈가 말했다. "저쪽에 친구가 있어
요." 그가 녹색 문을 가리켰다.

"그 사람도 부르죠."

피터가 방을 가로질러 가서 문을 열어젖히더니 무척 불안
한 데다 꺼림칙하고 뒤가 켕기는 듯한 모습의 키 사병을 불러
들였다. 세 사람은 의자를 가져와서 펀치볼 주위에 자리 잡았
다. 피터는 두 사람에게 하이볼을 주고, 담배 케이스에서 궐련
을 꺼내 권했다. 두 사람은 술과 담배를 조금 머뭇거리며 받아
들었다.

"한데 말이지요." 피터가 가볍게 말을 이었다. "도대체 무
엇 때문에 이 즐거운 시간에, 내가 보기에는 청소 빗자루밖에

없는 방에서 숨어 있었는지 그 이유를 물어도 될까요? 게다가 인류는 바야흐로 일요일을 제외하고 날마다 1만 7000개의 의자를 생산하는 단계에 이르렀는데…….” 여기서 피터는 잠시 말을 멈췄고, 로즈와 키는 멍청히 그를 바라보았다.

“나한테 말해 주겠소?” 하고 피터가 말을 이었다. “도대체 왜 물을 운반할 목적으로 만들어진 물건 위에 걸터앉아 있었는지 말이오.”

이때 로즈는 대화 중에 ‘으음’ 하면서 투덜거리는 소리를 보탰다.

“마지막으로 묻겠습니다.” 피터가 결론적으로 말했다. “이 건물 도처에는 아름답고 거대한 샹들리에가 매달려 있는데, 두 분은 왜 하필 희미한 전구가 고작 한 개밖에 없는 곳에서 이 밤을 보내고 있었나요?”

로즈는 키를, 키는 로즈를 서로 마주 보았다. 그러다가 마침내 배를 잡고 폭소를 터뜨렸다. 웃지 않고서는 도저히 상대방의 얼굴을 마주 볼 수 없었다. 그러나 둘은 이 사나이와 함께 웃지는 않았다. 오히려 그를 비웃고 있었던 것이다. 두 사람에게 이런 식으로 말하는 인간은 아마 술에 취해 곤드레만드레이거나 제정신이 아닌 미친놈임에 틀림없었다.

“두 분은 예일 대학교 출신인 듯한데…….” 피터가 마시던 하이볼을 비우고 다시 한 잔을 더 만들었다.

두 사람은 또다시 웃음을 터뜨렸다.

“아—니—요.”

“그래요? 난 분명 두 분이 셰필드 이공 대학[69]으로 알려

---

69  예일 대학교의 이공 계열 대학을 가리킨다.

진, 그 수준 낮은 단과 대학의 학생이 아닌가, 생각했는데 말입니다."

"아―닌―데―요."

"흐음, 유감이군요. 그렇다면 이름을 숨기고 이…… 신문에서 '보랏빛 청색[70]의 낙원'이라고 부르는 이 클럽에 잠입한 하버드 학생들임에 틀림없군요."

"그것도 아―닌―데―요." 키가 경멸하듯이 대꾸했다. "우린 다만 누군가를 기다리는 중이에요."

"아, 그래요." 피터가 자리에서 일어나 그들의 잔에 술을 따르며 감탄한 듯 큰 소리로 말했다. "흥미진진한 얘기로군요. 청소부 아줌마와 데이트하려는 거군요?"

두 사람은 화를 내며 이 말을 부정했다.

"아니, 괜찮아요." 피터가 두 사람을 진정시키고 나서 말했다. "청소부 아줌마라 해도 세상의 숙녀와 다르지 않죠. 키플링[71]이 말하기를 '한 껍질만 벗겨 놓으면 어떤 귀부인도, 주디 오그레이디도 모두 마찬가지'라고 했어요."

"암, 그렇고말고요." 키가 로즈를 향해 크게 눈을 찡긋했다.

"제 경우를 예로 들어 보죠." 피터가 잔을 비우면서 계속 말을 이었다. "내가 이곳에 데려온 여자는 버릇이 없어요. 내가 만나 본 여자 중에서 제일 버릇이 없더라고요. 나하고 키스하기를 거절했습니다. 심지어 아무런 까닭도 없이 말이죠. 일부러 나를 꾀어 가지고 키스해 주세요, 하는 얼굴로 바라보다

---

70  흔히 '예일 블루'라고 일컫는 보랏빛 청색은 예일 대학교를 상징하는 색깔이다.

71  이 구절은 키플링의 작품 『귀부인들』(1895)의 한 대목이다. "대령의 부인과 주디 오그레이디는 한 꺼풀만 벗기면 서로 자매다."라는 구절을 패러디한 것이다.

가 팔꿈치로 한 방 먹이는 겁니다! 글쎄 날 차 버리지 뭡니까! 요즘 젊은 세대들은 도대체 어떻게 돼 가고 있는 겁니까?"

"무척 재수가 없군요." 키가 말했다. "지독하게 재수가 없다고요."

"아니, 어찌 그런 일이!" 로즈도 맞장구쳤다.

"다시 한 잔 하겠소?" 피터가 권했다.

"우린 한동안 전투 따위에 참가했지요." 키가 조금 쉬었다가 말했다. "하지만 이제는 너무나 먼 나라의 얘기랍니다."

"전투라고요? …… 그거 좋지요!" 피터가 비틀거리면서 자리에 앉더니 말했다. "이놈 저놈 다 해치워 버려라! 나도 군대에 갔다 왔지요."

"우리 상대는 볼셰비키 군대였어요."

"그거 신났겠군요!" 피터가 열광적으로 소리쳤다. "내 말이 바로 그거예요! 볼셰비키 놈들, 모두 죽여 버려라! 그놈들을 전멸시켜라!"

"우리들은 미국인이오." 로즈가 씩씩하고 용감한 애국자인 양 늠름하게 말했다.

"물론이죠." 피터가 맞장구쳤다. "세계에서 가장 위대한 민족이오! 우린 모두 미국인이라는 말이오! 자, 한 잔 더 하시오."

그래서 그들은 또 한 잔씩 마셨다.


6


새벽 1시, 특별 편성 중에서도 특별 편성이라 할 만한 악단이 델모니코에 도착했다. 오만한 얼굴로 피아노를 둘러싸고 앉은 단원들은 '감마 프사이' 댄스파티에서 반주를 맡고 있었다. 유명한 플루트 연주자이자 물구나무서는 묘기를 선보이며 어깨로 시미[72] 춤을 추고 최신 재즈 히트곡을 연주하여 뉴욕에서 널리 알려진 인물이 바로 이 악단의 리더였다. 이 플루트 연주자가 연주하는 동안에는 그에게 초점을 맞춘 스포트라이트와, 뒤엉킨 댄서의 머리 위에서 깜박거리는 그림자와, 만화경 라이트를 던지는 불빛을 제외하면 모든 조명이 꺼졌다.

이디스는 춤을 많이 춘 탓에 나른하고 꿈꾸는 듯한 기분이었다. 이를테면 건장한 남성이 큰 잔으로 하이볼을 몇 잔 마셨을 때 고상한 영혼을 불태우는 상태와 비슷했는데, 오직 사교계의 풋내기 아가씨들에게서 습관적으로 찾아볼 수 있었다. 이디스의 마음은 음악에 실려 망연히 떠돌았다. 시시각각 온갖 빛깔로 변화하는 희미한 조명 속에서 춤 상대는 실체 없는 환영(幻影)처럼 번갈아 바뀌었고, 몽롱해진 현재의 의식으로는 이미 무도회가 시작된 지 며칠이나 지난 듯했다. 숱한 남자들과 단편적인 주제로 많은 이야기를 나누었다. 누군가가 그녀에게 한 번 키스를 했고, 여섯 차례나 사랑 고백을 받았다. 초저녁 때에는 여러 학부생들과 춤을 추지만, 이 무렵이면 인기 있는 여자들 대부분이 그러하듯이 그녀만을 둘러싼 패거리가 형성되었다. 즉 용감한 남자 여섯 명쯤이 그녀 한 사람을 선택하거나, 그녀의 매력을 다른 미녀의 매력과 번갈아 가며 즐기고 있었다. 그들은 자연스럽게 정해진 순서에 따라 규

72　어깨와 허리 등 상반신을 몹시 흔들어 대며 추는 선정적인 재즈 댄스.

칙적으로 그녀와 춤을 추려고 끼어들었다.

고든의 모습이 몇 번인가 눈에 띄었다. 손바닥 하나로 머리를 받치고 계단에 오랫동안 걸터앉은 채 희미한 눈길로 바닥 위의 한 지점을 응시하고 있었다. 기분이 몹시 가라앉고 꽤 술에 취한 듯했다. 그가 시야에 들어올 때마다 이디스는 서둘러 다른 데로 눈을 돌렸다. 모든 일이 먼 옛날처럼 여겨졌다. 그녀의 마음은 완전히 수동적으로 작동하고 있었다. 감각은 몽롱한 무아경의 잠 속으로 빠져들고, 오직 발만이 춤을 추고 있었다. 그리고 목소리는 그저 남자들의 달콤한 농담에 대꾸할 뿐이었다.

그러나 이디스는 거나하게 취한 채 흥분한 피터 히멜이 춤을 추려고 끼어들어도 화를 내지 않을 만큼 무작정 지쳐 있지는 않았다. 그녀는 숨을 헐떡거리며 그를 올려다보았다.

"어머나, 피터!"

"이디스, 난 조금 취했어요."

"이게 뭐예요, 피터. 잘났어요, 정말! 이건 너무 예의 없는 짓이잖아요? ……내 파트너로 함께 왔으면서요."

그러다가 그녀는 자신도 모르게 방긋 웃었다. 피터가 마치 부엉이처럼 감상적인 얼굴로 이따금 멍청한 미소를 지으며 자기를 바라보는 모습이 우스웠기 때문이다.

"사랑스러운 이디스!" 피터가 자못 진지하게 말을 꺼냈다. "당신을 사랑해요. 그건 당신도 알고 있겠지요?"

"어디서 들었던 말이네요."

"사랑해요……. 아까는 다만 당신이 나에게 키스해 주기를 바랐을 뿐이에요." 피터가 처량하게 덧붙였다.

낭패감도 곤혹감도 이미 사라진 그였다. 그녀야말로 이

세상에서 가장 아름다운 여자였다. 하늘의 별처럼 무척 아름다운 눈. 그는 사과하고 싶었다. 먼저 그녀에게 키스하려 했던 것, 둘째로 술에 취한 것을. 그는 그녀가 자기 때문에 화난 줄 알았으므로 완전히 기분을 잡쳤다.

이때 얼굴이 붉고 뚱뚱한 사나이가 춤을 추려고 끼어들더니 얼굴에 밝은 미소를 머금고 이디스를 올려다보았다.

"파트너를 데려왔나요?" 그녀가 물었다.

아니었다. 이 붉은 얼굴의 뚱뚱보는 혼자 왔던 것이다.

"한데, 혹시 혼자 오셨으면…… 정말 무리한 부탁 한 가지를…… 저를 집까지 바래다주시지 않겠어요?" (이디스에게 극도로 수줍음을 타는 듯한 태도는 거짓된 애교일 뿐이었다. 이 붉은 얼굴의 뚱뚱보가 당장 감격하리라는 사실을 그녀는 잘 알고 있었다.)

"무리라니요? 천만의 말씀입니다. 기꺼이 모셔다 드리죠! 아주 기꺼이 말입니다."

"정말 너무 고마워요! 이토록 친절하시다니."

이디스는 손목시계를 들여다보았다. 1시 30분이었다. 그녀가 "벌써 1시 반이나 되었네." 하고 혼자 중얼거리는 동안, 언젠가 함께 점심을 들면서 자기는 매일 밤 1시 30분이 넘도록 신문사에서 일을 한다던 오빠의 말이 막연히 떠올랐다.

이디스는 갑자기 뚱뚱보 파트너에게 몸을 돌렸다.

"이 델모니코 호텔이 어디쯤 있지요?"

"거리 이름이요? 아, 물론 5번가이죠."

"아뇨, 동서로 뻗은 도로 말이에요."

"그게…… 가만있자……. 44번 도로입니다."

그녀가 생각한 대로였다. 헨리의 사무실은 틀림없이 바로 길 건너편 모퉁이를 하나 돌아간 곳에 있을 터였다. 잠깐 불쑥 나타나서 오빠를 놀래 주고, 새로 산 진홍색 야회용 외투를 걸치고 멋지게 등장해서 '그를 격려해' 주고 싶다는 생각이 문득 그녀의 머릿속을 스쳐 갔다. 바로 이런 종류의 일이야말로 이디스가 좋아하는 것이었다.(상식을 벗어나는 가벼운 유희 말이다. 일단 이런 생각이 떠오르면 그녀는 상상력을 꽉 붙잡았다.) 잠시 망설였을 뿐 그녀는 곧 그렇게 하기로 마음먹었다.

"제 머리카락이 헝클어져서 아주 주저앉으려고 해요." 그녀가 파트너에게 상냥하게 말했다. "잠깐 가서 다듬고 와도 괜찮겠죠?"

"물론이죠."

"정말 멋진 분이에요."

몇 분 뒤 진홍색 외투로 몸을 감싼 이디스는 자신이 생각해 낸 조그마한 모험에 흥분한 채 뺨을 붉히며 측면 계단을 사뿐사뿐 내려갔다. 문가에 서 있는 커플을 지나쳐(턱이 작은 웨이터와 립스틱을 지나치게 짙게 바른 젊은 여자가 격하게 말다툼을 하고 있었다.) 바깥쪽 문을 열고 따스한 5월의 밤 속으로 걸어 나갔다.


7


루주를 지나치게 짙게 바른 여자가 적의를 띤 눈으로 이디스를 힐끗 쳐다보았다. 그러고 나서 다시 턱이 작은 웨이터를 돌아보며 말다툼을 이어 갔다.

"위에 올라가서 그 사람에게 내가 왔다고 전해 줘요." 여자가 도전적으로 말했다. "그러지 않으면 내가 직접 올라가겠어요."

"안 돼요. 들어갈 수 없어요!" 조지가 단호하게 말했다.

젊은 여자는 빈정대듯이 미소를 지었다.

"오, 그럴 수 없다고요, 올라갈 수 없다고요? 당신이 태어나서 지금까지 보아 온 것보다 훨씬 많은 대학생들을 난 알고 있어요. 그들도 나를 알고요. 기꺼이 나를 파티에 데려가려고 다들 야단이라는 말이에요."

"그야 그럴 수도……."

"그야 그럴 수도가 아니죠." 여자가 그의 말을 가로막았다. "흥, 방금 달려 나간 여자는 괜찮고요……. 어디로 가는지 알 게 뭐야……. 부탁받고 여기에 온 여자들은 마음대로 드나들 수 있고…… 난 친구를 만나러 왔는데도 햄이나 도넛을 나르는 별 볼 일 없는 웨이터한테 가로막혀서 입장조차 못 하다니."

"여보세요." 키의 형이 화가 난 듯 말했다. "내 목이 달아난다니까요. 지금 당신이 말하는 그 친구라는 사람이 어쩌면 당신을 만나고 싶어 하지 않을지도 모르잖아요."

"아니에요, 만나고 싶어 할 거예요."

"어쨌든 이렇게 혼잡한데 어떻게 그 사람을 찾는단 말입니까?"

"아, 그 사람은 분명 저 안에 있으니까요." 그녀가 자신 있게 대답했다. "누구라도 좋으니까 아무나 붙들고 고든 스터렛이 어디 있는지 물어보라는 말이에요. 그러면 당신에게 가르쳐 줄 거예요. 그들은 모두 서로 잘 알고 있으니까요."

그녀는 그물로 된 손가방을 열고 1달러짜리 지폐 한 장을 꺼내서 조지의 손에 쥐여 주었다.

"자," 그녀가 말했다. "이건 뇌물예요. 그 사람을 찾거든 내 말을 전해 줘요. 오 분 안에 여기로 나오지 않으면 내가 올라 가겠다고 말이에요."

조지는 어쩔 수 없다는 듯 고개를 옆으로 내저었다. 그러고는 잠깐 생각에 잠겼다가 거칠게 손을 흔들며 안쪽으로 사라졌다.

정해진 시간이 지나기도 전에 고든이 아래층으로 내려왔다. 초저녁 때보다 한층 더 술에 취해 있었고, 취한 모습 역시 달랐다. 독한 술이 상처의 딱지처럼 그 사람 위에 굳어 버린 것이었다. 비틀거리느라 움직임도 둔했다. 더구나 조리 없이 횡설수설까지 늘어놓았다.

"이봐, 주얼." 그가 탁한 목소리로 말했다. "단숨에 날아왔 군. 주얼, 돈을 만들지 못했어. 돈을 구할 수 없었다고. 나름대로 노력했지만."

"돈이 문제가 아니에요!" 그녀가 날카롭게 말했다. "당신은 열흘 동안 내 근처에 얼씬도 안 했어요. 도대체 어떻게 된 거예요?"

고든은 천천히 고개를 옆으로 흔들었다.

"주얼, 전혀 그럴 형편이 못 되었어……. 아팠거든."

"그렇다면 나에게 왜 아프다고 말하지 않았나요. 나, 돈 같은 것 그렇게 탐내지 않아요. 당신이 날 소홀히 취급하기 전까지 난 당신을 돈으로 괴롭히지 않았어요."

그는 또다시 고개를 내저었다.

"소홀히 취급하다니. 그건 말도 안 돼."

"그러지 않았다고요? 벌써 삼 주째 내 근처에 얼씬도 하지 않았다고요. 언제나 곤드레만드레 술에 취했을 때나 찾아왔잖아요."

"주얼, 난 몸이 아팠단 말이야." 고든이 지겹다는 듯이 그녀를 바라보며 같은 말을 되풀이했다.

"이곳에 와서 상류 사회 친구들과 어울릴 기운은 있고요. 나한테 함께 저녁을 먹자느니, 돈을 마련해 오겠다느니 했잖아요. 그래 놓고선 전화 한 통 걸지 않았어요."

"돈을 마련하지 못했기 때문이야."

"돈 같은 것 필요 없다고 말하지 않았던가요? 고든, 난 당신을 만나고 싶었던 거예요. 그런데 당신은 나 아닌 다른 여자를 만나는 걸 더 좋아하는 것 같군요."

그는 화를 내며 이 말을 부정했다.

"그렇다면 어서 모자를 챙기고 나를 따라와요." 그녀가 제안했다.

고든은 망설였다. 그러자 그녀가 갑자기 그에게 가까이 다가서며 두 팔로 그의 목을 껴안았다.

"고든, 나랑 함께 가요." 그녀가 거의 속삭이듯 말했다. "데비너리스에 가서 한잔하고 내 아파트로 가자고요."

"주얼, 지금은 안 돼……."

"그럴 수 있어요." 주얼이 격렬하게 대꾸했다.

"난 지금 몹시 몸이 불편하단 말이야."

"그렇다면 더더욱 이런 데 와서 춤을 춰서는 안 되죠."

고든은 안도감과 절망감이 뒤섞인 눈으로 주위를 둘러보며 머뭇거렸다. 그러자 돌연 주얼이 그를 껴안더니 과육 같은 부드러운 입술로 키스를 퍼부었다.

"그래, 알았어." 고든이 울적하게 대답했다. "모자를 가져올게."

## 8

이디스가 맑고 푸른 5월의 밤거리로 나왔을 때 5번가는 인기척 하나 없이 고요했다. 커다란 상점들의 쇼윈도는 벌써 캄캄했고, 문에는 철가면을 연상하게 하는 거대한 창살이 내려져 있어서 한낮의 화려함을 묻어 둔 어두운 무덤을 생각나게 했다. 그녀가 42번 도로 아래를 내려다보자 철야 영업 중인 레스토랑에서 혼탁한 불빛이 뿌옇게 빛나고 있었다. 6번가를 지나는 고가 철도의 전차는 궤도에 불꽃을 튀기며 역에서 나란히 반짝이는 조명 사이로 요란하게 거리를 횡단했다. 그러고는 곧 상쾌한 어둠 속으로 사라져 버렸다. 그러나 44번 도로는 아주 조용했다.

외투를 바짝 끌어당기면서 이디스는 5번가를 쏜살같이 건너갔다. 혼자 걷고 있던 사나이 하나가 지나가며 "아가씨, 어딜 가지?" 하고 쉰 목소리로 속삭이는 바람에 흠칫했다. 어렸을 적 밤에 잠옷 차림으로 집 근처를 돌아다닐 때 수수께끼같은 넓은 뒷마당에서 개가 짖어 대던 기억이 떠올랐다.

그녀는 곧 목적지에 도착했다. 44번 도로에 위치한 비교적 낡은 2층 건물로, 2층 창문으로부터 환하게 한 줄기 불빛이 새어 나왔다. 그 광경을 보니 마음이 놓였다. 그 바깥쪽 창문 밑의 간판을 읽을 수 있을 만큼 충분히 밝았다. '뉴욕 트럼펫'[73]이라고 적힌 간판이 걸려 있었다. 어두운 현관에 발을 들여놓고 잠시 뒤에야 구석에 자리한 계단이 눈에 띄었다.

이윽고 그녀는 책상이 여러 개 놓여 있고, 사방에 신문철

---

73  이 무렵 뉴욕에서 발행된 사회주의 신문 《더 콜(소명)》을 염두에 둔 듯하다.

이 걸려 있는 낮고 길쭉한 방에 들어섰다. 그 방 안에는 단 두 사람만이 있을 뿐이었다. 방의 양쪽 끝에 한 사람씩 앉아 책상 위의 전등 밑에서 녹색 아이셰이드를 끼고 글을 쓰고 있었다.

그녀는 잠시 문가에서 머뭇거렸고, 두 사나이가 동시에 고개를 쳐들자 그녀는 오빠의 얼굴을 알아보았다.

"아니, 이디스 아니냐!" 그가 급히 자리에서 일어나 아이셰이드를 벗으며 놀란 얼굴로 다가왔다. 그는 키가 크고 깡마른 데다 피부가 가무잡잡했다. 그리고 아주 두꺼운 안경 아래의 검은 눈동자는 찌를 듯이 날카로웠다. 꿈꾸는 듯한 그 눈은, 언제나 얘기하는 상대방의 머리 조금 위쪽을 쳐다보는 듯했다.

그는 두 손으로 그녀의 두 팔을 잡고 뺨에 입을 맞추었다.

"도대체 어찌 된 거니?" 그가 약간 놀라서 물었다.

"오빠, 길 건너편 델모니코에 댄스파티가 있어서 왔던 길이에요." 이디스가 흥분한 목소리로 대답했다. "갑자기 오빠 얼굴이 보고 싶어서 뛰어나왔지요."

"와 줘서 고맙구나." 그의 긴장한 태도는 곧 평소의 모호한 모습으로 돌아가 버렸다. "하지만 밤에 혼자 다녀서는 안 되지. 안 그래?"

사무실의 반대쪽에 있던 사나이가 이상스럽다는 듯이 두 사람을 바라보다가 헨리가 손짓하자 다가왔다. 다소 몸집이 크고 조그마한 눈이 반짝반짝 빛나는 그는 칼라와 넥타이를 풀고 있었으므로, 일요일 오후를 즐기는 중서부 지방의 농부를 떠올리게 했다.

"내 여동생이야." 헨리가 말했다. "나를 만나러 잠깐 들렀대."

"처음 뵙겠습니다." 통통한 사나이가 생글거리며 말했다. "미스 브래딘, 전 바솔로뮤라고 합니다. 오빠는 내 이름을 이미 까맣게 잊어버렸을 겁니다."

이디스는 상냥하게 웃었다.

"한데," 그가 말을 이었다. "이곳이 그다지 멋진 사무실은 아니지요?"

이디스는 방 안을 훑어보았다.

"꽤 멋진 곳이에요." 그녀가 대답했다. "하지만 폭탄은 어디다 숨겨 두었지요?"[74]

"폭탄이라고요?" 바솔로뮤가 웃으며 반문했다. "그것참 멋진 얘깁니다……. 폭탄 얘기 말이죠. 헨리, 자네도 들었지? 자네 동생이 우리더러 폭탄을 어디다 숨겨 두었느냐고 물었다네. 정말 그럴듯하지 않나."

빈 책상에 걸터앉은 이디스는 책상 가장자리 위로 두 다리를 흔들었다. 헨리는 그녀 옆에 놓인 의자에 앉았다.

"한데," 그가 멍한 표정으로 물었다. "이번 뉴욕 여행은 재미있니?"

"나쁘진 않아요. 일요일까지 호이츠 씨 가족과 함께 빌트모어 호텔에 묵을 예정이에요. 내일 점심 먹으러 오겠어요?"

그는 잠시 생각에 잠겼다.

"몹시 바빠서 안 돼." 그가 부탁을 거절했다. "게다가 난 무리 지어 다니는 여자들이라면 질색이거든."

"그럼 좋아요." 이디스가 시원스럽게 말했다. "우리 단둘

---

74 이 무렵 사람들은 급진주의자를 '폭탄 투척자'라고 불렀다. 실제로 여러 매체에서 급진주의자는 폭탄을 던지는 모습으로 묘사했다.

이서 식사하기로 해요."

"그렇다면 좋다."

"12시에 전화할게요."

바솔로뮤는 분명 자기 책상으로 돌아가고 싶은 모양이었지만 헤어질 때 뭐라고 가벼운 농담이라도 건네지 않으면 실례라고 생각하는 것 같았다.

"저어." 그가 어색하게 말을 꺼냈다.

남매가 그를 돌아다보았다.

"저어, 우리…… 초저녁엔 제법 신났었어요."

두 남자는 서로 시선을 주고받았다.

"좀 더 일찍 왔더라면 좋았을 텐데." 바솔로뮤가 조금 용기를 얻은 듯 말을 이었다. "대단한 구경거리였죠."

"정말예요?"

"일종의 세레나데였지." 헨리가 거들었다. "많은 군인들이 저 아래 거리에 모여서 간판을 향해 소리를 질러 대기 시작했지 뭐야."

"그건 왜요?" 그녀가 물었다.

"그저 군중이지 뭐." 헨리가 멍하니 대답했다. "군중이란 하나같이 소리를 지르지 않고서는 못 견디는 법이거든. 선두에 앞장선 놈이 없었기에 망정이지, 그렇지 않았더라면 아마여기까지 밀고 올라와서 난장판을 만들어 놓았을 테지."

"맞아요." 바솔로뮤가 다시 이디스를 돌아다보며 말했다. "그 광경을 꼭 봤어야 하는데."

이 정도 농담이라면 자리를 뜨는 데 충분하다고 여긴 듯 그는 돌연 돌아서더니 책상으로 돌아가 버렸다.

"군인들은 전부 사회주의자들에게 반감을 가지고 있나

요?" 이디스가 오빠에게 물었다. "제 말은요, 그들이 오빠에게 폭력을 행사하고 그러는지 말예요?"

헨리는 아이셰이드를 다시 착용하고 하품을 했다.

"인류는 상당히 진화했지만 말이다." 그가 건성으로 말했다. "우리들은 대부분 퇴화했지. 군인들은 자신이 무엇을 원하고 무엇을 미워하고 무엇을 좋아하는지 몰라. 집단행동에 익숙해진 나머지 뭔가 의사 표시를 하지 않으면 못 배기는 모양이야. 그러다가 그저 우연히 우리를 표적으로 삼은 거지. 오늘 밤 뉴욕시 전역에서 폭동이 일어나고 있어. 너도 알겠지만 오늘이 오월제잖니."

"이곳에서 소동이 꽤 심했나요?"

"아니, 전혀." 그가 조소하는 듯한 말투로 대답했다. "9시 무렵 스물댓 명 정도가 길거리로 몰려나와서 달을 향해 짖어 대기 시작하더라."

"아." 그녀는 화제를 바꾸었다. "오빠, 내가 와서 기뻐요?"

"물론이지."

"별로 그런 것 같지 않은데요."

"사실이야."

"오빠는 날 두고…… 밥벌레라고 생각하겠지요. 말하자면 세계 최악의 플레이걸이라고."

헨리는 웃었다.

"천만의 말씀. 젊을 때 실컷 즐겨라. 왜 그런 생각을 하지? 내가 그렇게 점잔 빼는 모범 청년처럼 보이기라도 하는 거야?"

"아뇨……." 이디스가 말을 멈췄다. "……하지만 난 어쩐지 이런 생각을 하게 돼요. 내가 참석한 댄스파티와 얼마나 다른가 하고요……. 오빠가 하려는 모든 일이랑 말이에요. 뭐랄까…… 앞뒤가 잘 들어맞지 않잖아요? ……난 그런 파티에 참석하고, 오빠는 이곳에서 이상을 실천하고요. 이를테면 그 따위 파티가 두 번 다시 열리지 못하도록 일하고 있다는 것 말이에요."

"아니, 난 그렇게 생각하지 않아. 넌 젊고 여태껏 자라 온 대로 행동하고 있을 뿐이야. 망설일 필요 없어……. 실컷 즐기는 게 어때?"

그 순간 무심결에 흔들고 있던 이디스의 다리가 멈추었다. 그리고 그녀가 한 음계 가라앉은 목소리로 말했다.

"난 오빠가…… 오빠가 해리스버그 고향으로 돌아가서 행복하게 살았으면 해요. 지금 오빠가 하는 일, 과연 옳다고 확신할 수 있나요……."

"멋진 스타킹을 신고 있구나." 그가 그녀의 말을 가로막았다. "도대체 무슨 스타킹이니?"

"수를 놓은 거예요." 이디스가 대답하며 자기 다리를 쳐다보았다. "정말 멋지죠?" 그녀는 스커트를 끌어 올리며 실크 스타킹을 신은 날씬한 종아리를 내밀어 보였다. "오빠는 이런 실크 스타킹을 나쁘다고 생각하죠?"

헨리는 약간 노기 어린 검은 눈으로 동생을 뚫어지게 바라보았다.

"이디스, 넌 내가 너에게 뭔가 트집을 잡으려 한다고 생각하니?"

"아뇨, 전혀……."

이디스는 말을 멈추었다. 그때 바솔로뮤가 불평하는 듯한 소리를 내었다. 그녀가 돌아보니 그는 어느새 책상에서 일어나 창가에 서 있었다.

"뭔데 그래?" 헨리가 물었다.

"군중이야." 바솔로뮤는 대답하고 나서 잠시 뒤에 다시 덧붙였다. "엄청난 수야. 6번가에서 이쪽으로 몰려오고 있군그래."

"군중이라고?"

통통하게 살찐 사나이는 유리창에 코를 박고 있었다.

"맙소사, 군인들이야!" 그가 힘주어 말했다. "아무래도 놈들이 다시 돌아오는 것 같은데."

이디스는 자리에서 벌떡 일어나 바솔로뮤가 서 있는 창가로 뛰어갔다.

"아주 많은 사람들이에요!" 그녀가 흥분해서 외쳤다. "오빠, 이리 와 봐요!"

헨리는 아이셰이드의 위치를 조정할 뿐 자기 자리에서 일어나려고 하지 않았다.

"불을 끄는 게 좋지 않을까?" 바솔로뮤가 제안했다.

"아니, 그럴 필요 없어. 곧 돌아갈 거야."

"아니에요, 그렇지 않아요." 이디스가 창밖을 내다보며 말했다. "돌아갈 기세가 아니에요. 더 많이 몰려오는데요. 저기 보세요……. 지금 엄청난 군중이 6번가 모퉁이를 돌고 있어요."

가로등의 노란 불빛과 푸른 그림자를 통해 이디스는 보도에 가득 찬 군중을 볼 수 있었다. 대부분 군복 차림의 병사들로, 제법 술에 취한 사람들도 눈에 띄었다. 물론 정신이 멀쩡한 사람들도 있었지만, 전반적으로 알아들을 수 없는 고함과 아우성을 질러 댔다.

헨리가 자리에서 일어나 창가에 서자 사무실의 불빛을 등진 그의 모습은 기다란 실루엣을 이루었다. 곧 아우성은 지속적인 구호가 되었고, 씹는담배의 꽁초, 담뱃갑, 심지어 1센트짜리 동전까지 작은 포탄처럼 창문에 날아들었다. 회전문이 돌아가자 계단을 따라 요란한 소동이 우르르 밀려들었다.

"지금 사람들이 올라오고 있어!" 바솔로뮤가 외쳤다.

이디스는 불안하게 헨리를 돌아다보았다.

"오빠, 사람들이 올라오고 있대요!"

아래층 홀 계단에서 그들이 부르짖는 욕설이 또렷하게 들려왔다.

"……빌어먹은 빨갱이들!"

"독일의 앞잡이들! 독일이라면 사족을 못 쓰는 놈들!"

"2층 앞쪽이다! 자, 올라가자!"

"모두 해치워 버리자, 빌어먹을…….."

그다음 오 분은 마치 꿈처럼 지나갔다. 느닷없이 시끄러운 소음이 한바탕 소나기처럼 세 사람에게 들이닥쳤고, 계단을 뛰어오르는 수많은 사람들의 발소리가 천둥처럼 들려왔다. 헨리가 그녀의 팔을 붙잡고 사무실 뒤쪽으로 끌고 갔다. 이디스는 그때 이런 행동만을 의식할 따름이었다. 그리고 나서 문이 열리더니 사나이들이 실내로 떠밀려 들어왔다. 무리의 지도자들이 아니라, 우연히 선두에 서 있었을 뿐인 자들이었다.

"어이, 이놈들!"

"이렇게 늦게까지 일하고 있군!"

"네놈들도, 네놈의 계집도 벼락 맞아라!"

몹시 술 취한 병사 둘이 앞쪽으로 떠밀리며 바보처럼 비틀거리는 모습이 이디스의 눈에 띄었다. 한 사람은 작달막한 키에 머리와 피부색이 거무튀튀했고, 또 한 사람은 껑다리에 턱이 작았다.

그러자 헨리가 그들 앞으로 나서며 한 손을 들어 올렸다.

"동지 여러분!" 그가 말했다.

소란이 일순간 가라앉았다. 이따금 중얼거리는 소리만이 들릴 뿐이었다.

"동지 여러분!" 그가 꿈꾸는 듯한 시선으로 군중의 머리 너머를 응시하며 되풀이했다. "오늘 밤 여기에 쳐들어와서 상처받는 것은 오직 여러분 자신뿐입니다. 우리가 부자로 보입니까? 독일 사람으로 보이나요? 제 가슴에 손을 얹고 묻습니다만……."

"입 닥쳐!"

"독일 사람으로 보이고말고!"

"이봐, 형씨. 당신의 저 여자 친구는 도대체 누구지?"

책상 위를 뒤지던 사복 차림의 사나이가 갑자기 신문 한 장을 집어 들었다.

"여기 있다! 이놈들은 전쟁에서 독일이 승리하기를 바라던 놈들이야!"

계단에서 거듭 군중이 밀려들며 사무실은 순식간에 사람들로 가득 찼다. 그들은 모두 뒤쪽에 창백한 얼굴로 서 있는 작은 무리를 에워싸고 바싹 조여들었다. 턱이 작은 키다리 병사가 여전히 선두에 서 있음을 이디스는 보았다. 작고 거무튀튀한 병사는 어디론가 사라지고 없었다.

그녀는 살그머니 뒷걸음질해서 창문이 열린 창가로 다가갔다. 그 창문으로 시원한 밤바람이 불어 들어왔다.

사무실은 곧 아수라장이 되었다. 그녀는 병사들이 밀물처럼 밀려들고 있음을 깨달았고, 그 통통한 사나이가 머리 위로

187

의자 하나를 흔들어 대는 모습을 보았다. 그 순간 전등이 꺼졌고, 거친 옷감 아래 뜨뜻미지근한 몸뚱이가 그녀를 밀쳤다. 귓가에 고함치는 소리와 쿵쾅거리는 발소리, 거친 숨소리가 들려왔다.

어디선가 갑자기 나타난 누군가가 그녀 옆으로 날아드는가 싶더니 곧 비틀거리다가 옆으로 떠밀렸다. 그러고는 돌연 짧은 비명 소리와 함께 열린 창밖으로 사라져 버렸다. 겁에 질린 그 비명 소리는 군중의 함성에 묻힌 채 스타카토로 끊기며 없어졌다. 뒤에 있는 건물의 희미한 불빛으로 이디스가 목격한 그 사람은 아마 턱이 작은 키다리 군인 같았다.

놀랍게도 이디스의 몸속에서 분노가 솟구쳤다. 그녀는 두 팔을 마구 휘두르며 난투가 벌어지는 중심부를 향해 무작정 밀고 들어갔다. 불평을 늘어놓는 소리, 욕지거리, 주먹끼리 맞부딪치는 둔탁한 소리가 온통 뒤섞였다.

"오빠!" 이디스가 거의 미친 듯이 소리를 질렀다. "헨리 오빠!"

그리고 몇 분이 지나자 사무실에 다른 사람들이 있음을 느꼈다. 누군가 쩌렁쩌렁 울리는 굵은 목소리로 명령을 내리는 소리가 들렸던 것이다. 소동 속 여기저기로 노란 불빛이 휙 지나가는 광경이 보였다. 고함 소리는 좀 더 산발적으로 들려왔고, 한바탕 난투가 격렬해지다가 돌연 뚝 그쳤다.

그때 갑자기 사무실에 불이 들어왔고, 방 안은 손에 곤봉을 쥔 경찰들로 가득했다. 굵은 목소리가 거듭 울려 퍼졌다.

"그만둬! 그만두지 못하겠어! 멈추라는 말이야!"

이어 또 다른 경관이 명령했다.

"조용히 하고 나가! 이제 그만들 해!"

마치 세면기의 물이 빠지듯 방 안에서 사람들이 쫙 빠져 나갔다. 한쪽 구석에서 한바탕 몸싸움을 벌이던 경관 한 사람이 상대방 군인을 잡아다가 입구 쪽으로 떼밀어 냈다. 굵은 목소리는 연신 들렸다. 이제 이디스는 입구에 서 있는 목 굵은 경위가 바로 그 목소리의 장본인임을 깨달았다.

"그만두지 못해! 이러면 안 돼! 네 동료 군인 하나가 창밖으로 떨어져 죽었단 말이야!"

"오빠!" 이디스가 소리쳤다. "헨리 오빠!"

그녀는 앞을 가로막고 선 사나이의 등을 주먹으로 마구 두드렸다. 그러고는 다른 두 사람 사이를 헤치고, 잡아당기고, 소리치고, 때리면서 그녀는 책상 가까이 마룻바닥에 앉아 있는 몹시 창백한 얼굴의 사람 곁으로 다가갔다.

"오빠!" 그녀가 격한 목소리로 물었다. "왜 그래요? 어디 다쳤어요?"

그는 눈을 감고 있었다. 신음 소리를 내다가 메스꺼운 듯 그녀를 올려다보면서 말했다.

"다리가 부러졌어. 제기랄, 멍청한 녀석들 같으니라고!"

"그만들 뒤!" 경위가 계속 소리쳤다. "그만뒤! 이제 멈추라니까!"


9


'59번 도로 차일즈'[75] 지점은 보통 아침 8시까진 같은 체

---

75  미국 뉴욕시 맨해튼에 있는 레스토랑 체인점.

인점의 다른 매장과 비교해 봤을 때, 대리석을 붙인 식탁이나 반들거리는 프라이팬 상태 말고는 그다지 큰 차이가 없다. 이곳에선 가난한 사람들이 졸린 눈으로 들어와서 곧바로 음식을 주시한 채 다른 가난한 사람들을 쳐다보지 않으려고 애쓴다. 그러나 이보다 네 시간 전의 '59번 도로 차일즈'는 오리건주 포틀랜드에서 메인주 포틀랜드[76]에 이르기까지 여러 다른 지점과 비교했을 때 큰 차이가 난다. 어둠침침하지만 깨끗한 이 식당에는 코러스 걸이며 대학생들, 사교계의 갓 데뷔한 아가씨들과 난봉꾼, 창녀들까지 오만 가지 떠들썩한 손님들이 잡다하게 드나들었다. 최고의 환락가인 브로드웨이와, 심지어 5번가를 대표하는 부류의 사람들 말이다.

5월 2일 새벽, 이 식당은 여느 때와 달리 초만원이었다. 대리석을 붙인 식탁에는 아버지가 한 마을 전체를 소유하고 있다는 부유한 집안의 바람둥이 딸들이 흥분한 얼굴을 수그리고 있었다. 그들은 메밀 케이크와 스크램블드에그를 맛있게 먹었는데, 아마 네 시간 뒤라면 이 같은 장소에서 그 같은 음식에는 아무도 손을 대지 않을 것이다.

손님들 거의 모두가 델모니코 호텔의 '감마 프사이' 댄스파티를 즐기다 온 사람들이었다. 물론 심야 쇼를 마치고 가장자리 테이블에 앉아서 화장을 좀 더 깨끗이 지울 것을 그랬다고 후회하는 코러스 걸들도 있었다. 또한 식당 여기저기에는 이 장소에 영 어울리지 않는 담갈색 복장의 생쥐 같은 사람들이 있었다. 그들은 피곤하고 당황한 눈으로 이상하다는 듯 플레이걸들을 바라보고 있었다. 그러나 이런 담갈색 복장을 차

76 '포틀랜드'라는 지명은 미국의 여러 주 곳곳에 있다.

려입은 패거리들은 어디까지나 예외였다. 어쨌든 그날은 오월제 다음 날 아침이었고, 축제 분위기가 여전히 감돌고 있었다.

술은 깼지만 아직도 흐리멍덩한 정신으로 그곳에 앉아 있던 거스 로즈 역시 그런 패거리 중 하나로 분류해야 할 것이다. 그 소동이 있은 뒤 어떻게 44번 도로에서 59번 도로까지 걸어왔는지 그에겐 그저 어렴풋한 기억밖에 없었다. 캐럴 키의 시체가 앰뷸런스에 실려 가는 모습을 보고 나서 두세 명의 병사들과 함께 북쪽으로 향했다. 44번 도로와 59번 도로 사이 어딘가에서 다른 군인들은 각자 여자들을 데리고 사라져 버렸다. 로즈는 어슬렁거리며 콜럼버스 광장[77]까지 걸어왔고, 문득 커피와 도넛이 먹고 싶어서 차일즈의 반짝이는 불빛을 선택했다. 그리고 식당에 걸어 들어와서 이 자리에 앉은 것이다.

그의 주변에서는 별 볼 일 없는 가벼운 농담과 와자지껄한 웃음소리가 떠돌았다. 혼란스러운 오 분이 지난 뒤에야 비로소 그는 이들이 화려한 파티를 마치고 온 사람들이라는 사실을 깨달았다. 흥에 겨운 차분하지 못한 청년 하나가 부산하게 테이블 사이를 오가며 아무하고나 악수를 하고 다니거나, 가끔 멈추어 서서 익살스러운 잡담을 늘어놓고 있었다. 한편 흥분한 웨이터들은 케이크며 계란을 높이 쳐들고 지나가면서 이 훼방꾼 청년을 내심 욕하고, 길을 비키라고 몸을 부딪치기도 했다. 가장 눈에 띄지 않고 인적도 없는 테이블에 자리 잡

---

77 미국 뉴욕시 맨해튼의 8번가와 브로드웨이가 만나는 59번 도로에 위치한 광장으로, 신대륙을 '발견한' 크리스토퍼 콜럼버스(Christopher Columbus, 1450~1506)의 동상이 서 있다.

은 로즈의 눈에는 모든 모습이 아름답고 요란스러운 쾌락의 화려한 서커스로 비쳤다.

잠시 뒤 로즈는 맞은편에 비스듬히 앉아서 다른 손님들을 등진 남녀가 이 번잡한 식당 안에서도 적잖이 흥미를 끄는 존재임을 깨닫게 되었다. 남자는 술에 취해 있었다. 턱시도 차림으로, 넥타이와 와이셔츠는 술과 물에 절어 엉망이었다. 그는 몽롱하고 핏발이 선 눈동자를 쉴 새 없이 부라렸다. 그리고 입술 사이로 가쁘게 숨을 몰아쉬었다.

"꽤나 흥청거렸던 게로군!" 로즈가 생각했다.

여자 쪽은 완전히 말짱한 정신은 아니더라도 거의 술에 취해 있지 않았다. 눈이 까맣고 열병 환자처럼 뺨이 불그레한 그녀는 꽤 예뻤고, 매처럼 날카로운 눈초리로 상대를 쏘아보고 있었다. 때때로 여자가 몸을 앞으로 내밀고 뭔가 열심히 속삭이면 남자는 무겁게 고개를 끄덕이거나 유령처럼 기분 나쁜 윙크로 화답했다.

로즈는 마침내 여자가 불쾌한 눈빛으로 힐끗 노려볼 때까지 몇 분 동안이나 멍청히 두 사람을 바라보았다. 그러고는 여전히 테이블 사이를 헤집고 다니는 남자들 가운데 유난히 떠들썩한 두 사람 쪽으로 시선을 돌렸다. 놀랍게도 그중 하나는 얼마 전 델모니코 호텔에서 자기들에게 기상천외한 술대접을 해 준 청년이었다. 이것을 계기로 로즈는 막연한 감상과 공포가 뒤섞인 감정으로 다시금 키를 떠올렸다. 키는 이제 죽었다. 35피트 높이에서 추락하여 마치 야자수 열매처럼 머리통이 깨졌던 것이다.

"참으로 좋은 녀석이었는데." 로즈는 슬퍼하며 생각에 잠겼다. "참으로 괜찮은 녀석이었는데 말이야. 어지간히 운도 없지 뭐야."

여태 떠들썩한 두 남자는 로즈의 테이블과 그 옆의 테이블 사이를 배회하기 시작하더니 아는 사람이나 낯선 사람을 가리지 않고 스스럼없이 쾌활하게 말을 걸었다. 두 사람 가운데 금발이고 앞니가 튀어나온 남자가 갑자기 멈추어서서 앞에 앉은 남녀를 불안한 시선으로 바라보았다. 그러고는 못마땅한 표정으로 고개를 젓는 모습이 로즈의 눈에 들어왔다.

눈에 핏발이 선 사나이가 얼굴을 들었다.

"고디!" 앞니가 튀어나온 청년이 그를 불렀다. "고디!"

"헤이." 얼룩진 와이셔츠를 입은 사나이가 탁한 목소리로 대답했다.

앞니가 튀어나온 사나이는 어쩔 수 없다는 듯 두 사람을 향해 손가락을 흔들면서 여자에게 비난조의 냉담한 시선을 보냈다.

"고디, 내가 뭐라고 말했나?"

고든은 자리에 앉은 채 몸을 움직였다.

"헛소리 그만 집어치워!" 하고 그가 대답했다.

딘은 연신 손가락을 흔들어 대며 서 있었다. 그러자 여자가 화를 내기 시작했다.

"저리 가요!" 그녀가 사나운 목소리로 말했다. "당신 지금 술 취했단 말이에요. 완전히 취했다고요!"

"취한 건 이놈도 마찬가지야." 딘이 고든을 향해 손가락을 흔들며 말했다.

피터 히멜이 부엉이처럼 점잔을 빼며 어슬렁어슬렁 다가왔다.

"그만들 하시지." 그가 어린애들의 어이없는 싸움을 말리듯이 입을 열었다. "어떻게 된 일이야?"

"당신 친구를 데려가요." 주얼이 날카롭게 내뱉었다. "우리에게 시비를 걸고 있단 말예요."

"뭐라고요?"

"내 말 못 알아듣겠어요?" 주얼이 목소리를 높였다. "당신 주정뱅이 친구를 제발 좀 데려가 달라고요."

식당의 거친 소음을 뚫고 주얼의 목소리가 크게 울려 퍼지자 마침내 웨이터 한 사람이 달려왔다.

"좀 조용히 해 주십시오!"

"이 사람 술 취했어요." 그녀가 소리쳤다. "우리에게 시비를 걸고 있단 말이에요."

"아하, 고디," 비난받던 사나이가 거듭 말했다. "내가 뭐라고 했나?" 그는 웨이터에게 몸을 돌렸다. "고디와 난 친구요. 난 그를 도와주려고 했죠. 고디, 안 그래?"

고든이 올려다보았다.

"나를 도와주려고 했다고? 터무니없는 거짓말하지 마!"

느닷없이 주얼이 자리에서 일어나더니 고든의 팔을 붙잡고 일으켜 세웠다.

"고디, 이제 그만 가요." 그녀가 그에게 몸을 기울인 채 속삭이듯 말했다. "이 가게에서 나가요. 이 사람 술버릇이 아주 고약해요."

고든은 그녀의 부축을 받으며 자리에서 일어난 뒤에 입구로 향했다. 주얼은 잠시 고개를 돌리고 자기들을 괴롭힌 장본인에게 쏘아붙였다.

"당신에 대해 모두 알고 있어요!" 그녀가 격렬한 말투로 소리쳤다. "알량한 친구도 다 있지. 당신에 대해 그가 다 말했단 말예요."

그러고 나서 주얼은 고든을 부축한 채 호기심 어린 손님들을 헤치고 빠져나갔다. 그리고 계산대에서 계산을 마치고는 음식점을 떠났다.

"자리에 앉아 주세요." 두 사람이 나가자 웨이터가 피터에게 말했다.

"뭐라고요? 자리에 앉으라고?"

"네……. 아니면 나가 주시던가요."

피터가 딘을 돌아보았다.

"이봐." 그가 제안했다. "이 웨이터, 어디 한번 맛 좀 보여 줄까."

"그거 좋지."

두 사람은 험악한 얼굴로 웨이터에게 다가섰다. 이에 웨이터는 뒤로 물러섰다.

이때 느닷없이 피터가 자기 옆 테이블에 놓인 접시로 손을 뻗더니 잘게 썬 고기를 한 움큼 집어서 허공에다 뿌렸다. 고기 조각은 눈송이처럼 천천히 포물선을 그리며 낙하하더니 주위 사람들의 머리 위로 떨어졌다.

"이봐! 도대체 이게 무슨 짓이야!"

"저놈을 내쫓아!"

"피터, 자리에 앉아 봐!"

"쓸데없는 짓 좀 하지 마!"

피터는 소리 내서 웃더니 꾸벅 절을 했다.

"신사 숙녀 여러분, 박수갈채를 보내 주셔서 고맙습니다. 자, 어느 분이든 약간의 잘게 썬 고기와 실크해트를 빌려주시면 연기를 다시 이어 가도록 하겠습니다."

음식점 경비원이 서둘러 나타났다.

"나가 주시오!" 그가 피터에게 말했다.

"천만의 말씀!"

"이 사람은 내 친구라는 말이야!" 딘이 화를 내며 끼어들었다.

그러자 모든 웨이터들이 몰려들었다. "이놈을 내쫓아!"

"피터, 일단 피하는 게 좋겠는걸."

두 사람은 잠시 맞붙어 싸우다가 차츰 입구 쪽으로 질질 밀려 나갔다.

"이 가게에 모자와 코트를 맡겨 놓았단 말이야!" 피터가 소리를 질렀다.

"그럼, 어서 가서 날쌔게 가져와!"

경비원이 움켜잡은 손을 놓자 피터는 잽싸게 속였다고 느꼈는지 익살맞은 표정을 지었다. 그리고 눈 깜짝할 사이에 다른 테이블 뒤로 돌아가더니 한바탕 조소를 퍼붓고는 엄지손가락을 코에 대고 잔뜩 성난 웨이터를 놀려 댔다.

"여기서 좀 더 기다리는 게 좋을 텐데." 그가 말했다.

마침내 추격전이 시작되었다. 웨이터 네 명이 한쪽에서, 다른 네 명이 반대쪽에서 그를 붙잡으러 달려왔다. 딘이 두 웨이터의 상의를 붙잡는 바람에 새로운 싸움이 벌어졌다가, 다시 피터를 뒤쫓는 추격전이 벌어졌다. 설탕 그릇과 커피 몇 잔을 뒤엎은 끝에 피터는 붙잡혔다. 계산대에서 경찰관들에게 던져 줄 잘게 썬 고기 요리를 한 접시 사겠다고 굳이 어깃장을 놔서 또 한바탕 시비가 붙었다.

그러나 그때 마침 음식점 안의 모든 사람들로부터 찬탄

의 시선을 이끌어 내고, 잇달아 본능적으로 "오, 오, 오!" 하는 감탄을 불러일으키는 새로운 현상이 빚어졌다. 그 때문에 피터가 식당을 나가면서 일으킨 소동은 더 이상 흥미를 끌지 못했다.

음식점 정면의 거대한 판유리가 짙은 유청색(乳靑色), 즉 맥스필드 패리시[78]의 그림에서나 볼 수 있는 달빛 색깔로 물들었다. 마치 음식점 내부로 뛰어들듯이 유리창을 뚫고 밀려드는 느낌의 청색이었다. 콜럼버스 광장에 새벽이, 바람한 점 없이 고요한 마법의 새벽이 찾아와서 불멸의 크리스토퍼 콜럼버스 동상을 하나의 윤곽으로 만들더니, 기묘하고 이상야릇하게 음식점 안에서 가물거리던 누런 전깃불과 뒤섞였다.

## 10

'미스터 인'과 '미스터 아웃'은 인구 조사국의 명단에 올라와 있지 않다. 명사록(名士錄)이나 출생, 혼인, 사망 기록, 또는 식료품 가게의 외상 거래 장부에 이르기까지 그 무엇이든 샅샅이 찾아봐도 그들에 대한 기록은 전혀 없다. 두 사람은 이미 망각의 심연으로 가라앉았고, 처음부터 그런 사람이 존재한다는 사실마저 아리송하므로 법정에서는 이를 인정하지 않았다. 그런데도 나는 '미스터 인'과 '미스터 아웃'이 분명히 살

---

78 맥스필드 패리시(Maxfield Parrish, 1870~1966). 미국의 화가이자 잡지 삽화가이다. 그의 작품은 강렬한 색채와 초현실주의적 묘사로 유명하다.

아 숨 쉬었고, 그들의 이름을 부르면 응답했으며, 그들 나름대로 생생한 개성을 발휘했음을 가장 신뢰할 만한 권위에 의거해 말할 수 있다.

그들은 짧은 생애 동안 민속 의상을 입고 어느 위대한 나라의 위대한 거리를 활보했다. 거기서 뭇사람한테 비웃음당하고 욕설을 들으며 쫓고 쫓기면서 살다가 도망쳤다. 그래서 마침내 사라진 그들은 이제 완전히 잊힌 존재가 되었다.

5월의 새벽, 아주 엷은 빛을 헤치고 지붕 없는 택시 한 대가 브로드웨이를 따라 남쪽으로 달리고 있었다. 그때 두 사람은 어렴풋하게나마 이미 그 모습을 드러내고 있었다. 그 택시 안에 '미스터 인'과 '미스터 아웃'의 영혼이 들어앉아서 크리스토퍼 콜럼버스 동상 배후의 하늘을 너무 일찍 물들인 푸른빛에 대해 놀란 표정으로 얘기하고 있었다. 또한 일찍 일어난 사람들의 노쇠한 잿빛 얼굴들이 잿빛 호수 위로 종잇조각처럼 나부끼며 힘없이 거리를 따라 걸어가는 모습에 대해 당혹스러운 표정으로 이야기를 나누었다. 두 사람은 차일즈 레스토랑 경비원의 어리석은 행동에서부터 인생의 덧없음에 이르기까지 모든 면에서 서로 의견이 일치했다. 아침이 그들의 불타는 영혼에 가져다준, 눈물이 터질 것 같은 극도의 행복감 덕분에 그들의 머리는 아찔했다. 아니, 살아 있다는 기쁨이 너무나 신선하고 막대해서 크게 소리를 지르며 이를 표현하지 않고는 못 배길 것 같았다.

"야―아―호!" 피터가 두 손으로 나팔을 만들어 소리쳤다. 그러자 딘이 마찬가지로 의미심장하고 상징적이지만 발음이 분명하지 않아서 오히려 더 낭랑하게 울려 퍼지는 소리로 화답했다.

"야—호! 야! 야—호! 야—오호!"

53번 도로에서 단발머리 미녀를 태운 버스와 마주쳤고, 52번 도로에서는 청소부가 재빨리 몸을 피하며 "조심해서 차를 몰라고!" 하고 고통스럽고 서글픈 목소리로 외치는 소리를 들었다. 50번 도로를 지날 때엔 무척 새하얀 빌딩 앞의 무척 새하얀 보도 위에 떼 지어 서 있는 몇몇 사나이들이 뒤돌아서 그들을 바라보며 소리를 질렀다.

"파티를 벌이는 모양이지, 녀석들!"

49번 도로에서 피터는 딘을 돌아다보며 "아름다운 아침인데." 부엉이 같은 눈을 가늘게 뜬 채 진지한 표정으로 말했다.

"그럴지도 모르지."

"어때, 아침 식사나 할까?"

딘도 찬성했다. 다만 한 가지 조건을 붙였다.

"아침 식사에 술이 있어야 해."

"아침 식사와 술이라." 피터가 되풀이했고, 그들은 얼굴을 마주 보며 고개를 끄덕였다. "그게 논리에 맞거든."

그러고 나서 두 사람 모두 한바탕 웃었다.

"아침 식사에 술까지 든다! 오, 이거 기막힌 생각이로군!"

"하지만 그런 식사 코스는 없잖아." 피터가 대꾸했다.

"술을 내놓지 않는다고? 걱정하지 마. 억지로 내놓게 할 테니까. 협박을 해서라도 말이야."

갑자기 택시가 브로드웨이를 돌아 옆길로 꺾더니 교차로를 따라가다가 5번가에 위치한 무덤같이 생긴 큼직한 건물 앞에 멈춰 섰다.

"왜 이리 온 거지?"

운전기사는 그들에게 델모니코 호텔이라고 대답했다.

그들은 조금 당황했다. 그러고는 몇 분 동안 생각을 집중해 보았다. 여기로 오자고 했다면 분명 무언가 그럴 만한 까닭이 있었을 터였다.

　"코트가 어쩌고 하는 얘기를 들었지라우." 운전기사가 힌트를 주었다.

　그렇다. 피터의 코트와 모자였다. 그는 그것을 델모니코 호텔에 맡겨 두었던 것이다. 일단 결론이 나자 그들은 택시에서 내린 다음, 서로 팔짱을 낀 채 어슬렁어슬렁 현관을 향해 걸어갔다.

　"이보쇼!" 택시 기사가 말했다.

　"왜 그래요?"

　"지금 요금을 내야지."

　그들은 순간 당황해서 안 된다는 듯이 고개를 가로저었다.

　"나중에 줄게요. 지금은 안 돼요……. 명령은 우리가 내리는 거요." 택시 기사는 당장 돈을 받아야겠다고 고집을 부렸다. 간신히 자제력을 발휘하는 사람이 그러하듯 그들은 업신여기면서도 공손한 표정으로 그에게 요금을 지불했다.

　피터는 안으로 들어가서 어둡고 인기척 없는 휴대품 보관소를 둘러보았다. 그러나 코트와 모자는 보이지 않았다.

　"없어졌군. 누군가가 훔쳐 갔어."

　"어떤 셰필드 놈들 짓이겠지."

　"모르긴 몰라도 아마 그럴 거야."

　"걱정하지 마." 딘이 점잖게 말했다. "나도 여기에 코트와 모자를 두고 갈게……. 그러면 둘 다 같은 차림새가 될 것 아냐."

　딘은 코트와 모자를 벗어서 벽에 걸려고 주위를 살피던

중 휴대품 보관소 문에 붙은 커다란 사각형 마분지에 눈길이 멈추었다. 왼쪽 문에는 검고 큼직한 글씨로 '인'이라고 적혀 있었고, 오른쪽 문에는 똑같이 굵직한 필체로 '아웃'이라고 적혀 있었다.

"이봐!" 딘이 기뻐서 소리쳤다.

피터의 눈은 딘이 가리키는 방향을 좇았다.

"뭔데?"

"저 표지를 보라는 말이야. 저거 가져가자."

"그거 나쁠 것 없지."

"어쩌면 이 두 쌍이야말로 진귀한 가치가 있는 물건인지도 몰라. 요긴하게 써먹을 데가 있을지 누가 알겠어."

피터는 왼쪽 문에 붙은 종이를 떼 내서 몸속에 감추려고 했다. 그러나 워낙 커서 그리 쉽게 마음대로 되지 않았다. 그에게 문득 생각 하나가 떠올랐다. 그는 장난스럽게 점잔을 빼며 뒤로 돌아섰다. 그 순간 극적인 동작으로 다시 돌아서더니 두 팔을 뻗어 존경하듯 바라보는 딘에게 자신의 모습을 내보였다. 그는 셔츠 앞자락이 하나도 보이지 않을 정도로 조끼 안에 마분지를 찔러 넣었다. 말하자면 셔츠 위에 검정 페인트로 크게 '인'이라고 적어 놓은 셈이었다.

"야호!" 딘이 환호를 질렀다. "'미스터 인.'"

그는 자신의 것도 마찬가지로 가슴에 밀어 넣었다.

"난, '미스터 아웃!'" 그가 의기양양하게 말했다. "'미스터 인', '미스터 아웃'을 소개하죠."

그들은 서로 다가서서 악수를 했다. 또다시 배꼽을 잡고 웃으면서 발작을 일으키듯 몸을 흔들어 댔다.

"야호!"

"이것으로 아침 식사를 위한 준비는 모두 끝난 셈이렷다."

"자아, 출발! 코모도어 호텔[79]로 가자."

두 사람은 팔짱을 끼고 문을 나와 44번 도로에서 동쪽으로 꺾어 코모도어 호텔로 향했다.

그들이 걸어 나가자 보도에서 맥없이 어슬렁거리던 매우 창백하고 지친 병사 한 사람이 고개를 돌려 그들을 바라보았다.

그는 두 사람에게 말을 걸려고 하는 듯 발길을 돌리려다가 상대방이 대뜸 모르는 척하고 쏘아붙일까 봐 두 사람이 길거리를 따라 걸어 내려갈 때까지 기다렸다. 그러고는 마흔 보쯤 떨어져 뒤를 쫓았다. 혼자서 낄낄거리며 웃거나, 앞으로 무언가 재미있는 일이 일어날 것 같다는 듯이 흥에 겨워 입속으로 "이거, 원!" 하고 연거푸 중얼거렸다.

한편 '미스터 인'과 '미스터 아웃'은 앞으로의 계획에 대해 이러쿵저러쿵 즐겁게 얘기를 나눴다.

"우리에겐 술이 필요해. 그리고 아침 식사가 필요하고. 그 중 어느 하나라도 빠지면 안 돼. 양자는 하나며 불가분이니까."

"우리한테는 두 가지가 다 필요해!"

"두 가지 모두가!"

이제 날이 완전히 밝아서 행인들은 이 두 사람에게 호기심 어린 눈길을 보내기 시작했다. 분명히 두 사람은 무엇인가를 의논하고 있음에 틀림없었는데, 서로 그것이 재미있어서 도저히 못 견디겠는 모양이었다. 이따금씩 너무 격렬하게 발작적으로 웃어 대는 바람에 여전히 팔짱을 낀 그들의 허리는

---

79  미국 뉴욕시 맨해튼 그랜드 센트럴 역 근처의 호텔로, 42번 도로에 위치해 있다.

거의 굽다시피 했다.

코모도어 호텔에 이르자 두 사람은 아직 졸려 보이는 도어맨과 몇 마디 음담을 나눈 뒤, 가까스로 회전문을 지났다. 그러고는 띄엄띄엄 앉아서 놀란 표정을 짓고 있는 로비 손님을 지나쳐 식당으로 들어갔다. 당황한 웨이터는 의아한 얼굴을 하고서 두 사람을 좀처럼 눈에 띄지 않는 구석 테이블로 안내했다. 그들은 어쩔 수 없이 서로에게 요리의 이름을 중얼중얼 읽어 주면서 메뉴를 훑어보았다.

"술 이름이 전혀 안 보이는데." 피터가 투덜거리며 말했다.

웨이터가 뭐라고 말했지만 도통 알아들을 수 없었다.

"다시 한 번 말하겠는데," 피터가 분노를 꾹 참으며 말을 이었다. "이 메뉴에는 도대체 아무 설명이 없고 실망스럽게도 술 역시 전혀 올라와 있지 않은 것 같소."

"이봐!" 딘이 자신 있는 듯 웨이터를 향해 말했다. "그 녀석은 내게 맡겨." 그러고 나서 그는 웨이터를 돌아보았다. "우리에게…… 우리에게 가져다줘요……." 그가 근심스러운 얼굴로 메뉴를 살펴보았다. "우리에게 샴페인 한 병하고, 그리고 저어…… 저어, 햄 샌드위치가 어떨까."

웨이터는 영문을 알 수 없다는 듯한 표정을 지었다.

"어서 그걸 가져오라는 말이야!" '미스터 인'과 '미스터 아웃'이 한목소리로 소리쳤다.

웨이터는 기침을 하면서 물러갔다. 잠시 기다리는 동안 지배인은 두 사람이 눈치채지 않도록 그들을 열심히 관찰했다. 그런 뒤 샴페인을 가져다주었는데, 이를 본 '미스터 인'과 '미스터 아웃'은 더없이 기뻐했다.

"우리가 아침 식사로 샴페인을 마시는 걸 누가 반대한다고 상상해 봐……. 한번 상상해 보라고."

두 사람 모두 그런 두려운 사태를 열심히 상상해 보았지만 아무래도 그들에게는 너무 벅찬 일이었다. 두 사람의 상상력을 한데 모아 봐도, 누군가 아침 식사로 샴페인을 마시는 걸 반대하는 세계란 도저히 생각해 낼 수 없었다. 웨이터는 요란한 소리를 내며 마개를 뽑았다. 즉시 두 사람의 잔에 엷은 금빛 거품이 일었다.

"'미스터 인', 건강을 비네."

"'미스터 아웃', 자네도."

웨이터가 물러간 지 얼마 지나지 않아서 술은 벌써 조금밖에 남지 않았다.

"그게 말이야……. 굴욕감을 준단 말이야." 뜬금없이 딘이 말했다.

"뭐가 굴욕감을 준다는 거야?"

"우리가 샴페인으로 아침을 먹겠다는 데 반대하는 놈들이 있다는 거 말이지."

"굴욕감을 준다?" 피터가 곰곰 생각한 끝에 인정했다. "그래, 그 말이 맞아……. 정말 굴욕적이야." 하고 말이다.

또다시 두 사람은 폭소와 함께 몸을 앞뒤로 흔들며 '굴욕적'이라는 단어를 서로 몇 번씩이나 되풀이하면서 마구 웃어 댔다. 마치 그 단어를 한 번 되풀이할 때마다 더더욱 멋들어지고 우스꽝스러워지는 듯 말이다.

이리하여 그들은 하늘에라도 오를 듯 유쾌해졌고 이윽고 술 한 병을 더 마시자는 데 동의했다. 웨이터는 아무래도 걱정이 되어서 선임 지배인에게 의견을 물었고, 이 신중한 지배인은 이제 더 이상 샴페인을 내놓지 말라고 암묵적 지시를 내렸다. 곧 두 사람에게 계산서를 가져다주었다.

오 분 뒤에 그들은 팔짱을 끼고 코모도어 호텔을 나왔다. 자신들을 이상하다는 듯 바라보는 군중 사이를 누비며 42번 도로를 걸어서 밴더빌트 거리의 빌트모어 호텔로 향했다. 호텔에 들어서자 갑자기 꾀가 난 그들은 수완을 발휘해서 빠른 걸음으로 성큼성큼 로비를 지난 뒤 부자연스럽게 그 자리에 꼿꼿이 서 있었다.

일단 레스토랑으로 들어가자 그들은 이전의 묘기를 되풀이했다. 사이사이 발작적으로 즐겁게 웃어 대는가 하면, 난데없이 정치니 대학이니 하며 자신들의 밝은 성격에 대해 토론을 벌였다. 시계를 들여다보니 9시였다. 두 사람은 문득 자기들이 뭔가 영원히 잊을 수 없는, 기념비적인 파티에 참석하고 있다고 어렴풋이 느꼈다. 그들은 두 번째 샴페인에 대한 미련을 당최 떨쳐 버릴 수 없었다. 한쪽이 '굴욕적'이라는 말을 입에 올리기만 하면 두 사람 모두 숨넘어갈 듯 웃어 댔다. 이제 식당은 빙글빙글 돌면서 태연히 움직이고 있었다. 기이한 가벼움이 무겁게 드리운 공기에 스며들며 공기를 희박하게 했다.

두 사람은 계산을 마치고 로비로 걸어 나왔다.

바로 그 무렵, 그날 아침만 해도 수천 번은 돌았을 회전문으로 매우 창백한 얼굴의 젊은 미녀가 로비로 들어섰다. 눈가엔 거뭇거뭇하게 멍이 들어 있었고, 이브닝드레스마저 마구 구겨져 있었다. 게다가 아무리 보아도 어울리지 않는, 못생기고 뚱뚱한 사내를 대동하고 있었다.

이 두 사람은 계단 꼭대기에서 '미스터 인'과 '미스터 아웃'을 마주쳤다.

"이디스!" '미스터 인'이 덥석 그녀 앞에 나타나서 넙죽 절을 했다. "사랑스러운 아가씨, 그동안 잘 있었나요."

뚱보 사나이가 이 남자를 곧장 집어 던져도 상관없는지를 묻듯이 힐끗 이디스를 쳐다보았다.

"무례하게 구는 걸 용서하십시오." 피터가 다시 생각해 보고는 덧붙였다. "이디스, 안녕하신가요."

그는 딘의 팔꿈치를 잡아채서 앞으로 끌어냈다.

"이디스, 내 가장 친한 친구 '미스터 아웃'이오. 우리 둘은 끊으려야 끊을 수 없는 콤비지요. '미스터 인'과 '미스터 아웃' 말입니다."

'미스터 아웃'이 앞으로 나오더니 꾸벅 절을 했다. 사실 너무 지나치게 앞으로 나와서 허리를 굽힌 바람에 몸이 약간 기우뚱했다. 결국 손으로 이디스의 어깨를 가볍게 짚고 나서야 간신히 몸의 균형을 잡을 수 있었다.

"이디스, 소생은 '미스터 아웃'이라고 합니다." 딘이 상냥하게 중얼거렸다. "우, 우린 '미스터인'과 '미스터아웃'이지요."

"우, 우린미스터인과아웃."[80] 피터가 자랑스럽게 거듭 말했다.

그러나 이디스는 두 사람에게 가벼운 눈길조차 주지 않고 자신의 머리 위에 자리한 회랑의 어느 한 지점을 응시했다. 그녀가 뚱뚱한 사나이에게 살짝 고갯짓을 하자 그는 황소처럼 성큼 나서더니 단호하고 용감한 몸짓으로 '미스터 인'과 '미스터 아웃'을 양옆으로 밀어제쳤다. 그와 이디스는 그들 사이

---

80 두 사람은 취기 탓에 계속 엉망으로 얘기하고 있다. 결국 뒤죽박죽 한 문장으로 말하기에 이른다.

로 걸어 나갔다.

그러나 열 발짝쯤 나아갔을 무렵 이디스는 다시 걸음을 멈추었다. 그러고는 돌연 얼굴이 검고 키가 작은 병사 한 사람을 가리켰다. 그런데 이 병사는 넋을 잃은 채 군중을, 그중에서도 특히 활인화(活人畵)처럼 보이는 '미스터 인'과 '미스터 아웃'을 당혹스럽고도 경이로운 표정으로 바라보고 있었다.

"저기요!" 이디스가 소리를 질렀다. "저기를 봐요!"

그녀의 목소리가 커지면서 약간 날카롭게 변했다. 병사를 가리킨 손가락은 조금 떨리고 있었다.

"우리 오빠의 다리를 부러뜨린 군인이에요!"

여남은 사람들이 소리를 질렀다. 앞자락을 비스듬히 재단한 코트를 입은 사나이가 데스크 근처의 자리에서 일어서더니 재빠르게 앞으로 다가섰다. 뚱뚱한 사나이는 전광석화(電光石火)같이 작달막하고 거무튀튀한 군인에게 달려들었다. 그러자 로비에 있던 사람들이 죄다 몰려들었고, '미스터 인'과 '미스터 아웃'의 눈에는 아무것도 보이지 않았다.

그러나 '미스터 인'과 '미스터 아웃'에게는 이 사건조차 윙윙거리며 회전하는 세계의 다채롭고 찬란한 일부분에 지나지 않았다.

고함 소리가 들리고 뚱뚱한 사나이가 달려드는 모습이 얼핏 보이다가 그림은 다시 흐려졌다.

그러고 나서 그들은 엘리베이터를 타고 하늘을 향해 올라가고 있었다.

"몇 층에 가시나요?" 엘리베이터 보이가 물었다.

"아무 층에나 세워 주시오." '미스터 인'이 대답했다.

"맨 꼭대기 층이오." '미스터 아웃'이 말했다.

"여기가 바로 맨 꼭대기 층인데요." 엘리베이터 보이가 대답했다.

"좀 더 높이 올라갑시다." '미스터 아웃'이 말했다.

"더 높이요." '미스터 인'이 말했다.

"하늘까지 말이오." '미스터 아웃'이 말했다.


11


6번가에서 조금 떨어진 조그마한 호텔 침실에서 고든 스터렛은 뒤통수가 지끈거리고 온 혈관에 통증을 느끼며 잠에서 깨어났다. 방 안 구석에 희끄무레한 그림자가 보였고, 다른 한쪽으로 하도 오랫동안 사용해서 너덜너덜해진 커다란 가죽 의자가 보였다. 바닥에 떨어진 옷가지는 구겨진 채 흩어져 있었고, 방 안에 배어 있는 담배 연기며 술 냄새가 코를 찔렀다. 창문은 굳게 닫혀 있었다. 창밖의 밝은 태양은 먼지를 가득 머금은 빛으로 실내를 비추었다. 그런데 그가 잠을 잔 넓은 나무 침대의 머리판이 이 빛을 가로막고 있었다. 그는 조금도 움직이지 않고 가만히 누워 있었다. 혼수상태에 빠진 듯 보이기도 하고, 마취 상태에 놓인 듯 보이기도 했지만 눈은 커다랗게 뜨고 있었다. 그리고 마음은 기름을 치지 않은 기계처럼 요란하게 움직이고 있었다.

먼지가 떠 있는 빛과 커다란 가죽 의자의 너덜너덜한 부분에 눈이 멎은 지 삼십 초쯤 지났을까, 고든은 가까스로 근처에 어떤 생명체가 있음을 느꼈다. 그리고 또 삼십 초 뒤에 그는 이제 돌이킬 수 없이 주얼 허드슨과 결혼해 버렸음을 깨달왔다.

그로부터 삼십 분 뒤 그는 밖으로 나가 스포츠 용품점에서 리볼버 권총 한 자루를 샀다. 그리고 나서 택시를 타고 이스트 27번 도로에 자리한 자기 방으로 돌아와서, 화구(畵具)를 올려놓은 테이블에 기대선 채 관자놀이 바로 위에다 총구를 대고 방아쇠를 당겼다.

# 겨울 꿈

1

캐디 중 몇 명은 몹시 가난하여 앞마당에 있는 신경 쇠약에 걸린 암소와 함께 단칸방 집에서 살았다. 그러나 덱스터 그린의 아버지는 블랙베어[81]에서 둘째가는 식료품 가게를 소유하고 있었다.(가장 좋은 가게는 '더 헙'이라는 곳으로, 셰리아일랜드 출신의 부유한 사람들이 즐겨 찾는 곳이었다.) 게다가 덱스터는 다만 용돈을 벌기 위해 캐디 노릇을 하고 있을 뿐이었다.

날씨가 상쾌해지고 하늘이 잿빛으로 변하는 가을과 미네소타주의 기나긴 겨울이 하얀 상자 뚜껑처럼 닫히면, 덱스터의 스키는 골프장의 페어웨이를 덮은 눈 위를 달렸다. 이런 때가 되면 이 지방은 그에게 깊은 우수(憂愁)를 안겨 주었다. 기나긴 겨울 동안에 골프장을 털이 덥수룩한 참새들의 서식지

---

81 F. 스콧 피츠제럴드의 고향. 미국 미네소타주 세인트폴 근처에 위치한 화이트베어 호수를 모델로 한 장소.

로 어쩔 수 없이 묵혀 두어야 한다는 데 화가 났던 것이다. 여름철에 울긋불긋한 깃발이 나부끼던 골프 티에 겨울이 오면, 딱딱하게 굳어 버린 얼음 속에 무릎 높이의 회양목만이 을씨년스럽게 서 있는 광경도 황량하기 그지없었다. 그가 언덕을 가로질러 갈 때면 찬바람이 뼛속까지 스며들었다. 비록 해가 뜨더라도 한없이 번쩍이는 가혹한 빛 때문에 두 눈을 가늘게 뜬 채 뚜벅뚜벅 걸어가야 했다.

4월이 되면 돌연 겨울이 끝났다. 눈은 때 이른 골퍼들이 붉고 검은 공으로 겨울을 몰아내기를 미처 기다리지도 않고 벌써 녹아서 블랙베어 호수로 흘러 들어갔다. 우쭐대지도 않고 그사이에 비가 내리는 영광도 없이 추위는 이렇게 사라져 버리는 것이었다.

덱스터는 이 북부 지방의 가을에 아름다운 그 무엇이 있듯이 봄에는 뭔가 황량한 데가 있음을 잘 알고 있었다. 가을이 되면 그는 두 손을 불끈 쥐고 몸을 떨면서 혼잣말로 바보 같은 몇 문장을 되풀이했고, 갑작스레 머릿속으로 그려 낸 관객과 군인 들에게 기운차게 명령을 내리는 동작을 해 보였다. 10월은 그에게 희망을 불어넣어 주었고, 11월이 되자 그 희망은 황홀한 승리감으로 바뀌었다. 그리고 이런 분위기 속에서 속절없이 지나가는 셰리아일랜드의 인상 깊은 찬란한 여름은 그에게 손쉬운 돈벌이가 되었다. 그는 골프 챔피언이 되고, 페어웨이의 멋진 시합에서 수백 번이나 T. A. 헤드릭 씨를 이기는 장면을 머릿속에 그려 보았다. 그런데 그럴 때마다 그는 이 시합의 세부 내용을 끊임없이 바꾸곤 했다. 어떤 때에는 거의 어처구니없이 쉽게 이겼고, 또 어떤 때에는 그의 뒤를 쫓다가 가까스로 멋지게 승리했다. 또는 모티머 존스 씨처럼 피어스

애로[82] 자동차에서 내려, 셰리아일랜드 골프 클럽의 라운지로 무뚝뚝하게 어슬렁거리며 걸어 들어가기도 했다. 아니면 찬사를 보내는 군중에 둘러싸여 클럽의 부대(浮臺) 도약판에서 멋들어진 다이빙 솜씨를 선보이기도 했다……. 놀라서 입을 벌리고 그를 바라보는 사람 중에는 모티머 존스 씨도 끼여 있었다.

그러던 어느 날 존스 씨가(유령이 아닌 실제 인물 말이다.) 두 눈에 눈물을 글썽거리며 덱스터에게 다가오더니 이렇게 말했다. 덱스터야말로 클럽에서 가장 뛰어난 캐디로, 만약 존스 씨가 그에 걸맞은 배려를 해 준다면 캐디를 그만두지 않을 수도 있지 않을까, 하고 말이다. 왜냐하면 클럽의 다른 캐디들은 전부 예외 없이 홀에 공을 하나 집어넣을 때마다 골프공을 하나씩 잃어버렸기 때문이다. 그것도 자주 말이다.

"안 됩니다, 어르신." 덱스터가 단호하게 말했다. "전 이제 더 이상 캐디 노릇을 하고 싶지 않습니다." 그러고는 잠시 쉬었다가 이렇게 덧붙였다. "캐디 노릇을 하기에는 너무 나이가 많아요."

"자넨 아직 열네 살도 되지 않았잖은가. 하필이면 왜 오늘 아침에 그만두기로 결정했단 말인가? 다음 주에 나랑 주(州) 토너먼트에 나가기로 약속하지 않았는가 말이야."

"아무래도 나이가 너무 많다는 생각이 들었습니다."

덱스터는 'A 클래스' 배지를 돌려주고 캐디장(長)으로부터 받아야 할 돈을 정산받은 뒤 블랙베어 마을에 있는 집으로 걸어갔다.

---

82 1910년부터 1938년까지 미국 뉴욕주 버펄로에서 제조한 고급 승용차.

"내가 만난 캐디 중에서…… 가장 뛰어난 캐디였는데."
모티머 존스 씨는 그날 오후 술잔을 기울이며 큰 소리로 말했다. "공 하나 잃어버린 적이 없었지! 똑똑하고! 조용하고! 정직하고! 늘 고마워할 줄 알고!"

이렇게 덱스터가 캐디 노릇을 그만두게 된 까닭은 열한 살짜리 소녀 때문이었다. 나이 어린 소녀들이란 대개 당장은 예쁘장하면서도 못생겼지만 불과 몇 해만 지나면 이루 말할 수 없을 만큼 아름다워져서 수많은 남성들에게 적잖이 슬픔을 안겨 주게 마련이었다. 그러나 그녀에게서는 벌써 미모가 엿보였다. 웃을 때 입술 가장자리를 아래쪽으로 비트는 모습이라든지——그리고 맙소사!——거의 정열적이라고 할 만한 두 눈동자에는 어렴풋하게 사악함마저 깃들어 있었다. 그런 여자들에게 활력이란 타고나는 법이다. 벌써 가냘픈 몸매는 찬란한 광채를 내뿜고 있었다.

아침 9시, 여자애는 하얀 캔버스 가방에 다섯 개의 작은 새 골프채를 든 흰 무명옷 차림의 유모와 함께 진지한 표정으로 골프장에 나왔다. 덱스터가 처음 보았을 때 그녀는 조금 안절부절못하며 캐디 하우스 옆에 서 있었다. 그녀는 놀란 표정으로 어울리지 않게 얼굴을 우아하게 찡그리며 불안한 마음을 감추고자 누가 봐도 부자연스러운 태도로 유모에게 말을 걸고 있었다.

"힐더 아줌마, 오늘 날씨가 참 좋아요." 그녀의 말소리가 덱스터의 귀에 들려왔다. 그녀는 입술 가장자리를 아래쪽으로 당기며 슬쩍 미소 짓고는 주위를 돌아보다가 잠시 덱스터에게 눈길을 떨어뜨렸다.

그러고는 유모에게 이렇게 말하는 것이었다.

"한데, 오늘 아침은 별로 사람들이 없는 것 같아. 안 그래?"

그녀는 또다시 미소를 지었다. 빛을 발산하면서도 뻔뻔스러울 만큼 인위적인, 그러나 확신을 주는 미소였다.

"이제 어떻게 해야 할지 모르겠네." 딱히 바라보는 곳 없이 유모가 말했다.

"아, 괜찮아요. 내가 어떻게 해 볼게요."

덱스터는 약간 입을 벌린 채 그야말로 돌처럼 가만 서 있었다. 만약 앞쪽으로 한 발이라도 옮겨 놓는다면 그가 바라보는 모습이 그녀의 시야에 들어왔을 터다. 한편 뒤로 물러선다면 그녀의 얼굴을 제대로 바라보지 못했으리라. 그 순간 그는 그녀가 몇 살이나 되는지 통 짐작할 수 없었다. 그러다가 문득 작년에 여러 차례 그녀를 보았던 순간이 기억났다. 블루머 바지를 입고 있는 모습 말이다.

그는 자신도 모르게 갑자기 짧은 웃음이 나왔다. 그러고는 자기 행동에 흠칫 놀라서 돌아선 뒤 재빨리 걸어가기 시작했다.

"보이!"

덱스터는 걸음을 멈췄다.

"보이……."

자신을 부르고 있음에 틀림없었다. 그뿐만 아니라 그에게 그 우스꽝스러운 미소, 종잡을 수 없는 미소까지 짓고 있는 게 아닌가. 적어도 여남은 명의 남자들이 중년까지 기억할 그런 미소였던 것이다.

"보이, 골프 강사가 어디 있는지 아세요?"

"지금 레슨 중인데요."

"그럼, 캐디장은 어디 있는지 아세요?"

"아직 출근하지 않았는데요."

"오." 잠시 그녀는 당황한 듯했다. 두 발을 번갈아 가며, 오른쪽 발로 서 있다가 왼쪽 발로 서 있기를 반복했다.

"우린 캐디가 필요해요." 유모가 말했다. "모티머 존스 씨의 부인이 우리더러 골프를 치라고 여기로 내보내셨지요. 그런데 캐디 없이 어떻게 골프를 쳐야 할지 모르겠군요."

존스 씨의 딸이 불길한 눈길로 쳐다본 뒤 곧이어 미소를 짓자 유모는 말을 멈췄다.

"나 말고는 캐디가 없어요." 덱스터가 유모에게 말했다. "그리고 캐디장이 올 때까지 여기를 책임지고 있어야 해요."

"오."

존스 씨의 딸과 유모는 그제야 물러갔고, 덱스터로부터 멀찍이 떨어져서 서로 열심히 이야기를 나눴다. 그런데 존스 씨의 딸이 골프채를 하나 뽑아서 쾅 하고 땅을 내리치더니 곧장 대화를 끝마쳤다. 그러고는 좀 더 강조하려는 듯이 골프채를 다시 들어 올려서 유모의 가슴팍을 세차게 내리치려 했지만, 마침내 유모가 그녀의 손에서 골프채를 빼앗았다.

"이 빌어먹을 늙은 할망구 같으니라고!" 존스 씨의 딸이 사납게 소리쳤다.

또다시 말싸움이 벌어졌다. 이 장면에는 코미디 같은 구석이 있었으므로 덱스터는 여러 번 웃을 뻔했다. 그럴 때마다 가까스로 웃음소리가 들리지 않도록 꾹 참았다. 여자애가 유모를 때리려 하는 것도 무리가 아니라는, 짓궂은 생각을 쉬이 떨쳐 버릴 수 없었다.

때마침 캐디장이 나타나면서 모든 문제가 해결되었다. 유모는 즉시 그에게 호소했다.

"존스 아가씨가 캐디 소년을 원해요. 그런데 여기 있는 저 애는 가지 않겠다고 하는군요."

"아저씨가 올 때까지 여기서 기다리라고 맥케너 씨가 얘기했어요." 덱스터가 재빨리 말했다.

"한데 지금 그 사람이 여기 왔잖아요." 존스 씨의 딸은 캐디장을 향해 밝게 미소 지었다. 그러고는 가방을 땅에 떨구더니 작은 보폭으로 거만하게 첫 번째 티를 향해 걸어갔다.

"뭐야?" 캐디장은 덱스터에게 말했다. "왜 장승처럼 거기 서 있는 거야? 어서 빨리 달려가서 아가씨의 골프채를 집어 들지 않고."

"오늘은 그린에 나가지 않을래요." 덱스터가 말했다.

"나가지 않겠다고……?"

"캐디를 그만둘 거라는 말이에요."

너무나 엄청난 결정이었으므로 그 자신도 놀랐다. 그는 귀여움 받는 캐디였고, 여름 한 달 동안 30달러의 보수는 호수 근처 어디에서도 쉽게 벌 수 없는 돈이었다. 그러나 그는 크나큰 정신적 충격을 받았고, 이 충격에는 즉각적이고도 격렬한 반응이 필요했다.

물론 문제는 그렇게 단순하지 않았다. 미래에 대해 흔히 그러하듯이 덱스터는 잠재적으로 겨울 꿈의 지배를 받고 있었던 것이다.

## 2

물론 이 겨울 꿈은 그 질과 시의성(時宜性)이 변화하긴 했지만 그 재료만큼은 여전히 그대로 남아 있었다. 몇 년 뒤, 바로 이 꿈 때문에 덱스터는 주립 대학교에서 경영 강좌를 포기하고(이제 그의 아버지는 제법 성공하여 그의 학비를 부담할 수 있었다.) 경제적으로 고통받기는 했지만 동부에 있는 좀 더 유서 깊고 유명한 대학교를 다니는 혜택을 누리게 되었다. 그러나 소년의 겨울 꿈이 공교롭게도 부자와 관련되어 있다고 해서 그를 단순히 속물이라고 속단하지는 말기를 바란다. 그는 번쩍거리는 물건, 호화찬란한 사람들과 어울리기를 원하지 않았다. 그가 바란 것은 바로 휘황함 그 자체였던 것이다. 이따금 그는 이유도 모른 채 이 세상에서 가장 좋은 것을 원했으며, 종종 삶에서 쉽게 마주치는 신비스러운 거절과 금지에 부딪히곤 했다. 이 이야기는 그의 전반적인 생애가 아니라, 그런 거절 중 하나를 다루고 있다.

덱스터는 돈을 벌었다. 그것은 좀 놀라운 일이었다. 대학교를 졸업한 뒤, 그는 블랙베어 호수에 찾아오는 부유한 손님들이 사는 도시로 갔다. 나이는 겨우 스물세 살밖에 되지 않고, 그곳에 간 지 이 년도 채 되지 않았는데 사람들은 벌써 "저기 그 청년이 지나가는군……." 하고 말할 정도였다. 주변의 부잣집 자식들은 위험천만하게 채권을 판다느니, 부모한테 물려받은 재산을 투자한다느니, '조지 워싱턴 상업 코스'[83]를 스물네 권 독파한다느니 했지만, 덱스터는 대학교 학위와 믿

---

83  학교에 직접 다니지 않고 학습지 등으로 교육받는 강좌.

음직스러운 구변을 밑천으로 1000달러를 빌려 공동 명의로 세탁소를 사들였다.

　처음에는 작은 세탁소로 시작했다. 그러나 곧 덱스터는 얇은 모직 골프 스타킹을 줄어들게 하지 않는 영국 사람들의 세탁 방법을 특별히 배웠고, 일 년 사이에 니커보커 바지[84]를 입는 사람들을 상대로 사업을 벌이고 있었다. 사람들은 마치 골프공을 잘 찾아내는 캐디를 고집하듯이 셰틀랜드[85] 양말과 스웨터를 그의 세탁소에 맡기기를 고집하였다. 얼마 뒤 그는 그들 아내의 속옷까지 떠맡았고, 같은 도시의 여러 곳에 지점을 다섯 개나 운영하게 되었다. 그는 스물일곱 살이 되기 전에 이미 이 지역에서 가장 큰 세탁소 체인점을 소유하게 되었다. 그가 사업체를 팔고 뉴욕으로 떠난 것은 바로 이 무렵이었다. 그러나 우리가 알고 싶어 하는 이야기는, 그가 처음 사업을 크게 벌이던 시절로 돌아간다.

　그의 나이 스물세 살 때, 하트 씨("저기 그 청년이 가는군." 하고 말하기를 좋아하는 머리카락이 희끗희끗한 사람 중 하나였다.)가 그에게 셰리아일랜드 골프 클럽의 주말용 이용권 한 장을 주었다. 그래서 그는 어느 날 오후, 장부에 이름을 적고 하트 씨, 샌드우드 씨, T. A. 헤드릭 씨와 함께 넷이서 골프를 쳤다. 언젠가 이 골프장에서 하트 씨의 골프 가방을 걸머메고 다녔었노라고, 이 골프장 어디에 함정이 있고 어디에 도랑이 있는지 두 눈을 감고서도 알 수 있노라고 굳이 말할 필요는 없었다.

---

84　무릎 밑을 여미는 헐렁한 반바지. 20세기 초, 골프복으로 이 바지를 입고 긴 모직 양말을 신었다.

85　영국 스코틀랜드의 한 자치구로, 모직물 제조업으로 유명하다.

그러나 그는 뒤를 따라다니는 네 명의 캐디를 흘끗 쳐다보면서 옛날의 자신을 떠올렸다. 그러고는 현재의 자신과 과거의 자신 사이에 놓여 있는 거리를 좁힐 만한 희미한 빛이나 몸짓이 있는지 살펴보았다.

그날은 갑작스럽게 불쑥불쑥 낯익은 인상이 스쳐 지나가는 이상야릇한 날이었다. 한순간 그는 자신이 침입자라는 생각이 들었다. 그러다가 다음 순간에는 T. A. 헤드릭 씨에 대해 이루 말할 수 없는 우월감을 느끼는 것이었다. 이제 헤드릭 씨는 지루하기 짝이 없는 존재였으며, 심지어 옛날처럼 골프를 잘 치지도 못했다.

이윽고 열다섯 번째 그린 근처에서 하트 씨가 공 하나를 잃어버리는 바람에 엄청난 사건이 일어났다. 러프의 뻣뻣한 잔디밭을 뒤지는 동안, 뒤쪽 언덕 너머에서 "공이 날아가니 조심하세요!" 하는 소리가 낭랑하게 들려왔다. 공을 찾다가 몸을 돌리는 순간, 밝은색 공 하나가 돌연 언덕 너머로 날아오더니 T. A. 헤드릭 씨의 배를 맞혔다.

"아이고!" T. A. 헤드릭 씨가 소리를 질렀다. "저 미친 여자들을 골프장에서 쫓아내야 한다니까. 점점 더 미쳐 날뛴단 말씀이야."

언덕 너머로 목소리와 함께 머리 하나가 나타났다.

"공을 찾아봐도 괜찮을까요?"

"당신 공이 내 배를 맞혔단 말이야!" T. A. 헤드릭 씨가 성난 목소리로 항의했다.

"그랬어요?" 하고 말하며 그 아가씨는 남자들에게 다가왔다. "죄송합니다. '공이 날아가니 조심하세요!' 하고 소리쳤는데 말이죠."

그녀는 무관심한 표정으로 남자들을 한 사람 한 사람 힐 끗 쳐다보았다. 그러더니 페어웨이를 뒤지며 공을 찾았다.

"제가 공을 러프에 쳤나요?"

이것이 재치 있는 질문인지, 아니면 악의에 찬 말대꾸인 지 도저히 가늠할 수 없었다. 잠시 뒤 파트너가 언덕을 넘어오 자 유쾌하게 소리치는 모습으로 봐서, 그녀의 질문에는 저의 가 전혀 없었다.

"저 여기 있어요! 무엇인가 맞히지 않았더라면 전 벌써 그 린에 가 있었을 거예요."

그녀가 매시[86] 샷을 치려고 자세를 취하는 동안, 덱스터 는 그녀를 찬찬히 살펴보았다. 푸른색 깅엄 골프복을 입고 있 었는데, 목과 어깨에 새하얀 가두리 장식을 달아서인지 햇볕 에 그을린 부분이 유난히 돋보였다. 정열적인 눈과 아래쪽으 로 오므린 입이 우스꽝스럽던, 열한 살 무렵의 과장된 태도 와 여윈 모습은 이제 찾아볼 수 없었다. 그녀는 매혹적으로 예뻤다. 두 뺨은 마치 그림의 색채처럼 뚜렷이 물들어 있었 다.——말하자면 '짙은' 색깔이 아니라 수시로 변하는 열띤 색 깔, 너무 옅어서 금방이라도 사라져 버릴 것만 같은 색깔이었 다. 이런 빛깔과 입놀림 때문에 끊임없이 변화무쌍하고 강렬 한 삶을 살아가고 있으며, 정열적인 활력을 지니고 있다는 인 상을 풍겼다.——다만 슬픈 듯하면서도 관능적인 두 눈 덕분 에 부분적이나마 가까스로 균형을 이루고 있었다.

그녀는 별로 흥미가 없고 조바심이 나는 듯 매시를 쳤다. 그러자 공이 반대편 그린의 모래밭으로 날아갔다. 그녀는 재

---

86 블레이드가 넓은 골프채로, 흔히 '파이브 아이언'이라고 부른다.

빨리 거짓 미소를 짓더니 건성으로 "고맙습니다!" 하고 말을 던지고는 공을 집으러 갔다.

"저, 주디 존스!" 그녀가 앞서 공을 치는 동안(얼마 동안 말이다.), 우리는 잠자코 기다렸다. 그런데 헤드릭 씨가 그다음 티에서 말했다. "저 애는 엎어 놓고 여섯 달 동안 볼기를 친 뒤에 고리타분한 기병대 대위에게 시집보내야 해."

"맙소사, 예쁜 숙녀인데요!" 갓 서른을 넘긴 샌드우드 씨가 말했다.

"예쁘다고!" 경멸하듯이 헤드릭 씨가 대꾸했다. "언제나 누가 키스해 주기를 기다리는 모습이야! 시내의 모든 사내들에게 저 암소 같은 커다란 눈망울을 굴리면서 말이야!"

어쩌면 헤드릭 씨는 모성 본능에 대해 언급하려 했는지도 모른다.

"저 여자는 노력만 하면 골프를 꽤 잘 칠 겁니다." 샌드우드 씨가 말했다.

"자세가 안 나와." 헤드릭 씨가 엄숙한 말투로 대꾸했다.

"몸매는 날씬한데요." 샌드우드 씨가 말했다.

"공을 더 세게 치지 않은 게 천만다행이지." 하트 씨가 덱스터에게 윙크하며 말했다.

그날 오후 느지막이 태양은 황금색, 온갖 푸른색, 주홍색 따위로 요란스럽게 뒤섞인 채 서쪽으로 기울며, 메마르고 살랑거리는 서부 지방 특유의 여름밤을 불러왔다. 덱스터는 골프 클럽의 베란다에서 중추(中秋)의 만월 아래 은빛 당밀(唐蜜)처럼 미풍에 나부끼며 규칙적으로 포개지는 물결을 바라보고 있었다. 그러고는 달이 입술에 손가락 하나를 가져다 대자, 호수는 창백하고 조용하며 맑은 풀장으로 바뀌었다. 덱스터는 수영복을 입고 가장 먼 부대(浮臺)까지 헤엄쳐 나갔다. 마침내 도약판의 축축한 캔버스 위에 물을 뚝뚝 떨어뜨리며 두 팔을 뻗었다.

호수의 수면 위로 물고기 한 마리가 뛰어올랐고, 하늘에서는 별 하나가 반짝거렸으며, 호수 주위로 불빛이 희미하게 빛나고 있었다. 컴컴한 반도 너머에서는 누군가가 지난여름과 더 먼 여름에 유행했던 노래를(「친친」[87]과 「룩셈부르크의 백작」[88] 그리고 「초콜릿 병사」[89]에 나오는 노래였다.) 피아노로 연주하는 소리가 들려왔다. 물 위로 울려 퍼지는 피아노 소리는 언제나 아름답게 들렸으므로, 덱스터는 몸을 꼼짝 않고 조용히 누워서 음악 소리에 귀를 기울였다.

지금 이 순간 피아노가 연주하는 선율은 덱스터가 대학교 2학년이던 오 년 전만 하더라도 경쾌하고 신선했다. 언젠가 한번은 돈이 없어 참석하지 못한 대학교 무도회에서 이 음악을 연주했고, 그는 체육관 바깥에 서서 이 음악을 들었다. 그 선율은 그에게 일종의 환희를 가져다주었고, 지금 그는 바로 그 같은 환희를 맛보며 자신에게 일어난 일들을 음미하고 있었다. 몹시 고맙다는 기분, 이 순간 자신이 더할 나위 없이 삶과 조화를 이루고 있으며, 주위의 모든 것이 그로서는 결코 알지 못할 광채와 매력을 내뿜고 있다는 느낌이 들었다.

나지막하고 창백한 장방형의 물체가 갑자기 섬의 어둠 속

---

87  1914년에 앤 콜드웰과 R. H. 번사이드가 제작한 뮤지컬 코미디. 콜드웰이 가사를 쓰고 이반 캐릴이 곡을 붙였다.

88  1909년에 프란츠 레하르가 곡을 붙이고 A. M. 빌너와 R. 보단스키가 각본을 쓴 오페레타.

89  1908년에 오스카 스트라우스가 작곡한 오페레타.

에서 떨어져 나오더니, 경기용 모터보트의 소리가 울렸다. 그 뒤를 따라 흰 리본 장식 같은 두 갈래의 물줄기가 펼쳐졌고, 동시에 보트가 그의 옆에 섰다. 피아노 소리는 그만 물보라 소리 속에 잠겨 버렸다. 두 팔을 기대고 몸을 일으키면서 키를 잡고 서 있는 누군가의 검은 두 눈동자가 긴긴 물 위로 자신을 쳐다보고 있음을 텍스터는 의식했다. 그러고 나서 보트는 그를 지나쳐 달리더니 호수 한가운데에서, 아무 목표도 없이 커다랗게 빙글빙글 돌며 물보라를 일으키는 것이었다. 마찬가지로 갑자기 둥근 물보라 하나가 뭉개지면서 부대를 향해 보트가 돌아왔다.

"누구예요?" 그녀가 보트의 엔진을 끄며 물었다. 그녀는 이제 텍스터와 너무 가까이 있었으므로 분홍빛 롬퍼 수영복이 또렷이 보였다.

보트의 코가 부대에 부딪쳤고, 부대가 거세게 기울자 그는 그녀를 향해 곤두박질쳤다. 두 사람은 서로 다른 흥미를 가지고 상대방을 알아보았다.

"오늘 오후 골프장에서 지나쳤던 사람 중 한 분 아닌가요?" 그녀가 물었다.

그는 그렇다고 대답했다.

"한데, 모터보트를 운전할 줄 아시나요? 만약 아신다면 제가 뒤에서 서핑보드를 탈 수 있도록 이 모터보트를 운전해 주셨으면 해요. 제 이름은 주디 존스예요." 그녀는 그에게 우스꽝스럽게 선웃음을 지어 보였다. 아니, 선웃음과 비슷한 것이라고 해야 할지 모른다. 왜냐하면 비록 입을 비틀었음에도 그 표정은 그로테스크하기보다 아름다웠기 때문이다. "그리고 저는 저기 저 섬에 있는 집에 살아요. 저 집에는 저를 기다리는 남자가 한 사람 있지요. 그 사람이 문 앞으로 자동차를 몰고 왔을 때, 전 부두에서 이 보트를 몰고 나왔어요. 왜냐하면 저더러 자꾸 자기의 이상형이라고 말해 대니까요."

호수의 수면 위로 물고기 한 마리가 뛰어올랐고, 하늘에서는 별 하나가 반짝거렸으며, 호수 주위로 불빛이 희미하게 빛나고 있었다. 덱스터는 주디 존스의 옆에 앉았고, 그녀는 보트를 어떻게 운전하는지 설명해 주었다. 그러고 나서 그녀는 물에 들어가더니 물 위에 떠 있는 서핑보드까지 미끈하게 헤엄쳐 갔다. 그녀의 모습은 마치 나뭇가지가 흔들거리는 듯, 혹은 바다 갈매기가 날아가는 듯 아무리 쳐다봐도 전혀 부담스럽지 않았다. 버터너트처럼 햇볕에 그을린 두 팔이 백금같이 흐릿한 잔물결 사이로 꼬불꼬불 움직였다. 팔꿈치가 먼저 나타나더니 떨어지는 물의 리듬에 맞춰 팔뚝을 뒤로 구부렸다. 그러고는 몸을 앞쪽과 아래쪽으로 뻗으며 길을 냈다.

그들은 호수 안으로 나아갔다. 덱스터가 뒤를 돌아보니 그녀는 위로 기울인 서핑보드의 낮은 뒷부분에 무릎을 꿇고 앉아 있었다.

"좀 더 빨리 달려요." 그녀가 소리쳤다. "전속력으로 말이에요."

그녀가 시키는 대로 그는 레버를 앞으로 당겼고, 이물에 하얀 물보라가 일었다. 다시 뒤를 돌아보았을 때 그녀는 두 팔을 크게 벌리고 달을 향해 두 눈을 들어 올린 채, 질주하는 서핑보드 위에 서 있었다.

"너무 추워요." 그녀가 소리쳤다. "이름이 뭐예요?"

그가 그녀에게 이름을 말해 주었다.

"있잖아요, 내일 저녁 드시러 오시지 않을래요?"

그의 심장이 보트의 플라이휠처럼 뒤집혔다. 그리고 또다시 그녀의 우연한 변덕이 그의 삶을 새로운 방향으로 바꾸어 놓았다.


3


이튿날 저녁 그녀가 1층에 내려오기를 기다리는 동안 덱스터는 부드럽고 그윽한 여름 내실과 그곳에 딸린 유리 일광욕실을 주디 존스에게 구애해 온 사내들의 유령으로 벌써 가득 채웠다. 그는 그들이 어떤 종류의 사내들인지 잘 알고 있었다. 그가 처음 대학교에 갔을 때 그들은 여름 동안 건강하게 그을린 갈색 피부에 우아한 옷을 입은, 대학 예비 학교에서 입학한 학생들이었다. 어떤 의미에서 그는 이들보다 자기가 더 우월하다고 생각했다. 자신이 좀 더 새롭고 좀 더 힘이 셌던 것이다. 그러나 자기 자식들은 저들과 같았으면 하고 바라는 것을 보면, 영원히 자신은 투박하고 질긴 자식들을 빚어내는 재료에 지나지 않는다는 사실을 인정하지 않을 수 없었다.

좋은 옷을 입어야 할 때가 오자 덱스터는 미국에서 가장 유명한 양복점의 주인이 누구인지를 알았으므로, 바야흐로 오늘 저녁을 위해 미국에서 가장 훌륭한 양복점에 옷을 주문했다. 그는 다른 대학교에서는 좀처럼 찾아볼 수 없는, 모교 특유의 냉담함을 배웠다. 그러한 태도가 자신에게 도움이 됨을 잘 알았으며, 그래서 연신 유지했던 것이다. 그는 옷이나 태도에 무관심하기 위해서는 행동을 주의하는 것보다 더 큰 확신이 필요함을 알고 있었다. 그러나 이런 무관심은 자기 자식들의 몫이었다. 그의 어머니 이름은 크림슬리히였다. 보헤미아의 농부 출신으로, 그녀는 죽을 때까지 문법에 맞지 않는 엉터리 영어를 구사했다. 그녀의 아들 역시 정해진 궤도를 따르지 않으면 안 되었다.

7시가 조금 지나자 주디 존스가 아래층으로 내려왔다. 푸른색 실크로 된 평상복을 입고 있었다. 그는 처음에 그녀가 좀 더 멋진 옷을 입지 않았음에 실망했다. 짧게 인사를 주고받은 뒤 그녀가 식기실로 다가가서 문을 열었다. "마서, 저녁을 내와요." 하고 소리치자 이런 실망은 더욱 커졌다. 그는 집사가 저녁 식사를 알리고 칵테일도 준비되어 있으리라고 예상했었다. 라운지에 앉아서 상대방의 얼굴을 쳐다보자 이런 생각은 뒷전으로 물러갔다.

"아버지와 어머니는 지금 집에 안 계세요." 그녀가 생각에 잠긴 듯 말했다.

덱스터는 그녀의 아버지를 마지막으로 보았던 때를 기억했고, 그녀의 부모가 오늘 밤 집에 계시지 않아서 기뻤다. 그는 이곳에서 북쪽으로 50마일 떨어진 키블이라는 미네소타주의 작은 마을에서 태어났고, 언제나 자기 고향은 블랙베어빌리지가 아니라 키블이라고 말했다. 애매하게 불편한 거리에 있거나 유명한 호수 때문에 일종의 발판처럼 취급받지만 않는다면, 시골의 읍도 그다지 나쁠 것이 없었다.

그들은 그가 다닌 대학교에 대해 이야기를 나누었는데, 그녀는 지난 이 년 동안 자주 그곳을 방문했다고 한다. 또한 셰리아일랜드에 손님을 공급해 주는 근처 도시에 대해 이야기했고, 이튿날 덱스터가 성황인 세탁소로 돌아갈지에 대해서도 대화했다.

저녁을 먹는 내내 그녀가 우울한 표정을 짓는 탓에 덱스터는 불안했다. 쉰 목소리로 그녀가 무슨 불평을 늘어놓을 때면 그는 마음이 불편했다. 덱스터나 닭의 간이나 또는 아무것도 아닌 것에 대해, 그 무엇에든 미소를 짓는 그녀의 표정은 기쁨이나 즐거움의 표시가 아니었으므로 그를 불안하게 했던 것이다. 자줏빛 입 가장자리를 아래쪽으로 구부렸을 때, 그것은 미소라기보다 키스해 달라는 신호에 가까웠다.

저녁 식사를 마치고, 그녀는 어두운 유리 일광욕실로 그를 데리고 나가서 일부러 분위기를 바꾸었다.

"제가 조금 훌쩍거려도 괜찮겠지요?" 그녀가 물었다.

"제가 따분한가 보지요." 말이 떨어지기가 무섭게 그가 대꾸했다.

"아니에요. 전 당신이 좋아요. 하지만 오늘 오후엔 정말 끔찍했어요. 제가 사랑하던 남자가 있었지요. 그런데 오늘 오후에 난데없이, 아닌 밤중에 홍두깨처럼 자신이 무척 가난하다고 고백하는 게 아니겠어요. 전에는 전혀 그런 암시를 주지 않았거든요. 이 이야기가 몹시 속물같이 들리나요?"

"어쩌면 당신에게 그 얘기를 고백하기 두려웠던 모양이지요."

"어쩌면 그런지도 모르지요." 그녀가 대답했다. "그 사람은 잘못 시작했던 거예요. 설령 그가 가난한 사람이었더라도…… 전 꽤 많은 가난한 남자들을 좋아해 왔고, 그들 모두하고 결혼할 생각도 있었지요. 하지만 이번 경우에는 그를 그렇게 여길 수 없어요. 그에 대한 관심이 이런 충격을 이겨 낼 만큼 크지 않았던 거예요. 마치 약혼녀가 결혼할 남자에게 사실은 과부라고 말하는 격이지요. 아마 그 사람은 상대가 과부라 해도 반대하지 않았을 테지만…….”

“우리는 처음부터 잘 출발하기로 해요.” 그녀가 불쑥 말을 끊었다가 다시 이었다. “어쨌든 당신은 어떤 사람인가요?”

덱스터는 잠시 망설였다. 그러고 나서 이렇게 말했다.

“전 별 볼 일 없는 사람입니다.” 그는 선언하듯 말했다. “제 경력은 주로 미래에 달려 있지요.”

“가난한가요?”

“아뇨.” 그는 솔직하게 대답했다. “북서부 지방[90]에서 내 또래의 어느 누구보다도 돈을 많이 벌고 있습니다. 이런 얘기를 입에 올리기는 싫지만, 당신이 잘 출발해 보자고 충고했으니까요.”

잠시 침묵이 흘렀다. 그러고 나서 그녀가 미소를 짓자 입가장자리는 아래쪽으로 처졌다. 거의 눈에 띄지 않게 그녀는 그에게로 몸을 숙이고 그의 두 눈을 쳐다보았다. 덱스터는 목이 메었고, 숨을 멈춘 채 실험을 기다렸다. 그들의 입술이라는 요소가 신비스럽게 빚어낼, 좀체 예측할 수 없는 합성물을 말이다. 그리고 그는 알아차렸다, 그녀는 약속이 아니라 충만한 키스로 아낌없이, 게다가 깊숙이 그에게 흥분을 전달해 주었음을. 그 키스는 그에게 새로운 반복을 요구하는 갈증이 아니라 더 많은 포만(飽滿)을 요구하는 욕구를 불러일으켰다. 아무것도 아끼지 않음으로써 오히려 부족함을 만들어 내는 자선 같은 키스라고나 할까.

자신만만하고 큰 야망을 품어 온 소년 시절부터 그가 주

90  여기에서 이 말은 미네소타주를 가리킨다. 그런데 작가는 다른 장면에서 덱스터의 출신지를 ‘중서부’라고 언급한다.

디 존스를 원해 왔다고 판단을 내리는 데에는 그리 오랜 시간이 걸리지 않았다.


4


두 사람의 관계는 이렇게 시작되었다. 그리고 강도는 조금씩 달랐지만 비슷한 음조로 대단원까지 계속되었다. 덱스터는 일찍이 접해 본 사람 중에서 가장 직접적이고 가장 파렴치한 여성에게 자신의 일부를 바쳤다. 주디는 자신이 원하는 것이라면 무엇이든 스스로의 매력을 아낌없이 활용해 가며 끈질기게 좇았다. 다른 방법으로 대체하거나, 솜씨 있게 조작해서 유리한 입장에 서거나, 미리 결과를 예측해 보는 일이란 도무지 없었다. 그녀는 어떤 일에 대해서는 정신적 측면을 아주 조금밖에 할애하지 않았다. 그녀는 단순히 남자들로 하여금 자신의 육체적 아름다움을 고도로 의식하게끔 했던 것이다. 덱스터에겐 그녀를 변화시킬 욕망이 전혀 없었다. 그녀의 부족한 점은 오히려 그 결점을 초월하고 정당화하는 정열적 힘에 깊이 연관되어 있었다.

그날 밤 주디가 그의 어깨 위에 머리를 올려놓고 "내가 왜 이러는지 모르겠어요. 어젯밤에는 다른 사람을 사랑한다고 여겼는데, 오늘 밤에는 당신을 사랑한다고 생각하고 있으니……." 하고 속삭일 때, 그녀의 말은 아름답고도 낭만적으로 들릴 뿐이었다. 그것은 그가 잠시 통제하고 소유한 우아스러운 흥분이었다. 그러나 일주일이 지난 뒤 그는 이 동일한 감정을 다른 각도에서 바라보지 않을 수 없었다. 그녀는 자신의

로드스터[91]에 그를 태우고 피크닉 저녁 파티에 데리고 갔다. 저녁을 먹은 다음, 마찬가지로 똑같은 로드스터를 타고 다른 남자와 함께 어디론가 사라져 버렸다. 덱스터는 무척 당황한 나머지 피크닉에 참석한 다른 사람들에게 좀처럼 예의 바르게 대할 수 없을 정도였다. 그녀가 맹세코 그 사람과는 키스하지 않았다고 말할 때, 그는 그녀가 지금 거짓말을 하고 있음을 잘 알았다. 그러면서도 그녀가 애써 자신에게 거짓말을 하고 있음에 기뻤다.

여름이 미처 끝나기 전에 깨달았지만, 덱스터는 그녀 주위를 맴도는 열두세 명의 남자 중에 하나였다. 그들 중 일부는 한 차례씩 나머지 다른 사람들보다 총애를 받았다. 그중 절반 정도는 감상적이게도 다시 사랑받게 될지 모른다는 위안에 젖어 있었다. 그녀가 오랫동안 신경 쓰지 않은 탓에 누군가가 그 경쟁에서 빠져나올 조짐을 보이면 그녀는 그에게 짧게나마 다시 꿀같이 달콤한 시간을 선사해 주었고, 그러면 그는 다시 일 년이나 혹은 그 이상의 시간을 버텨 나갔다. 주디는 아무런 악의 없이, 자신의 행동에 잘못이 있다고 그다지 의식하지 않은 채 이렇게 절망하고 패배한 남자들을 약탈했다.

새로운 남자가 시내에 나타날 때면 다른 이들은 일단 물러섰다. 데이트가 자동적으로 취소되었기 때문이다.

그녀가 모든 일을 알아서 좌우했으므로 어떻게 손쓸 수 없다는 절망감만 커졌다. 그녀는 동역학적(動力學的) 의미에서 '이길' 수 있는 상대가 아니었다. 그녀는 상대방의 영리함이든, 매력이든 잘 견제해 냈다. 만약 이런 것 중 어느 하나가

---

91  1920~1930년대에 미국에서 생산된, 두세 명이 탑승하는 지붕 없는 자동차.

너무 강하게 그녀를 공격해 온다면, 그녀는 즉시 신체적으로 대응했다. 그녀의 육체적 아름다움이라는 마술에 사로잡히면 똑똑한 사람들은 물론이고 철옹성 같은 사람들마저 자기 규칙이 아니라 그녀의 규칙에 따라 게임을 할 수밖에 없었다. 그녀는 오직 자신의 욕망을 충족시키고, 자기 매력을 직접 행사해야만 만족감을 느꼈다. 어쩌면 그녀는 정당방위로 너무 많은 젊은 사랑, 너무 많은 젊은 연인들로부터 어떤 내적 자양분을 섭취했는지도 모른다.

처음의 희열이 지나가자 덱스터에게는 불안감과 불만이 찾아왔다. 그녀에게 정신을 빼앗긴다는 절망적인 희열은 힘을 돋우는 강장제라기보다 차라리 아편 같은 마취제에 가까웠다. 겨울 동안 그런 순간이 자주 나타나지 않았음은 그에게 천만다행이었다. 처음 사귀었을 무렵 얼마 동안은 자연스레 서로에게 깊은 매력을 느꼈다.(가령 8월 초순처럼.) 그녀의 어둑어둑한 베란다에서 보낸 사흘 동안의 긴 저녁이며, 늦은 오후 내내 그늘진 정자 속이나 사람들 눈에 잘 띄지 않는 정원의 등나무 격자 시렁 뒤에서 주고받은 이상야릇하면서도 나른한 키스며, 하루가 밝게 시작할 때 그녀가 꿈처럼 신선하고 거의 수줍어하다시피 그를 맞이하던 아침 말이다. 여기에는 아직 약혼하지 않았다는 자각 때문에 장래의 약혼에 대한 더욱 찬란한 환희가 깃들어 있었다. 처음으로 그가 그녀에게 청혼한 것은 바로 그 사흘 동안이었다. 그녀는 "어쩌면 언젠가는 할 수 있겠지요.", "키스해 주세요.", "당신과 결혼하고 싶어요.", "당신을 사랑해요." 등의 말을 했다. 이를테면 그녀는 아무것도 말하지 않은 셈이다.

그런데 이 사흘은 뉴욕에서 방문한 청년이 9월 절반 동안

그녀의 집에 머물면서 중단되었다. 덱스터에게는 고통스럽게
도 그들에 관한 온갖 루머가 떠돌았다. 그 사나이는 어떤 큰
신탁 회사 사장의 아들이었다. 어느 날 밤 그녀는 댄스파티에
서 밤새도록 그 지방의 멋쟁이들과 함께 모터보트를 탔고, 뉴
욕에서 온 사나이는 미친 듯이 그녀를 찾고자 클럽을 샅샅이
뒤지고 다녔다. 그녀는 그 멋쟁이들에게 자기 집에 온 손님이
지긋지긋하다고 말했고, 그로부터 이틀 뒤 그는 뉴욕으로 떠
나갔다. 그녀가 정거장까지 그를 배웅하러 나간 모습이 목격
되었고, 그가 참으로 슬픈 표정을 하고 있었다는 소문이 나돌
았다.

이런 분위기 속에서 그해 여름이 끝났다. 이제 스물네 살
이 된 덱스터는 차츰 자기가 하고 싶은 대로 할 수 있는 처지
가 되었다. 도시에 있는 두 클럽에 가입하였고, 그중 한 곳에
서 살았다. 이 클럽에서 그는 여자 친구가 없는, 남자들끼리
어울려 다니는 축에는 끼지 않았지만, 주디 존스가 나타날 것
같은 댄스파티라면 언제나 참석하려고 했다. 자신이 원한다
면 얼마든지 사교계에 나갈 수 있었다. 그는 이제 이곳 시내에
서 딸을 둔 아버지들에게 인기 있는 신랑감이었다. 주디 존스
에 대한 사랑을 고백한 것이 오히려 그의 입지를 강화해 주었
다. 그러나 사교적 열망이 없는 그는 오히려 목요일이나 토요
일 파티를 위해 늘 시간을 비워 두거나 젊은 부부를 만찬에 초
대하는 댄스족(族)을 경멸하는 편이었다. 벌써 그는 동부, 그
중에서 뉴욕으로 갈 생각을 품고 있었다. 주디 존스를 데려가
고 싶었다. 그녀가 성장한 세계에 대한 어떠한 환멸도 그녀를
차지하고 싶다는 환상을 치유할 수 없었던 것이다.

이 점을 기억하기 바란다. 오직 이런 관점에서만 그가 그

녀를 위해 한 일을 이해할 수 있을 테니까.

　그가 주디 존스를 만난 지 열여덟 달이 되었을 때 그는 다른 여성과 약혼했다. 그녀의 이름은 아이린 쉬러로, 그녀의 아버지는 언제나 덱스터를 믿어 온 그런 사람 중 하나였다. 머리카락 색깔이 연한 아이린은 마음씨가 상냥하고 착하지만 조금 살이 찐 편이었다. 자신을 쫓아다니는 남자가 둘이나 있었지만 덱스터가 청혼하자 그들을 흔쾌히 포기해 버렸다.

　여름이 가고 가을이 가고 겨울이 가고 또 다른 여름이 오고 가을이 왔다. 그는 자신의 정력적인 삶 중 너무나 많은 부분을 주디 존스의 다루기 힘든 입술에 바쳤다. 그녀는 흥미로, 격려로, 악의로, 무관심으로, 경멸로 그를 대했다. 그런 경우에 생길 수 있는 수많은 상처와 모멸감을 그에게 안겨 주었다. 마치 그를 사랑한 것에 대해 복수라도 하듯이 말이다. 그녀는 손짓으로 그를 부른 뒤 그에게 하품을 해 보이고, 다시 손짓을 해서는 반감을 품은 실눈으로 노려보기 일쑤였다. 그에게 형언할 수 없는 행복감과 참을 수 없는 고뇌를 안겨 주었다. 이루 말할 수 없는 불쾌함과 적잖은 고통을 가져다준 일 역시 한두 번이 아니었다. 모욕을 주었는가 하면, 그를 밟고 지나가다시피 다루기도 했으며, 일에 대한 그의 관심과 자신에 대한 그의 관심을 서로 견주기도 했다. 그것도 그저 재미로 그랬을 뿐이었다. 그를 비판하는 일을 제외하고는 무슨 일이든지 다 했다. 오직 비판하는 일만은 하지 않았다. 비판이야말로 그녀가 그에 대해 노골적으로 느끼는 철저한 무관심에 먹칠하기 때문인 듯했다.

　가을이 오고 다시 지나갔다. 비로소 덱스터는 주디 존스를 받아들일 수 없음을 문득 깨달았다. 그는 마음속으로 여러 차례 다짐했지만 마침내 확신을 갖게 되었다. 한밤중에 깨어나서 얼마 동안 이 문제를 두고 고민했다. 그녀가 자신에게 가져다준 고뇌와 고통을 되새겨 보았고, 누가 봐도 쉬이 알 수 있는 아내로서 부족한 점을 하나하나 헤아려 보았다. 그러고 나서 그는 그래도 역시 그녀를 사랑한다고 중얼거리며 곧 잠들곤 했다. 일주일 동안 그는 전화선을 타고 들려오는 그녀의 목쉰 소리나 점심을 먹으며 앞에 앉아 있는 그녀의 두 눈을 상상하지 않으려고 일부러 열심히 늦게까지 일했다. 그리고 밤에는 굳이 사무실에 들러 앞으로의 일을 계획했다.

그는 댄스파티에 늦게까지 남아 있었다. 아이린 쉬러와 함께 앉아서 한 시간 동안이나 책과 음악에 관해 이야기를 나누었다. 그는 이 두 가지에 대해서는 거의 아는 바가 없었다. 그러나 이제 자신의 시간을 마음대로 쓸 수 있었기 때문에 앞으로 (젊은 나이에 벌써 놀랄 만큼 성공을 거둔 덱스터 그린이 아닌가.) 그런 것들에 대해 좀 더 알아봐야겠다고 좀 젠체하는 생각을 가지게 되었다.

그것은 그가 스물다섯 살 되던 해, 10월의 일이었다. 1월에 덱스터와 아이린은 약혼을 했다. 약혼 발표는 6월에 하고, 그로부터 석 달 뒤에 결혼할 예정이었다.

미네소타주의 겨울은 영원할 듯 계속되었다. 5월이 다 되어서야 겨우 바람이 부드러워지고 눈 녹은 물이 블랙베어 호수로 흘러 들어갔다. 덱스터는 지난 일 년 중 처음으로 얼마간 마음의 평정을 되찾을 수 있었다. 주디 존스는 플로리다주에 내려가 있다가 그 뒤 핫스프링스[92]에 머물렀다. 어디에선

---

92    미국 아칸소주에 위치한 휴양지.

가 약혼을 했다가 또 어디에선가 파혼을 했다는 소식이 들려오기도 했다. 처음 덱스터가 그녀를 완전히 포기했을 때 사람들이 두 사람을 엮어서 그녀의 소식을 물으면 픽 서글펐다. 하지만 만찬 자리에서 아이린 쉬러의 옆자리에 앉기 시작하자 사람들은 더 이상 그녀에 대해 묻지 않았다. 오히려 사람들이 그에게 그녀 소식을 전해 주었다. 이제 그는 그녀에 대해 속속들이 아는 권위자가 아니었다.

마침내 5월이 되었다. 덱스터는 어둠이 비처럼 축축한 밤거리를 걸으며 별로 한 것도 없는데 벌써 너무나 많은 희열이 자신에게서 사라져 버렸음을 깨달았다. 일 년 전 5월은 용서할 수 없음에도 용서해 버린 주디에 대한 사무치는 동요로 잔뜩 기록되어 있었다. 그녀가 자신을 사랑하게 되었다고 여긴 매우 희귀한 시절 중 하나였다. 이 엄청난 만족을 위해 그는 옛날의 작은 행복을 날려 버린 것이다. 그는 아이린이 기껏 자신 뒤에 펼쳐진 커튼, 반짝거리는 찻잔 사이에서 움직이는 손길, 아이들을 부르는 목소리에 지나지 않는다는 사실을 잘 알고 있었다. …… 열정과 사랑은 이제 사라져 버렸고, 마술 같은 밤과 기적같이 변천하는 시간과 계절도…… 아래쪽으로 기울면서 자기에게 떨어지던 입술과 눈[眼]의 천국으로 자신을 이끌어 주던 가냘픈 입술도…… 그런 것들은 이제 그의 마음속 깊이 파묻혀 있었다. 그러나 그것들을 가볍게 떠나보내기에는 그의 힘과 생명력이 너무 강렬했다.

날씨가 깊은 여름으로 접어드는 길목에서 며칠 동안 머뭇거리던 5월 중순의 어느 날 밤, 그는 아이린의 집에 들렀다. 앞으로 일주일만 있으면 그들은 약혼을 발표하게 되리라. 어느 누구도 그들의 약혼 소식에 놀라지 않을 터다. 그리고 오늘 밤 그 두 사람은 함께 '유니버시티 클럽'의 라운지에 앉아서 춤추는 사람들을 한 시간 정도 바라보기로 했다. 그녀와 같이 있으면 그는 안정감을 느꼈다. 그녀는 믿음직스럽게 인기가 있었고, 그토록 몹시 '훌륭했던' 것이다.

그는 적갈색 사암(砂巖)으로 지은 집의 계단을 올라가서 집 안으로 들어갔다.

"아이린." 그가 불렀다.

쉬러 부인이 거실에서 나와 그를 맞이했다.

"덱스터." 그녀가 말했다. "아이린은 두통이 너무 심해서 2층으로 올라갔어. 그 애는 자네하고 같이 나가고 싶어 했지만 내가 잠을 자도록 했지."

"어차피 그렇게 중요한 일은 아닙니다. 전……."

"아, 아냐, 내일 아침이면 자네와 골프를 칠 수 있을 거야. 덱스터, 오늘 하룻밤만 혼자 있게 해 줄 수 있겠나?"

쉬러 부인의 미소는 부드러웠다. 그녀와 덱스터는 서로를 마음에 들어 했다. 작별 인사를 건네기 전에 덱스터와 부인은 거실에서 잠시 이야기를 나누었다.

그는 자신이 머무는 '유니버시티 클럽'으로 돌아와서 잠시 문가에 선 채 춤추는 사람들을 지켜보았다. 문기둥에 기대서서 한두 사람에게 고개를 끄덕였다. 그러고는 하품을 했다.

"어머, 안녕하세요."

그는 팔꿈치 쪽에서 들리는 낯익은 목소리에 놀랐다. 어떤 사람의 곁에 있던 주디 존스가 방을 가로질러 그에게로 다가왔다. 주디 존스, 황금 천을 입혀 놓은 가냘픈 에나멜 인형 같았다. 헤어밴드도 황금이었고, 드레스 밑단에 드러난 슬리퍼 끄트머리도 황금이었다. 그를 향해 미소 짓는 가냘픈 얼굴이 마치 꽃처럼 환하게 피어나는 듯했다. 따뜻하고 밝은 미풍이 방 안 전체에 불었다. 턱시도의 호주머니 속에 들어 있던 두 손이 경련을 일으키며 굳어 버렸다. 갑작스러운 흥분으로 그의 몸이 달아올랐다.

"언제 돌아왔어요?" 그가 무관심한 어조로 물었다.

"이쪽으로 오세요. 그러면 이야기해 줄게요."

그녀는 돌아섰고 그는 그녀의 뒤를 따라갔다. 그녀는 한동안 이곳을 떠나 있었다. 어쩌면 그는 그녀가 느닷없이 다시 돌아왔음에 눈물을 흘릴 수도 있었으리라. 그녀는 마치 도전적인 음악처럼 거리낌 없이 행동하면서 마법에 걸린 길거리를 누비고 다녔다. 모든 신비스러운 일, 새롭고 신나는 모든 희망이 그녀와 함께 사라졌다가 이제 다시 그녀와 함께 돌아온 것이다.

그녀는 문가에서 돌아섰다.

"자동차 갖고 왔나요? 가져오지 않았다면 나한테 자동차가 있어요."

"쿠페를 갖고 왔지."

그러고 나서 그녀는 황금 천을 바스락거리며 차 안에 들어앉았다. 그는 문을 쾅 하고 닫았다. 지금까지 그녀는 그토록 많은 자동차에 몸을 실었다. 이런 식으로, 저런 식으로, 가죽 시트에 등을 대고 자동차 문에 팔꿈치를 기댄 채, 그러고는 기다렸다. 만약 그녀를 더럽힐 만한 어떤 것이 있었다면(그녀 자신을 제외하고 말이다.) 그녀는 이미 오래전에 더럽혀졌을 터다. 그러나 지금 그녀는 스스로의 감정을 토로하고 있었다.

덱스터는 간신히 힘을 내서 자동차에 시동을 건 뒤 길거리로 나아갔다. 돌이켜 보면 이것은 아무 일도 아니었다. 그녀는 전에도 이런 일을 했으며, 그 역시 장부에서 잘못된 값을 지워 버리듯 그녀에게 달리 신경 쓰지 않았다.

그는 천천히 시내 쪽으로 차를 몰았고, 짐짓 어떤 생각에 몰두한 체하면서 여기저기 사람들이 보이는 상가 지역의 텅 빈 거리를 가로질러 갔다. 영화관에서 떼를 지어 나오는 사람들이나 씀씀이가 헤퍼 보이는 권투 선수처럼 생긴 젊은이들이 당구장 앞에서 빈둥거리는 모습이 보였다. 가게 앞에 판유리를 끼우고, 지저분한 노란 불빛이 새어 나오는 수도원 같은 술집에서는 술잔을 쨍하고 부딪치는 소리, 카운터 위에 손을 찰싹 내리치는 소리가 들려왔다.

그녀는 그를 빤히 쳐다보았고 침묵이 당혹스러웠다. 그러나 그는 이런 위기의 순간을 욕보일 만한 우연한 말 한마디조차 찾아내지 못했다. 편리하게 차를 돌릴 수 있는 지점에서 그는 '유니버시티 클럽'을 향해 다시 지그재그로 차를 몰기 시작했다.

"제가 보고 싶었나요?" 그녀가 갑자기 물었다.

"모든 사람이 당신을 보고 싶어 했죠."

그는 그녀가 아이린 쉬러를 알고 있는지 궁금했다. 그녀는 바로 하루 전에 고향에 돌아왔던 것이다. 그녀가 고향을 떠난 기간과 그가 약혼한 기간은 거의 맞먹었다.

"참으로 멋진 대답이에요!" 주디가 슬픈 듯 웃었다. 물론 슬픔을 느끼지 않은 채 말이다. 그녀는 그를 뚫어지게 쳐다보았다. 그는 자동차의 계기판에 온 신경을 쏟았다.

"전보다 더 멋져 보여요." 그녀는 생각에 잠긴 듯 말했다. "덱스터, 당신은 가장 기억에 남을 만한 눈을 가지고 있어요."

이 말을 듣자 웃음이 나올 뻔했지만 그는 웃지 않았다. 그것은 대학교 2학년생들에게나 건넬 법한 말이었다. 그럼에도 이 말에는 비수처럼 그의 마음을 찌르는 데가 있었다.

"달링, 이제 모든 게 지긋지긋해졌어요." 그녀는 사랑이라는 감정에 무책임하고 사사로운 동료 의식을 불어넣으며 누구에게나 '달링'이라고 불렀다. "당신이 나와 결혼해 줬으면 좋겠어요."

이렇게 직접적으로 드러내 놓고 묻자 덱스터는 당황했다. 지금 그녀에게 다른 여자와 결혼하기로 했다고 얘기해야 했지만 차마 그 말을 할 수 없었다. 그것은 그녀를 결코 사랑한 적 없었노라고 단언하는 것과 다르지 않았다.

"우린 아마 계속 사이좋게 지냈을 거예요." 그녀는 똑같은 어조로 말을 이었다. "만약 당신이 나를 잊지 않고 다른 여자와 사랑에 빠지지만 않았어도 말이에요."

그녀의 확신은 참으로 대단했다. 실제로 그녀는 그의 행동을 도저히 믿을 수 없으며, 만약 그것이 사실이라면 마치 어린애처럼 분별없는 짓을 했을 뿐이라고 그에게 말하는 것과 같았다. 그리고 아마 스스로를 과시하기 위해 그런 짓을 했으리라고. 그러나 그 일은 그리 중요하지 않으며, 오히려 가볍게 일축해 버릴 만한 것이므로 그녀는 그를 용서해 줄 수 있었다.

"물론 당신은 나 말고 어느 누구도 사랑할 수 없었을 거예요." 그녀가 말을 이었다. "당신이 나를 사랑하는 방식이 참 마음에 들어요. 아, 덱스터, 작년의 일을 벌써 잊어버렸나요?"

"아니, 잊지 않았어요."

"나도 잊지 않았어요!"

그녀가 정말로 감동받은 것일까, 아니면 자신의 연기에 도취한 것일까?

"우리 다시 그렇게 되었으면 좋겠어요." 그녀가 말했고, 그는 마지못해서 이렇게 대답했다.

"그럴 순 없어요."

"저도 그렇게 생각해요. ……듣자 하니 아이린 쉬러를 열렬히 사랑하고 있다고 하더군요."

'아이린'이라는 이름을 조금도 강조하지 않았지만 덱스터는 갑자기 부끄러움을 느꼈다.

"아, 나를 집으로 데려다주세요." 주디가 돌연 큰 소리로 외쳤다. "그 바보 같은 댄스파티엔 다시 돌아가고 싶지 않아요. ……그 어린애 같은 사람들한테 말이에요."

이윽고 그가 주택가 부근의 거리로 접어들자 주디는 홀로 조용히 흐느껴 울기 시작했다. 그는 지금껏 그녀가 우는 모습을 한 번도 본 적이 없었다.

어두운 거리에 불이 들어오면서 부자들의 저택들이 나타났다. 그는 모티머 존스의 희고 커다란 저택 앞에 쿠페를 세웠다. 그 집은 축축한 달빛의 광채에 젖어서 아름답게 졸고 있는 듯했다. 그는 그 집이 이토록 견고하다는 데 놀랐다. 튼튼한 벽이며 대들보의 강철, 웅장함과 화려함에 이르기까지, 자기 옆에 앉아 있는 이 미모의 젊은 여성과 뚜렷한 대조를 이루었다. 그녀의 가냘픔을 돋보이게 하고자 견고하게 축조된 듯했다. 마치 나비 한 마리의 날개도 큰바람을 일으킬 수 있음을 보여 주기 위해서 말이다.

살짝 움직이기만 해도 그녀가 꼭 자신의 팔에 안길 것 같았으므로 그는 신경을 곤두세운 채 꼼짝 않고 가만히 앉아 있었다. 눈물 두 방울이 그녀의 젖은 얼굴을 타고 내려와서 윗입술에 맺혀 떨리고 있었다.

"난 누구보다도 예뻐요." 그녀가 슬픔에 잠겨 말했다. "그런데 왜 행복할 수 없나요?" 그녀의 촉촉한 두 눈이 그의 굳은 마음을 쥐어뜯었다. 그녀의 입은 아름다우면서도 슬픈 표정을 지으며 천천히 아래쪽으로 기울었다. "덱스터, 당신이 나를 받아 준다면 당신과 결혼하고 싶어요. 나를 아내로 맞이할 만한 가치가 없다고 여길지도 모르지만, 난 당신에게 아주 아름다운 여자가 될 거예요, 덱스터."

수백만 마디의 분노와 자부심과 열정과 증오와 애정의 말들이 그의 입술에서 맴돌았다. 결국 완벽한 감정의 파도가 그에게 엄습해 왔고, 지혜와 인습과 의구심과 명예의 앙금을 함께 휩쓸어 가 버렸다. 지금 눈앞에서 말하고 있는 그녀야말로 자신의 여자로, 미(美)의 이상이요 자부심이었던 것이다.

"잠깐 들어가지 않을래요?" 그녀가 갑자기 숨을 들이마셨다.

그는 망설였다.

"좋아." 그의 목소리는 떨리고 있었다. "들어가죠."


5


그녀와의 관계가 모두 끝난 뒤에도, 오랜 시간이 흘렀음에도 그는 그날 밤을 후회하지 않았고, 그 점이 매우 이상했다. 십 년의 시간을 두고 바라보니, 자신에 대한 주디의 호감이 오직 한 달밖에 지속되지 않았다는 사실은 그다지 중요한 것 같지 않았다. 또한 그녀에게 굴복함으로써 그가 마침내 더 큰 고뇌를 짊어지게 되었으며, 아이린과 그를 친구처럼 대해 준 아이린의 부모에게 깊은 상처를 안겨 주었다는 사실 역시 중요하지 않았다. 아이린의 슬픔에 대해서는 그의 마음에 오롯이 새겨질 만큼 생생한 뭔가가 아무것도 없었다.

덱스터는 마음속 깊이 강인한 데가 있었다. 자신의 행동에 대한 도시 사람들의 태도는 그에게 별로 중요하지 않았다. 그 도시를 곧 떠나갈 예정이었기 때문도, 이 문제에 대한 외부의 태도가 결국 피상적일 수밖에 없었기 때문도 아니었다. 그는 일반 사람들의 의견에는 완전히 무관심했다. 마찬가지로 이제 더는 아무 소용이 없으며, 주디 존스를 근본적으로 변화시키거나 붙잡아 둘 힘이 자신에게 없다는 사실을 깨달았을 때 그는 그녀에게 어떠한 악의도 품지 않았다. 그는 그녀를 사랑했으며, 사랑하기에는 너무 나이 든 날까지도 여전히 그녀를 사랑할 것이었다. 그러나 그는 끝내 그녀를 아내로 맞을 수 없었다. 잠시 크나큰 행복감을 맛보았던 그대로, 그는 오직 강한 사람들이나 겪게 마련인 엄청난 고통을 맛보았다.

아이린으로부터 '그를 빼앗고' 싶지 않다는 명분으로 주디가 약혼을 파기했을 때 내세운 궁극적 이유 역시 거짓이라는 사실에도(주디에겐 그 밖에 다른 이유가 없었다.) 불구하고 그는 감정이 상하지 않았다. 어떤 반감도, 어떤 즐거움도 초월해 있었다.

세탁소를 팔고 뉴욕에 거주할 목적으로 덱스터는 2월에 동부로 갔다. 그러나 3월에 미국이 참전[93]하는 바람에 계획을 바꾸지 않을 수 없었다. 그는 서부로 돌아와서 사업 경영권을

---

93  1차 세계 대전(1914~1918)을 가리킨다. 미국은 1918년 3월에야 뒤늦게 연합군으로서 참전했다.

동업자에게 넘겨준 다음, 4월 말에 첫 번째 장교 훈련소로 향했다. 어느 정도 전쟁을 반기며 거미줄처럼 복잡하게 얽힌 감정으로부터 기꺼이 벗어나서 안도감을 얻으려 하는 수많은 젊은이 중 한 사람이었던 것이다.

## 6

비록 텍스터가 어렸을 적에 간직한 꿈과 아무런 상관도 없는 것이 끼어들었지만, 이 이야기는 텍스터의 전기(傳記)가 아니라는 점을 기억해 주기 바란다. 이제 우리는 그 꿈과 그에 대해서 해야 할 이야기를 거의 다 한 셈이다. 앞으로 오직 한 가지 사건만을 더 이야기하려고 하는데, 그것은 그로부터 칠 년 뒤에 일어난다.

그는 자신이 성공한 뉴욕에서 그 사건을 맞닥뜨렸다. 너무나 큰 성공을 거두었으므로 이제 그가 넘어서지 못할 장벽이란 없었다. 서른두 살이 된 그는 전쟁 직후에 딱 한 번 비행기로 여행한 것을 제외하면 지난 칠 년 동안 서부 지방을 방문한 적이 전혀 없었다. 디트로이트에서 온 데블린이라는 사나이가 사업 관계로 그의 사무실에 찾아왔고, 바로 그때 거기에서 이 사건이 일어났다. 말하자면 그의 삶에서 특별한 한 장면을 끝맺은 것이었다.

"그래, 선생님은 중서부 출신이라고요." 데블린은 무관심한 척하면서도 호기심을 가지고 물었다. "참 이상하군요. 선생님 같은 분들은 월스트리트[94]에서 태어나고 자란 듯 보이니 말입니다. 한데 말이지요……. 디트로이트에 사는 제 가장 친한 친구 중 한 사람의 아내가 바로 선생님의 고향 출신이거든요. 그 친구의 결혼식에서 제가 안내를 맡았지요."

덱스터는 앞으로 어떤 말을 듣게 될지 아무 두려움도 없이 기다렸다.

"주디 심스라고요." 데블린은 특별한 관심을 보이지 않은 채 말했다. "결혼하기 전에는 주디 존스였지요."

"그래요, 그 여자를 알고 있습니다." 그에게 단조롭고 지루한 조바심이 엄습해 왔다. 물론 그는 그녀가 결혼했다는 소식을 들었다. 어쩌면 의도적으로 그녀의 소식을 들으려 하지 않았는지도 모른다.

"엄청나게 멋진 여자지요." 데블린은 생각에 잠긴 듯 별다른 의미 없이 말했다. "그녀가 안됐다는 생각이 들어요."

"그건 왜요?" 즉시 덱스터 내부의 무엇인가가 긴장한 채 관심을 보였다.

"아, 러드 심스는 좀 엉망이 됐거든요. 그렇다고 그녀를 학대한다는 말은 아니고요. 하지만 그 친구는 술을 퍼마시고 싸다니며……."

"그녀도 마찬가지이지 않나요?"

"아뇨. 애들 데리고 집에만 있어요."

"오."

"그 여자는 그 친구에게 너무 나이 많은 상대라고나 할까

---

94  미국 뉴욕시의 증권 거래소가 위치한 지역으로, 흔히 미국의 금융계를 가리킨다.

요." 데블린이 말했다.

"나이가 너무 많다고요!" 덱스터가 소리쳤다. "아니, 이보십시오, 그 여자는 이제 겨우 스물일곱밖에 되지 않았단 말입니다."

덱스터는 당장 길거리로 박차고 나가서 디트로이트행 기차를 잡아타야 할지, 걷잡을 수 없는 충동에 사로잡혔다. 그러고는 경련을 일으키듯 자리에서 벌떡 일어났다.

"바쁘신 모양이군요." 데블린이 재빨리 사과하듯 말했다. "그렇게 바쁘신 줄 몰랐습니다……."

"아니에요. 바쁘지 않습니다." 덱스터가 침착한 목소리로 대답했다. "바쁘지 않아요. 전혀 바쁘지 않다고요. 선생님 말씀은, 그 여자가…… 스물일곱이라고 하셨나요? 아니지요, 제가 스물일곱이라고 했지요."

"맞습니다. 선생님이 그렇게 말씀했어요." 데블린이 냉담하게 맞장구를 쳤다.

"자, 하던 얘기를 계속해 보시지요. 계속하십시오."

"무슨 이야기 말인가요?"

"주디 존스에 관해서 말이에요."

데블린은 곤란하다는 듯이 그를 쳐다보았다.

"한데, 그게…… 그 이야긴 모두 말했는데요. 그 친구는 그 여자를 몹시 고약하게 대하지요. 아, 그렇다고 이혼이니 뭐니 그런 짓은 안 할 겁니다. 그 친구가 특히 못되게 굴어도 그 여자는 다 용서해 주지요. 사실, 그 여자는 그를 사랑하고 있는 듯합니다. 디트로이트에 처음 왔을 때 그녀는 얼굴이 참 예뻤지요."

얼굴이 예뻤다고! 덱스터에게는 그 말이 우스꽝스럽게

들렸다.

"그 여자는…… 이제 예쁘지가 않은가요?"

"아, 괜찮아요."

"이보십시오." 덱스터가 갑자기 자리에 앉으며 말했다. "이해가 가지 않는군요. '얼굴이 예뻤다.'라고 말했다가 지금은 '괜찮다.'라고 말하고 있으니 말입니다. 그게 무슨 뜻인지 이해가 가지 않아요……. 주디 존스는 예쁜 정도가 아니었어요. 대단한 미인이었지요. 글쎄, 저는 그 여자를 잘 알고 있지요. 알고 있고말고요. 그녀는…….'

데블린이 유쾌하게 웃었다.

"분란을 일으키려는 게 아닙니다." 그가 말했다. "주디는 멋진 여자이고, 나도 그 여자를 좋아해요. 어떻게 러드 심스 같은 인간이 그 여자와 미친 듯 사랑에 빠질 수 있었는지 이해가 가지 않아서요. 하지만 그 친구는 그랬거든요." 그러고 나서 그는 이렇게 덧붙였다. "대부분의 여자들도 그 여자를 좋아하지요."

덱스터는 이 사나이가 무감각하거나, 개인적으로 어떤 악의를 품고 있거나, 그것도 아니라면 무슨 저의가 있으리라고 짐작하며 데블린을 빤히 쳐다보았다.

"많은 여자들이 그런 식으로 시들어 가지요." 데블린이 손가락을 탁 하고 퉁기며 말했다. "선생님도 그런 일을 심심찮게 보았을 겁니다. 결혼식 때 그 여자가 얼마나 예뻤는지 어쩌면 제가 잊어버렸는지도 모르지요. 그 뒤로 난 그 여자를 정말 자주 보아 왔으니까요. 눈매가 예뻐요."

말하자면 침울함 따위가 덱스터에게 엄습해 왔다. 난생처음 그는 아주 독한 취기를 느꼈다. 데블린의 말을 듣고 크게 소리 내어 웃고 있음을 알았지만, 그 말이 무슨 말이었는지 왜 그 말이 우스운지 도무지 알 수 없었다. 몇 분이 지난 뒤 데블린은 자리를 떠났다. 그는 침대 의자에 주저앉아 창문 너머의, 태양이 분홍빛과 황금빛 어스름 속으로 가라앉는 뉴욕의 스카이라인을 바라보았다.

덱스터는 이제 더 잃어버릴 것이 없기 때문에 마침내 상처받을 일도 없으리라고 생각했었다. 그러나 그는 마치 주디 존스와 결혼해서 그녀가 시들어 가는 모습을 직접 바라보기라도 하는 듯이, 그 이상의 다른 무언가를 잃어버렸음을 잘 알았다.

이제 꿈은 사라졌다. 그에게서 무엇인가가 없어져 버렸다. 그는 공포 비슷한 감정을 느끼며 두 손바닥을 두 눈에 가져다 대고 셰리아일랜드를 찰싹찰싹 때리던 물결, 달빛에 비친 베란다, 그녀가 골프장에서 입었던 깅엄 골프복, 그녀의 목덜미에 나 있던 부드러운 황금빛 솜털을 떠올리고자 애썼다. 그리고 키스할 때 촉촉이 느껴지던 그녀의 입술이며, 우수(憂愁)에 젖어 있던 서글픈 두 눈이며, 아침이면 느낄 수 있었던 새로 짠 리넨 같은 그녀의 신선함까지 말이다. 아, 그런 것들은 이제 더 이상 이 세상에 남아 있지 않구나! 그것들은 과거에 머물러 있을 뿐 이제 더는 존재하지 않았다.

몇 년 만에 처음으로 눈물이 그의 뺨을 타고 흘러내렸다. 그러나 지금 그것은 자신을 위해 흘리는 눈물이었다. 그는 눈과 입, 달달 떨리는 손에 대해서는 전혀 아랑곳하지 않았다. 그러고 싶었지만 그럴 수 없었다. 그는 이미 멀리 떠나왔으며 두 번 다시 돌아갈 수 없었던 것이다. 문들은 굳게 닫혔고, 해 역시 저물었으며, 모든 시간을 견뎌 내는 강철의 잿빛 말고는 이제 아름다움이란 없었다. 심지어 그가 인내할 수 있었던 슬픔조차 그의 겨울 꿈이 활짝 날개를 펼치던 환상의 나라, 청춘의 나라, 풍요로운 삶의 나라 뒤쪽으로 멀리 사라져 버렸다.

"오래전에," 그는 말했다. "오래전에 내게는 무엇인가가 있었지만 이제는 사라지고 없어. 이제 그건 영영 사라져 버렸어. 아예 없어져 버렸다는 말이지. 그런데 나는 울 수가 없고, 그것에 마음을 기울일 수조차 없어. 이제 그것은 결코 돌아오지 않을 테지."

# 헤밍웨이에게 보내는 편지

어니스트에게[95]

퍼킨스[96]가 내게 800냥(우리 서부인들이 흔히 쓰는 말로 말일세.) 수표를 보냈는데, 자네도 이제는 그런대로 안락하게 생활할 수 있을 듯하네. 나는 장편 소설 한 편을 거의 탈고했고, 돈이 떨어져서 《포스트》[97]를 위해 단편 소설을 세 편 써야 한다네. 그래, 나는 이제 그들의 애완동물이 되어서 작품 한 편에 3만

95  이 글은 1927년 12월 6일, 미국 델라웨어주 에지무어에 있던 F. 스콧 피츠제럴드가 아직 파리에 머물던 어니스트 헤밍웨이에게 보낸 편지다. 두 작가의 애증 관계뿐 아니라 1920년대 중반 미국 문단의 풍경을 엿볼 수 있다. 헤밍웨이는 피츠제럴드의 소개로 뉴욕의 유수 출판사 찰스 스크리브너스의 편집자 맥스웰 퍼킨스를 소개받았고, 이후 헤밍웨이의 모든 작품은 이 출판사에서 출간되었다.

96  맥스웰 퍼킨스(Maxwell Perkins, 1884~1947). 찰스 스크리브너스 출판사의 편집인으로, 피츠제럴드와 헤밍웨이 등 굴지의 미국 작가를 문단에 데뷔시키는데 크게 이바지했다.

97  미국의 인기 주간지 《새터데이 이브닝 포스트》를 가리킨다. 피츠제럴드는 17년 동안 68편의 단편 소설을 기고하여 200만 달러를 받았다.

2000달러라는 가락에 맞춰 춤을 춰야 해……. 그런 '중죄'가 사실로 드러나기까지 시간은 그리 오래 걸리지도 않거든.

　(이렇게 거칠게 말하는 것이 사실 내 성격과 잘 맞지 않네.―아, 『모든 슬픈 젊은이들』, 『여자 없는 남자들』, 『사랑에 빠진 여인들』로부터 영향을 받았기 때문이지.)

　루이스 골딩[98]이 멋모르고 자네와 나더러 미국 문단의 희망이라는 거야. (미국 문단이라는 것을 발견할 수 있다면 말이지.) 하지만 그런 언급을 차치하더라도 옛 친구여, 이곳 사정은 실망스럽기 그지없다네. 브로미[99]가 서부 지역을, 에드나 퍼버[100]가 동부 지역을, 그리고 폴 로젠펠드[101]가 나머지 지역을 화려하고도 큼직한 쓰레기통 속에 휩쓸어 넣고 있으니까…….

　최근 나는 『어떤 사람들』,[102] 『비스마르크』(에밀 루트비히), 『그 남자』[103](일부만), 그리고 『루덴도르프의 회고록』을 재미있게 읽었네. 새로 나온 『전쟁 대(對) 전쟁』이라는 독일 전쟁 서적을 읽고 있는데, 피카르디와 캅카스에 얼굴을 잘못 내민 병사들에 관한 이야기지. ― 책장을 넘기면서 만족감에

---

98　루이스 골딩(Louis Golding, 1895~1958). 영국의 소설가이자 시인. 에세이스트. 오늘날에는 널리 읽히지 않지만 당대를 대표하는 베스트셀러 작가였다.

99　루이스 브롬필드(Louis Bromfield, 1896~1956). 미국의 소설가. 환경 보호론자로서 유기 농업을 장려한 인물로도 유명하다.

100　에드나 퍼버(Edna Ferber, 1885~1968). 미국의 소설가이자 극작가. 1925년 퓰리처상을 수상했다.

101　폴 로젠펠드(Paul Rosenfeld, 1890~1946). 미국의 저널리스트. 음악 비평가로서 명성이 높았다.

102　영국의 정치가이자 작가. 비타 색빌웨스트의 배우자로 유명한 해럴드 니컬슨(Harold Nicolson, 1886~1968)이 1927년에 발표한 장편 소설이다.

103　미국의 시인이자 극작가 E. E. 커밍스(Edward Estlin Cummings, 1894~1962)가 1927년에 발표한 3막 희곡이다.

차츰 아래쪽으로 기울어지는 내 입술을 아마 자네는 상상할 수 있을 걸세.

만약 자네가 '발랄한' 계열의 어떤 단편을 쓰고 있다면 한번 《포스트》에 기고해 보게. 아니면 내가 알아봐 주겠네. 아니면 레널즈[104]도 괜찮고. 자네가 허스트[105]와 엮이지 않았음은 현명한 처사였네. 그 사람들은 ― 만약 내가 이런 비유를 하나 새로 만들어 낸다면 ― 솔개처럼 계약서를 뜯어먹는 개자식들이거든.

한 달째 술은 입에도 대지 않았지만 이제 크리스마스가 점점 다가오고 있네.

자네 모험에 대해 자세하게 전해 주게나. ―들리는 소문에 의하면, 중고 B.V.D.를 타고 분쇄 유리를 씹으며 불(Boule) 게임 선수에 관한 작품의 소재를 수집하기 위해 포르투갈을 누비고 다닌다던데. 또 린드버그[106]를 위한 홍보 작가로 활동한다든지, 10만 자의 장편 소설을 탈고했는데 '불알(balls)'이라는 어휘를 새롭게 배열했다든지, 스페인 국민으로 귀화했다든지, 늘 '지퍼' 통풍구가 달린 포도주 부대 옷을 입고 산세바스티안과 비아리츠를 오가면서 최음제를 밀매한다든지 하는 소문 말일세. 자네 대리인들이 그 두 도시의 카지노의 마룻

104 해럴드 오버(Harold Ober, 1881~1959)가 문학 저작권 대리인으로 활동하던 폴 레널즈 문학 에이전시를 가리킨다.
105 윌리엄 랜돌프 허스트(William Randolph Hearst, 1863~1951). 미국의 언론 및 출판 사업가. 이른바 '미국의 신문왕'이라고 불리는 인물이다.
106 찰스 린드버그(Charles Lindbergh, 1902~1974). 미국의 비행가이자 발명가, 탐험가. 1927년 세계 최초로 미국 롱아일랜드에서 프랑스 파리까지 무착륙 단독 비행하는 데 성공했다.

바닥에 최음제를 뿌려 놓는다며? 이 모든 소문이 사실이 아니기를 바라네. 하지만 아, 그게 사실처럼 들리다니. 자네를 위해서라도 내가 얼른 그곳에 돌아가서 다시 옛날처럼 친구로 지내야겠는걸. 다음에 뻗기 전에는 나를 생각하게나.

이곳은 지독하게 청교도적인 나라야. 하지만 프랑스는 다르지. 3월과 4월, 아니면 4월과 5월에는 그곳에서, 아니 유럽이라면 어디서든지 보내고 싶네.

신체적으로나 정신적으로 자네는 잘 지내고 있는가? 잠은 잘 자나? 「이제 나를 눕히고」는 좋은 작품이네.──그 작품의 친구로 「이제 그녀를 눕히고」를 써 보게. 나의 음담패설을 용서하게나. 하지만 나는 성욕 과잉 상태라 '프로방스 트러플을 곁들인 푸아그라 파테'에 초석(硝石)[107]을 넣을 정도라네.

제발 자네 소식을 들려주게나. 폴린[108]에게도 안부를 전해 주게.──젤다[109]가 자네 부부에게 안부를 전해 달라네. 하느님이 우리 모두를 용서하시기를.──심지어 로버트 매컬먼[110]과 버턴 래스코[111]마저 용서하시기를.

이만 총총

스콧

---

107  질산 칼륨. 과거에 선원들이 성욕을 억제하기 위해 복용했다고 전해지는데, 화약의 재료이자 독극물이다.

108  폴린 파이퍼(Pauline Pfeiffer, 1895~1951). 미국의 언론인이자 작가. 어니스트 헤밍웨이의 두 번째 아내다.

109  젤다 피츠제럴드(Zelda Fitzgerald, 1900~1948). 미국의 작가이자 사교계 명사. F. 스콧 피츠제럴드의 아내로, 결혼 전 이름은 젤다 세이어였다.

110  로버트 매컬먼(Robert McAlmon, 1895~1956). 미국의 출판업자, 작가.

111  버턴 래스코(Burton Rascoe, 1892~1957). 미국의 편집자, 문학 비평가.

옮긴이
김욱동

한국외국어대학교 영문과 및 같은 대학원을 졸업하고 미국 미시
시피 대학교에서 영문학 석사 학위를, 뉴욕 주립 대학교에서 영
문학 박사 학위를 받았다. 하버드 대학교, 듀크 대학교 등에서
교환 교수를 역임했으며 포스트모더니즘을 비롯한 서구 이론을
국내 학계와 문단에 소개하는 데 힘썼다. 현재 서강대학교 인문
대학 명예 교수다. 지은 책으로 『디지털 시대의 인문학』, 『포스트
모더니즘』, 『적색에서 녹색으로』, 『지구촌 시대의 문학』, 『번역가
의 길』, 『궁핍한 시대의 한국 문학』 등이 있으며, 옮긴 책으로 『위
대한 개츠비』, 『노인과 바다』, 『왕자와 거지』, 『그리스인 조르바』,
『여름』, 『이선 프롬』, 『앵무새 죽이기』, 『헛간, 불태우다』 등이 있
다. 2011년 한국출판학술상 대상을 수상했다.

겨울 꿈

1판 1쇄 찍음  2023년 11월 10일
1판 1쇄 펴냄  2023년 11월 17일

지은이  F. 스콧 피츠제럴드
옮긴이  김욱동
발행인  박근섭, 박상준
펴낸곳  (주)민음사

출판등록 1966. 5. 19. 제16-490호
서울시 강남구 도산대로 1길 62(신사동)
강남출판문화센터 5층 06027
대표전화 02-515-2000 팩시밀리 02-515-2007
www.minumsa.com

ISBN  978 89 374 2996 5 04800
ISBN  978 89 374 2900 2 (세트)

* 잘못 만들어진 책은 구입처에서 교환해 드립니다.